CLÁSSICOS DA
LITERATURA UNIVERSAL

# O processo

*O livro é a porta que se abre para a realização do homem.*

Jair Lot Vieira

# Franz Kafka

## O processo

**Tradução**
Mariana Ribeiro de Souza

VIALEITURA

Copyright da tradução e desta edição © 2020 by Edipro Edições Profissionais Ltda.

Título original: *Der Prozess*. Publicado pela primeira vez na Áustria-Hungria em 1925, pela Kurt Wolff Verlag. Traduzido com base na 1ª edição.

Todos os direitos reservados. Nenhuma parte deste livro poderá ser reproduzida ou transmitida de qualquer forma ou por quaisquer meios, eletrônicos ou mecânicos, incluindo fotocópia, gravação ou qualquer sistema de armazenamento e recuperação de informações, sem permissão por escrito do editor.

Grafia conforme o novo Acordo Ortográfico da Língua Portuguesa.

1ª edição, 1ª reimpressão 2023.

**Editores:** Jair Lot Vieira e Maíra Lot Vieira Micales
**Coordenação editorial:** Fernanda Godoy Tarcinalli
**Produção editorial:** Carla Bitelli
**Edição de textos:** Marta Almeida de Sá
**Assistente editorial:** Thiago Santos
**Preparação de texto:** Frederico Hartje
**Revisão:** Thiago de Christo e Carla Bitelli
**Diagramação de capa e miolo:** Estúdio Design do Livro
**Ilustração de capa:** DW Ribatski

Dados Internacionais de Catalogação na Publicação (CIP)
(Câmara Brasileira do Livro, SP, Brasil)

Kafka, Franz, 1883-1924.
    O processo / Franz Kafka ; tradução de Mariana Ribeiro de Souza – São Paulo : Via Leitura, 2020.

    Título original: Der Prozess.
    ISBN 978-85-67097-84-8 (impresso)
    ISBN 978-85-67097-85-5 (e-pub)

    1. Ficção alemã I. Título. II. Série.

20-33989                                                         CDD-833

Índice para catálogo sistemático:
1. Ficção : Literatura alemã : 833

Cibele Maria Dias – Bibliotecária – CRB-8/9427

São Paulo: (11) 3107-7050 • Bauru: (14) 3234-4121
www.vialeitura.com.br • edipro@edipro.com.br
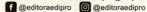 @editoraedipro  @editoraedipro

# O processo

## Primeiro capítulo
## Prisão — Conversa com a senhora Grubach — Depois com a senhorita Bürstner

Alguém, por certo, havia caluniado Josef K., pois, sem que tivesse feito nada de mal, foi preso certa manhã. A cozinheira da senhora Grubach, sua locadora, lhe trazia todos os dias o desjejum, por volta das oito da manhã, mas nesse dia ela não veio. Isso nunca acontecera antes. K. esperou ainda um pouco, e do seu travesseiro olhou a velha, que morava em frente e o observava com uma curiosidade incomum, e, ao mesmo tempo se sentindo estranho e faminto, tocou a campainha. Em seguida, alguém bateu na porta, e entrou um homem que ele nunca vira na pensão. Era magro, mas de compleição forte, trajava uma roupa preta apertada, que parecia um casaco de viagem com distintas dobras, bolsos, fivelas, botões e um cinto, o que conferia ao traje um ar particularmente prático, ainda que não se soubesse para que servia tudo aquilo. "Quem é o senhor?", perguntou K., sentando-se imediatamente quase ereto na cama. O homem ignorou a pergunta, como se sua presença devesse ser aceita, e disse apenas: "O senhor tocou a campainha?". "Anna deve me trazer o café da manhã", respondeu K., tentando, a princípio calado, descobrir por meio da atenção e do discernimento quem de fato era aquele homem. Mas este não se expôs por muito tempo ao seu olhar; logo dirigiu-se à porta, que abriu um pouco para falar com alguém que evidentemente estava bem atrás: "Ele quer que Anna lhe traga o café da manhã.". Seguiu-se um risinho no quarto ao lado, mas pelo som não dava para definir se havia ali várias pessoas ou não. Embora o estranho não pudesse saber de nada que já não soubesse antes, disse a K. em tom informativo: "É impossível!". "Seria novidade", retorquiu K., pulando da cama e vestindo rapidamente a calça. "Quero ver quem está no quarto ao lado e como a senhora

Grubach vai se justificar por essa confusão!"". Na verdade, logo lhe ocorreu que não precisaria ter falado alto e que, portanto, reconhecia, em certa medida, o direito de vigilância do estranho, mas isso agora não lhe parecia importante. De qualquer modo, foi assim que o estranho entendeu, pois perguntou: "Não prefere ficar aqui?". "Não quero nem ficar aqui nem ser inquirido pelo senhor, enquanto o senhor não se apresentar." "Tive boa intenção", disse o estranho, abrindo espontaneamente a porta. O quarto ao lado, no qual K entrou mais lentamente do que desejara, parecia à primeira vista estar do mesmo jeito que estivera na véspera. Era a sala de estar da senhora Grubach, talvez nesse dia com mais espaço do que o normal nesse lugar entupido de móveis, toalhas, porcelanas e fotografias, algo que não se percebia de cara, afinal a principal mudança consistia na presença de um homem sentado perto de uma janela aberta com um livro do qual ele erguia os olhos. "O senhor deveria ter ficado no seu quarto! Franz não lhe disse isso?" "Disse, mas o que o senhor quer?", respondeu K., olhando esse novo conhecido, que se chamava Franz, parado à porta, e de volta para o primeiro. Pela janela aberta se via outra vez a velha, que com uma verdadeira curiosidade senil se pôs à janela em frente, a fim de ver tudo. "Quero ver a senhora Grubach", disse K., fazendo um gesto como se quisesse se libertar dos dois homens, que, contudo, estavam longe dele, e fez menção de ir em frente. "Não", disse o homem perto da janela, jogando o livro sobre a mesinha e se levantando. "O senhor não pode sair, o senhor está preso." "É o que parece", disse K. "Mas por quê?", perguntou. "Não temos permissão para lhe dizer. Vá para seu quarto e aguarde. O processo acaba de começar, e o senhor saberá de tudo em seu devido tempo. Ultrapasso os limites do meu cargo ao conversar amigavelmente com o senhor. Mas espero que ninguém mais esteja ouvindo, além do Franz, e até ele está sendo amigável com o senhor, apesar do regulamento. Se o senhor continuar com sorte como na nomeação dos seus guardas, poderá ficar confiante." K. queria se sentar, porém viu que no quarto não havia nenhum lugar onde pudesse fazê-lo além da poltrona próxima à janela. "O senhor vai descobrir que tudo isso é verdade", disse Franz, avançando junto ao outro homem na direção de K. Especialmente o último controlava K. de modo incisivo e deu alguns tapinhas em seu ombro. Ambos inspecionaram o pijama de K. e disseram que agora ele precisaria vestir um muito pior, mas que eles guardariam não só essa peça como toda a sua roupa íntima, e lhe devolveriam tudo caso sua causa lhe fosse favorável. "É melhor o senhor deixar suas coisas com a gente do que com o depósito", disseram; "é que no depósito tem muito furto e, além disso, depois de algum tempo, vende-se tudo sem se importar se o processo foi concluído ou não. E como os processos têm demorado nos últimos tempos... Sem dúvida, o senhor receberia do depósito o lucro da venda, mas este é por si só pequeno, pois o que define a venda não é a proporção da oferta, mas do suborno, e, de acordo com a experiência, esses valores diminuem à medida que passam de mão em mão e de ano em ano." K. mal prestou atenção a essas conversas, pois não tinha em alta conta o direito de dispor dos seus bens, o qual talvez ainda possuísse. Para ele, era mais importante entender com clareza sua situação, mas, na presença dessas pessoas, não conseguia pensar direito. Constantemente, a barriga do segundo guarda — só poderiam ser guardas — encostava formalmente nele de modo amistoso. Entretanto, quando ele erguia os olhos, via nesse corpo gordo um rosto seco, ossudo, com um nariz torto para um lado, que se entendia com o outro guarda por cima dele. Quem eram aquelas pessoas? Do que falavam? A que repartição pertenciam? K. ainda vivia num Estado de Direito, no qual reinava a paz em toda parte, as leis eram válidas. Quem ousava, então, invadir sua casa? Tendia sempre, na medida do possível, a aceitar tudo com facilidade, a acreditar no pior apenas quando este acontecia, a não ter nenhuma preocupação com o futuro, mesmo quando tudo fosse ameaça. Contudo, nesse caso, não lhe parecia certo; podia-se ver tudo como uma brincadeira, como uma tremenda brincadeira, que, por motivos desconhecidos, seus colegas do banco teriam organizado talvez por conta do seu aniversário de trinta anos comemorado nesse dia. Claro que isso era possível, talvez precisasse apenas rir na cara dos guardas para que eles rissem também; talvez fossem trabalhadores ali da esquina, não lhe pareciam desconhecidos — apesar de tudo, estava formalmente determinado, desde que viu o guarda Franz pela primeira vez, a não ceder a menor vantagem que talvez tivesse em relação a esse tipo de gente. K. vislumbrou um perigo ínfimo caso dissessem mais tarde que ele não havia entendido a brincadeira, mas se lembrou, ainda que não fosse seu hábito aprender com a experiência, de alguns casos em si mesmos insignificantes, nos quais, ao contrário dos amigos, se comportara conscientemente sem a menor consideração pelas possíveis consequências, sendo, por isso, punido pelo resultado. Isso não deveria acontecer de novo, pelo menos não desta vez. Se era uma comédia, queria representá-la.

Ainda estava livre. "Licença", disse, passando com pressa por entre os guardas para seu quarto. "Parece que ele é sensato", ouviu falarem atrás de si. No seu quarto, puxou com força as gavetas da escrivaninha. Tudo estava em ordem, mas justamente sua carteira de identidade, que ele procurava, não conseguiu achá-la por causa da ansiedade. Finalmente encontrou sua carteira de ciclista e fez menção de ir com ela até os guardas, mas depois lhe pareceu que aquele documento era insignificante, de modo que continuou procurando até encontrar a certidão de nascimento. Quando retornou ao quarto ao lado, a porta da frente se abriu e a senhora Grubach ameaçou entrar. Foi vista apenas por um instante, pois, mal reconheceu K., ficou aparentemente constrangida, desculpou-se, desapareceu e fechou a porta com evidente cuidado. "Entre", K. ainda teve tempo de dizer. Estava no meio do quarto com seus documentos na mão, olhou ainda para a porta, que não se abriu outra vez, e se sobressaltou com um chamado dos guardas, sentados à mesinha perto da janela aberta, tomando seu café da manhã, como agora se via. "Por que ela não entrou?", perguntou. "Ela não pode", respondeu o guarda maior. "O senhor está preso." "Como assim estou preso? E dessa maneira?" "Lá vem o senhor outra vez", disse o guarda, molhando um pedaço de pão com manteiga no potinho de mel. "Não respondemos a essas perguntas."

"Vocês têm de respondê-las", disse K. "Aqui estão meus documentos. Agora me mostrem os de vocês, sobretudo o mandado de prisão." "Pelo amor de Deus", disse o guarda, "parece que o senhor não se conforma com sua situação e se empenha em nos irritar inutilmente, justo a nós, que somos agora, ao que parece, entre todos os seus companheiros, os mais próximos." "É isso mesmo, acredite", disse Franz, sem levar à boca a xícara de café que segurava, observando K. com um olhar demorado, talvez cheio de significado, embora incompreensível. Sem querer, K. se deixou engendrar numa conversa de olhares com Franz, mas depois bateu em seus papéis e disse: "Aqui estão meus documentos.". "Do que tratam?", gritou o guarda grande. "O senhor se comporta pior do que uma criança. O que pretende, afinal? Dar cabo logo do seu extenso e maldito processo e discutir com a gente, seus guardas, sobre documentos e mandado de prisão? Somos meros servidores; mal entendemos de documentos e não temos nada a ver com seu caso, a não ser pelo fato de termos de vigiá-lo dez horas por dia e receber o pagamento por isso. É tudo o que temos de fazer, apesar de sermos capazes de perceber que as autoridades superiores, a cujo serviço estamos, antes de disporem de tal prisão, discorrem com precisão sobre os motivos dela e sobre o preso. Não há erro. Nossos superiores, até onde os conheço, e conheço somente os mais subalternos, não procuram a culpa no povo, mas, como diz a lei, são atraídos pela culpa e precisam nos enviar, a nós, os guardas. Essa é a lei. Onde estaria o erro?" "Não conheço essa lei", disse K. "Pior para o senhor", disse o guarda. "Só existe na cabeça de vocês", retrucou K., querendo penetrar de algum modo no pensamento dos guardas para usá-lo a seu favor ou nele se introduzir. Todavia, o guarda disse com frieza: "O senhor vai senti-la.". Franz se intrometeu e disse: "Olha, Willem, ele admite que não conhece a lei e afirma ao mesmo tempo que é inocente.". "Você tem toda a razão, mas ninguém consegue lhe esclarecer isso", retrucou o outro. K. não respondeu mais nada. Pensou: será que permito continuar me envolvendo pelo falatório desses servidores de meia-tigela — eles mesmos admitem sê-lo? Falam de coisas das quais não entendem absolutamente nada. A convicção deles só é possível por causa da sua ignorância. Meia dúzia de palavras trocadas com uma pessoa da minha classe social são incomparavelmente mais claras do que os maiores discursos desses aí. Então ele andou algumas vezes de lá para cá, no espaço livre do seu quarto, e viu do outro lado a velha, que havia arrastado até a janela um ancião ainda mais velho, mantendo-o agarrado a seu braço. K. tinha de dar um fim a essa encenação: "Levem-me até seu superior", ele disse. "Assim que ele pedir, antes não", retrucou o guarda chamado Willem. "E o aconselho", acrescentou, "a ir até seu quarto e ficar lá quietinho esperando o que vai ser decidido a respeito do senhor. Aconselhamos a não se distrair com pensamentos inúteis, mas sim a se recompor, pois haverá muitas exigências para com o senhor. O senhor não correspondeu à nossa boa vontade e esqueceu que nós, sendo o que somos, pelo menos agora somos homens livres diante do senhor, e isso não é pouca coisa. Apesar de tudo, estamos dispostos, caso tenha dinheiro, a lhe trazer um pequeno café da manhã da cafeteria aqui da frente."

Sem reagir a essa oferta, K. ficou um momento em silêncio. Talvez os dois não ousassem impedi-lo se abrisse a porta do quarto ao lado ou da antessala; talvez a solução mais simples de todas fosse radicalizar. Mas talvez fosse apanhado, e, uma vez contido, estaria perdida toda a superioridade que ele agora, de certa maneira, conservava diante dos dois. Por isso, preferiu a certeza da solução do transcurso natural das coisas e voltou para seu quarto sem que mais nenhuma palavra fosse dita nem de sua parte nem da dos guardas.

Jogou-se na cama e pegou na pia uma bela maçã que preparara na véspera para o desjejum. Agora ela era sua única refeição. Ainda assim, ao dar a primeira grande mordida, achou que era muito melhor do que teria sido o café da manhã da imunda cafeteria trazido pela benevolência dos guardas. Sentiu-se bem e confiante, embora na verdade estivesse perdendo uma manhã de trabalho no banco, mas, por conta do alto cargo que tinha, seria facilmente desculpado. Deveria apresentar a desculpa verdadeira?

Considerava fazê-lo. Se não acreditassem nele, o que nesse caso seria compreensível, poderia apresentar a senhora Grubach como testemunha ou até os dois velhos do outro lado da rua, que com certeza agora se encaminhavam para a janela da frente. Surpreendia K., pelo menos do ponto de vista dos guardas, que eles o tivessem colocado no seu quarto e o deixado lá sozinho, onde sem dúvida ele tinha muitas possibilidades de se matar. Ao mesmo tempo, contudo, perguntou-se, com base em seu ponto de vista, que motivo poderia ter para fazê-lo. Talvez porque os dois estivessem sentados no quarto ao lado tomando seu café da manhã. Seria tão sem sentido se matar que, mesmo que desejasse fazê-lo, não seria capaz de cometê-lo por causa dessa falta de sentido. Se a estreiteza intelectual dos guardas não fosse tão evidente, poderia pensar que eles também, em virtude dessa mesma convicção, achavam que não havia perigo algum em deixá-lo sozinho. Se quisessem, poderiam agora ver como ele ia até um armarinho, no qual guardava uma boa aguardente, esvaziava um copinho no lugar do café da manhã e tomava um segundo para criar coragem, este último por precaução, no caso improvável de que fosse necessário.

Então um grito no quarto ao lado o assustou tanto que ele mordeu o copo. "O inspetor está chamando o senhor", disseram. Foi o grito que o assustou, um grito seco, agudo, militar, de que não imaginava o guarda Franz ser capaz. A ordem em si mesma foi muito bem-vinda. "Finalmente", retorquiu, trancou o armarinho e se precipitou para o quarto ao lado. Ali estavam os dois guardas que o expulsaram de volta para seu quarto, como se isso fosse normal. "O que o senhor está pensando?", gritaram. "Receber o inspetor em manga de camisa?" "Vai acabar com o senhor e com a gente por tabela." "Vão para o inferno", exclamou K., sendo espremido contra seu guarda-roupa. "Quem me tira da cama de supetão não pode esperar me encontrar em traje de gala." "Assim não dá", disseram os guardas, que se mantinham calmos, quase apáticos, quando K. gritava, desconcertando-o e, de certo modo, fazendo-o refletir. "Que espetáculo ridículo!", resmungou, tirando um terno da cadeira e o segurando nas mãos por um instante, como se o submetesse ao julgamento dos guardas. Eles menearam a cabeça. "Tem de ser um terno preto", disseram. K. jogou o terno no chão e percebeu que ele mesmo não compreendia o sentido do que estava dizendo: "Mas ainda não é a audiência principal.". Os guardas riram e insistiram: "Tem de ser um terno preto.". "Se eu apressar a coisa, vai ser bom para mim", disse K. Abriu o guarda-roupa, procurou demoradamente no meio de tantas roupas e escolheu seu melhor terno preto — um tipo de *blazer* que, pelo corte, quase causou furor entre os conhecidos —, apanhou outra camisa e começou a se vestir com cuidado. Secretamente, acreditava ter conseguido precipitar as coisas considerando o fato de os guardas terem se esquecido de obrigá-lo a tomar banho. Observou-os para ver se talvez se lembrariam disso, mas com certeza nada lhes ocorreu; ao contrário, Willem não se esqueceu de mandar Franz ir avisar ao inspetor que K. estava se vestindo.

Quando ficou pronto, teve de passar diante de Willem no quarto vazio ao lado, cuja porta estava propositalmente escancarada. Esse quarto era ocupado, como K. bem sabia, fazia pouco tempo por uma tal de senhorita Bürstner, uma datilógrafa que saía muito cedo para o trabalho, voltava tarde para casa, e com quem K. não trocara mais do que meia dúzia de cumprimentos. Agora a mesinha de cabeceira havia sido deslocada para o meio do quarto e servia como mesa de audiência. O inspetor se sentou atrás dela. Tinha as pernas dobradas e um braço apoiado no espaldar da cadeira.

No canto do quarto havia três jovens olhando as fotos da senhorita Bürstner penduradas numa das paredes. Na maçaneta da janela aberta, via-se uma blusa branca. Na janela da frente estavam de novo os dois velhos com um grupo maior atrás deles, no qual se encontrava um homem alto com a camisa aberta no peito, mexendo para lá e para cá seu cavanhaque ruivo. "Josef K.?", perguntou o inspetor, talvez apenas para atrair o olhar distraído de K., que aquiesceu. "O senhor deve estar muito surpreso com os acontecimentos desta manhã, não é?", perguntou o inspetor, empurrando com as mãos um par de objetos dispostos sobre a mesinha de cabeceira: a vela com os fósforos, um livro e uma alfineteira, como se fossem esses os objetos de que precisasse para a audiência inicial. "Certamente", respondeu K., invadido por um sentimento de alívio por enfim estar diante de uma pessoa sensata e por ter a oportunidade de falar com ela sobre sua situação. "Certamente estou surpreso, mas de forma alguma muito surpreso." "Não muito surpreso?", perguntou o inspetor, colocando a vela no meio da mesinha, enquanto agrupava as outras coisas ao redor dela. "Talvez o senhor esteja me compreendendo mal", apressou-se K. em observar. "Quero dizer" — aqui K. se interrompeu, procurando uma cadeira a seu redor. "Posso me sentar?", perguntou. "Não é usual", retorquiu o inspetor. "Quero dizer", disse K. sem mais pausas, "que estou sem dúvida muito surpreso, mas quando se tem trinta anos e teve de se virar sozinho no mundo, como é meu caso, ficamos imunes a surpresas e não as levamos tão a sério. Em especial, a de hoje não." "Por que em especial a de hoje não?" "Não quero insinuar que acho tudo uma brincadeira, embora os preparativos feitos para isso me pareçam de grande porte. Todos os ocupantes da pensão teriam de participar dela, e os senhores também, o que seria além dos limites de qualquer brincadeira. Com isso, não quero dizer que seja uma brincadeira." "Muito bem", disse o inspetor, verificando quantos fósforos havia na caixa. "Por outro lado, no entanto", continuou K., dirigindo-se a todos, inclusive aos três que olhavam as fotos, "a coisa não pode ter muita importância. Penso da seguinte forma: sou acusado, mas não consigo enxergar o motivo pelo qual fui acusado. Mas isso também é secundário. A questão principal é: por quem sou acusado? Que autoridade conduz o processo? Os senhores são funcionários? Ninguém está de uniforme nem sequer uma roupa — virando-se para Franz — que lembre um uniforme; é, antes, um traje de viagem. Para essas questões exijo clareza, e estou convicto de que, após os esclarecimentos, nos despediremos cordialmente." O inspetor derrubou a caixa de fósforos da mesa. "O senhor está cometendo um grande erro", ele disse. "Estes senhores aqui e eu somos completamente secundários para seu assunto; de fato, não sabemos quase nada sobre ele. Poderíamos vestir uniformes oficiais, nem por isso sua situação estaria melhor. Tampouco posso lhe dizer que o senhor é acusado, ou melhor, nem sei se é. O senhor está preso, isso é certo. Mais do que isso, não sei. Talvez os guardas tenham dito outra coisa, mas isso é só conversa. Se não respondo a suas perguntas, posso, porém, aconselhá-lo a pensar menos em nós e no que vai acontecer e mais no senhor mesmo. E não faça tanto chilique sobre seu sentimento de inocência, pois isso perturba a impressão não tão ruim que o senhor de resto dá. Também deve se resguardar mais no discurso. Quase tudo o que disse agora poderia ser deduzido do seu comportamento, ainda que tivesse dito apenas algumas palavras. Além do mais, nada foi excessivamente favorável para o senhor."

K. fitou o inspetor. Seria K. como um colegial, recebendo lições de uma pessoa talvez muito mais jovem? Sendo admoestado pela sua franqueza? E sem nada saber sobre o motivo da sua prisão e o mandante?

Caiu em certa angústia, caminhou de um lado para outro, sem ser impedido por ninguém, ergueu os punhos da camisa, apalpou o peito, alisou o cabelo, passou pelos três senhores e disse: "Isso não faz sentido.". Os três se viraram para ele e o observaram com ar grave. Finalmente, parou outra vez diante da mesinha do inspetor. "O promotor público Hasterer é um grande amigo meu", disse. "Posso telefonar para ele?" "Claro", respondeu o inspetor, "mas não sei qual o sentido disso, a não ser que tenha um assunto particular para conversar com ele." "Qual o sentido?", gritou K. mais atônito do que irritado. "Quem é o senhor? O senhor quer um sentido e age de modo sem sentido. Isso não é dilacerante? Primeiro, esses senhores me prendem e, agora, ficam aí sentados ou em pé me fazendo dançar conforme a música. Que sentido teria telefonar para um promotor público quando porventura se está preso? Está bem, não vou telefonar." "Ora, por favor, telefone", disse o inspetor, estendendo a mão em direção à antessala onde estava o telefone. "Por favor, ligue." "Não quero mais", respondeu K., andando até a janela. Do outro lado da rua, o grupo ainda estava também à janela, mas agora parecia um pouco inquieto e constrangido quando K. os observou de lá. Os velhos fizeram menção de se levantar, mas o homem atrás deles os acalmou. "E ainda por cima há estes espectadores", exclamou K. bem alto para o inspetor, apontando com o dedo. "Saiam daí!", ele gritou. Os três recuaram imediatamente alguns passos, os dois velhos inclusive foram para trás do homem, que os encobria com seu corpo largo e, pelo que se deduzia por seu movimento labial, disse alguma coisa incompreensível a distância. Contudo, não desapareceram totalmente; antes, pareciam esperar o momento de se reaproximar da janela sem ser notados. "Abelhudos, gente grosseira!", disse K. ao voltar para o quarto. O inspetor provavelmente concordou com ele, pelo que se pôde interpretar por seu olhar de soslaio. Mas era bem possível também que ele não tivesse escutado nada, pois apertava uma das mãos contra a mesa e parecia comparar o comprimento dos dedos. Os dois guardas permaneciam sentados sobre uma mala embrulhada numa manta e roçavam os joelhos. Com as mãos nos quadris, os três jovens olhavam a esmo ao redor. O ambiente estava silencioso como em qualquer outra repartição esquecida. "Então, meus senhores", bradou K., e lhe pareceu por um instante carregar todos nos ombros, "pelo que parece, meu caso deve estar encerrado. Acho que o melhor é não pensarmos mais na autorização ou na falta dela para seu processo e colocarmos um fim ao caso com um aperto de mãos conciliador. Se tiverem a mesma opinião que eu, por favor" — e se dirigiu à mesa do inspetor com a mão estendida. O inspetor ergueu os olhos, mordeu os lábios e fitou a mão estendida de K., que ainda aguardava o cumprimento. O inspetor, porém, se levantou, apanhou um chapéu compacto e arredondado, que se encontrava na cama da senhorita Bürstner, e o colocou cuidadosamente com as duas mãos, como se faz ao provar novos chapéus. "Como tudo lhe parece simples!", disse a K. "Quer dizer que, para você, basta pôr um fim conciliador ao caso? Não, não, isso realmente não vai acontecer. Por outro lado, não quero dizer de modo algum que o senhor deva se desesperar. Por que não? O senhor está preso, nada além disso. Eu já lhe comuniquei isso, já o fiz, e percebi como o senhor o assimilou. É o suficiente por hoje, e podemos nos despedir ainda que provisoriamente. O senhor ainda quer ir ao banco agora?" "Ao banco?", perguntou K. "Pensei que estivesse preso!", K. afirmou com certo tom de atrevimento, pois, embora seu aperto de mão não tivesse sido aceito, sentia-se cada vez mais independente dessas pessoas, sobretudo desde que o inspetor se levantara. Brincava com eles. Tinha a intenção, caso fossem embora, de ir correndo atrás deles até a entrada da casa, até o portão, e lhes propor sua prisão. Por isso continuou repetindo: "Como posso ir ao banco se estou preso?" "Ah, sim", disse o inspetor, próximo à porta. "O senhor me entendeu mal. Sem dúvida, está preso, mas isso não deve impedi-lo de cumprir suas tarefas. O senhor não pode ser impedido de levar sua vida cotidiana." "Afinal, estar preso não é tão ruim assim", disse K., aproximando-se do inspetor. "Nunca disse o contrário", retrucou este. "Não me parece que o comunicado da prisão fosse obrigatório", rebateu K. se aproximando do inspetor. Os outros também se aproximaram. Agora estavam todos juntos num espaço apertado perto da porta. "Era minha obrigação", disse o inspetor. "Uma obrigação idiota", afirmou K., intransigente. "Pode ser", respondeu o inspetor, "mas não vamos perder nosso tempo com esta conversa. Entendi que o senhor queria ir ao banco. Como presta atenção a cada palavra, acrescento que não o estou obrigando a ir ao banco, apenas deduzi que o senhor quisesse ir. Para facilitar sua ida ao banco e torná-la o mais discreta possível, coloquei estes três senhores, seus colegas, à sua disposição." "Como?", gritou K., olhando pasmo para os três. Aqueles três jovens anêmicos e atípicos, que ele só tinha na memória como o grupo das fotos, eram de fato funcionários do seu banco, não colegas. Isso explicava muita coisa e criava uma lacuna na onisciência do inspetor, mas sem dúvida eles eram funcionários subalternos. Como K. não havia reparado nisso? Ele esteve tão absorvido pelo inspetor e pelos guardas que não reconheceu aqueles três: o rígido Rabensteiner de mãos trêmulas, o loiro Kullich de olhos fundos e Kaminer, com seu sorriso insuportável graças a uma distensão muscular crônica. "Bom dia!", disse K. pouco tempos depois, estendendo a mão aos senhores que se inclinavam respeitosamente. "Não os reconheci. Vamos ao trabalho, então?" Os senhores acenaram com a cabeça sorridentes e solícitos, como se tivessem esperado o tempo todo por isso. Quando perceberam que K. não havia apanhado seu chapéu, que ficara no quarto, puseram-se a correr juntos, um atrás do outro, para buscá-lo, o que causava certo constrangimento. K. ficou em silêncio, observando-os passar pela porta. O último era, sem dúvida, o indiferente Rabensteiner, que apenas tomou impulso para um andar elegante. Kaminer entregou o chapéu a K., que precisou imediatamente dizer a si mesmo, como já era seu costume no banco, que o sorriso de Kaminer não era proposital, que ele nem mesmo conseguia sorrir intencionalmente. Na antessala, a senhora Grubach, que parecia não ter a consciência pesada, abriu a porta do quarto para o grupo, e, como era de hábito, K. olhou para a tira de seu avental, que marcava profundamente de modo inútil sua barriga avantajada. Lá embaixo, com o relógio na mão, K. decidiu tomar um carro, para não aumentar o atraso já de meia hora. Kaminer correu até a esquina para pegar o carro. Os outros dois ficaram evidentemente tentando distrair K. quando, de repente, Kullich apontou para o portão da casa da frente, onde surgiu o homem grande com o cavanhaque loiro, que, num primeiro momento, um pouco embaraçado com o fato de se mostrar de corpo inteiro, retrocedeu, encostando-se à parede. Os velhos ainda estavam na escada. K. se aborreceu com Kullich pelo fato de ele ter se deixado notar pelo homem, que ele mesmo já avistara antes e pelo qual inclusive esperara. "Não olhe para lá", precipitou-se em dizer, sem perceber quão estranho era esse tipo de frase para homens adultos. Também não foi necessário nenhum esclarecimento, pois, justo nessa hora, chegou o carro, no qual entraram e partiram. K. lembrou então que não vira nem o inspetor nem os guardas partirem. O inspetor encobriu os três funcionários, que, por sua vez, encobriram aquele. Isso provava que não havia muita presença de espírito, e K. percebeu que deveria ser mais observador nesse aspecto. No entanto, ainda se virou sem querer e se curvou sobre a janela de trás do carro para, se possível, avistar o inspetor e os guardas. Mas logo se voltou outra vez para a frente, acomodando-se confortavelmente no banco de trás do carro e deixando para lá a tentativa de avistar alguém. Embora ele não demonstrasse, justamente nesse momento sentiu a necessidade de uma palavra de consolo. Dentro do carro, aqueles senhores pareciam cansados. Rabensteiner olhava para a direita, Kullich olhava para a esquerda, e apenas Kaminer estava à disposição com sua careta, da qual a humanidade, infelizmente, era proibida de zombar.

Naquela primavera, K. havia criado o hábito de, depois do trabalho, à noite — quando era possível, pois ficava no escritório até as nove —, dar um pequeno passeio sozinho ou na companhia de funcionários e depois tomar uma cerveja numa mesa reservada com pessoas de mais idade, onde ficava até as onze da noite. No entanto, havia exceções nessa divisão do tempo, quando, por exemplo, era convidado por seu diretor no banco, que o estimava por sua força de trabalho e pela confiança, para um passeio de carro ou um jantar em sua mansão. Além disso, encontrava uma vez por semana uma moça chamada Elsa, que trabalhava como garçonete num bar de noite até de madrugada e durante o dia recebia visitas na cama.

Nessa noite, porém — o dia passara rápido com muitos afazeres no trabalho e cumprimentos respeitosos e amáveis pelo seu aniversário —, K. quis voltar logo para casa. Pensara nisso em todas as pequenas pausas do trabalho. Sem saber exatamente por que, parecia-lhe que os incidentes da manhã haviam causado uma grande bagunça na pensão da senhora Grubach e que cabia a ele restabelecer a ordem. Uma vez restabelecida essa ordem, qualquer traço daqueles incidentes estaria apagado e tudo retomaria seu antigo curso. Não havia nada a temer especialmente dos três funcionários, que haviam afundado outra vez no grande corpo de funcionários do banco, e não se notava nenhuma mudança neles. Muitas vezes, K. os chamara em separado ou em grupo em seu escritório sem nenhum outro objetivo a não ser observá-los, e sempre pudera dispensá-los com satisfação.

Quando chegou, às nove e meia da noite, diante de sua casa, encontrou à entrada da pensão um jovem em pé, de pernas abertas, fumando um cachimbo. "Quem é o senhor?", perguntou K. de súbito, aproximando seu rosto ao do rapaz, já que não se enxergava direito à meia-luz do corredor. "Sou o filho do porteiro, caro senhor", respondeu o jovem, tirando o cachimbo da boca e indo para o lado. "O filho do porteiro?", perguntou K., batendo de modo impaciente sua bengala no chão. "O caro senhor deseja alguma coisa? Devo ir buscar meu pai?" "Não, não", retrucou K., e em sua voz havia algo de condescendente, como se o jovem tivesse feito algo errado que ele perdoava. "Tudo bem", ele disse e continuou andando, mas, antes de subir a escada, virou-se ainda mais uma vez. Poderia ter ido direto a seu quarto, mas, como queria falar com a senhora Grubach, bateu à sua porta. Ela estava sentada à mesa costurando uma meia em cima da qual havia um monte de meias velhas. K. se desculpou de modo displicente por aparecer tão tarde, mas a senhora Grubach foi tão simpática que nem quis ouvir suas desculpas. Com ele, estava sempre disposta a conversar, porque ele sabia muito bem que era o melhor e o mais querido dos seus inquilinos. K. olhou em volta na sala e viu tudo em seu devido lugar. A louça do café da manhã, que mais cedo estava posta em cima da mesa próxima à janela, já fora recolhida. Pensou que mãos femininas realizam muita coisa na quietude, talvez tivesse quebrado a louça ali mesmo, mas certamente não a recolheria. Olhou para a senhora Grubach com certa gratidão. "Por que ainda está trabalhando até tão tarde?", ele perguntou. Estavam sentados à mesa, e, de vez em quando, K. enterrava a mão na pilha de meias. "Há muito trabalho", disse ela. "Durante o dia, sou dos inquilinos. Se quero colocar minhas coisas em ordem, só me restam as noites." "Hoje dei um trabalho danado para a senhora." "Como assim?", perguntou ela em tom diligente com o trabalho parado em seu colo. "Falo dos homens que vieram aqui hoje cedo." "Ah, sim", disse, retornando à sua tranquilidade.

"Isso não foi trabalho nenhum." K. ficou observando, calado, a maneira como ela costurava as meias. Parecia admirada por ele ter falado aquilo, pensou; parecia que ela não achava correto ele tocar no assunto. Então é mais importante que eu o faça. Apenas com uma velha senhora posso falar a respeito. "Claro que deu trabalho", disse ele, "mas isso não voltará a acontecer." "Não, isso não pode voltar a acontecer", ela retrucou com veemência e sorriu melancolicamente para K. "A senhora está falando sério?", perguntou K. "Sim", ela respondeu baixinho, "mas, sobretudo, não leve tudo isso muito a sério. Tudo o que não acontece neste mundo! Já que o senhor está conversando comigo em tom tão confidencial, senhor K., vou lhe confessar que escutei um pouco atrás da porta e que os dois guardas me contaram alguma coisa. Trata-se da sua felicidade, e isso me toca o coração de verdade, mais do que talvez admita, pois sou sua locadora. Ouvi alguma coisa que não posso dizer que seja especialmente ruim. De fato, o senhor está preso, mas não como um ladrão. Quando se está preso como um ladrão, é ruim. Mas essa prisão... Aprendi alguma coisa, desculpe se digo alguma bobagem. Aprendi que realmente não entendo o que não precisa ser entendido."

"O que a senhora disse não é nenhuma bobagem, senhora Grubach. Pelo menos em parte, também compartilho da sua opinião, apenas julgo tudo isso de modo mais duro que a senhora e não considero uma aprendizagem; para mim, é simplesmente nada. Fui apanhado de surpresa, e foi só. Se, logo após acordar, eu tivesse levantado e ido até a senhora, sem me deixar transtornar pela demora da Anna e sem prestar atenção a ninguém que cruzasse meu caminho, teria excepcionalmente tomado meu café da manhã na cozinha e mandado a senhora me trazer alguma peça de roupa do meu quarto. Em suma, se tivesse sido sensato, nada disso teria acontecido, tudo o que aconteceu teria sido prontamente reprimido. Mas somos tão despreparados! No banco, por exemplo, eu estaria atento. Lá seria impossível me acontecer algo do gênero. Lá, tenho um empregado, o telefone geral e o do escritório ficam na minha frente, sobre a mesa, e constantemente entram pessoas, clientes e funcionários. Além disso, e talvez o mais importante, tenho sempre presença de espírito na relação com meu trabalho; seria, sinceramente, um prazer, para mim, deparar com uma coisa dessas lá. Bem, já passou, e não quero mais falar a respeito; só queria ouvir seu julgamento, o julgamento de uma mulher sensata, e estou muito contente por concordarmos. A senhora precisa só me estender a mão, pois um acordo como esse precisa ser reforçado com um aperto de mãos."

Será que ela vai me estender a mão? O inspetor não me estendeu a dele, pensou K., enquanto observava a mulher de modo diferente de antes, examinando-a. Ela se levantou, porque ele também se levantara, e parecia meio constrangida, pois nem tudo o que K. dissera lhe era compreensível. Por causa desse constrangimento, disse algo que ela não queria dizer e que não soou bem: "Não leve tão a sério, senhor K.", disse ela com a voz embargada e esquecendo, claro, o aperto de mãos. "Não sabia que eu estava levando a sério", respondeu K. subitamente cansado e compreendendo a inutilidade de todo o consentimento daquela mulher.

À porta, ele ainda perguntou: "A senhorita Bürstner está em casa?" "Não", respondeu a senhora Grubach, e, ao dar essa resposta seca, sorriu com alguma simpatia tardia. "Está no teatro. Quer alguma coisa dela? Devo lhe dar algum recado?" "Ah, eu só queria trocar algumas palavras com ela." "Infelizmente, não sei que horas ela chega. Quando vai ao teatro, em geral, volta tarde." "Pouco importa", disse K., virando-se de cabeça baixa em direção à porta a fim de sair. "Queria me desculpar com ela, pois ocupei seu quarto hoje." "Não é necessário, senhor K. O senhor é muito atencioso, a senhorita não sabe de nada, desde muito cedo está fora de casa. Além do mais, tudo já foi arrumado, veja o senhor mesmo." E abriu a porta do quarto da senhorita Bürstner. "Obrigado, acredito na senhora", disse K., dirigindo-se em seguida à porta aberta. A lua brilhava silenciosa no quarto escuro. Até onde era possível ver, estava tudo realmente em seu devido lugar. Nem a blusa estava mais pendurada no trinco da janela. As almofadas na cama pareciam mais altas do que antes, dispostas parcialmente à luz do luar. "A senhorita normalmente chega tarde em casa", disse K., olhando a senhora Grubach como se ela fosse responsável por isso. "Os jovens são assim mesmo!", disse a senhora Grubach, desculpando-se. "Claro, claro", respondeu K., "mas isso pode ir longe." "Sem dúvida", retrucou a senhora Grubach. "Como o senhor tem razão, senhor K.! Talvez até neste caso. Certamente não vou caluniar a senhorita Bürstner, que é uma boa moça, gentil, amável, organizada, pontual, trabalhadora. Estimo muito tudo isso. Mas uma coisa é certa: ela deveria ser mais orgulhosa, recatada. Só neste mês a vi duas vezes em ruas desertas e sempre com homens diferentes. É muito difícil para mim. Pelo amor de Deus! Só conto isso para o senhor, senhor K., o que não me impede de falar pessoalmente com a senhorita. Aliás, não é a única coisa suspeita que a senhorita faz." "A senhora está no caminho errado", disse K. com uma raiva quase indisfarçável. "Aliás, a senhora entendeu mal minha observação sobre a senhorita, não foi o que eu quis dizer. Inclusive, advirto-a com sinceridade: se a senhora disser alguma coisa para a senhorita, estará cometendo um grande erro. Conheço muito bem a senhorita, e nada do que a senhora disse é verdade. Talvez eu esteja indo longe demais, não quero impedir a senhora de falar para ela o que a senhora quiser. Boa noite." "Senhor K.", disse a senhora Grubach em tom de súplica, seguindo-o apressadamente até a porta de seu quarto, que ele já havia aberto, "ainda não quero falar com a senhorita. Claro que vou continuar a observá-la um pouco mais antes disso, apenas lhe confidenciei o que eu sabia. Afinal, cada inquilino deve ter em mente que o que se busca é manter a pensão limpa, e minha vontade não é nada além disso." "Limpeza!", exclamou K. pela fresta da porta. "Se a senhora quer manter a pensão limpa, é só me despejar primeiro." Ele bateu a porta logo em seguida sem perceber uma suave batida que ecoava.

Como não tinha nenhuma vontade de dormir, decidiu ficar acordado e aproveitar a oportunidade para verificar quando a senhorita Bürstner chegaria. Talvez fosse possível, por mais inadequado que parecesse, trocar umas palavras com ela. Quando estava à janela apertando os olhos cansados, pensou de fato por um instante em castigar a senhora Grubach, convencendo a senhorita Bürstner a mudar de pensão junto com ele. Mas isso logo lhe pareceu assustadoramente exagerado, e ele chegou inclusive a suspeitar de que quisesse trocar de casa por causa dos acontecimentos daquela manhã. Nada seria mais sem sentido, inútil e desprezível.

Quando se cansou de olhar a rua vazia, deitou-se no canapé,[1] depois de ter aberto um pouco a porta da antessala para poder enxergar quem entrava na casa. Ficou deitado ali, tranquilo, fumando um charuto até aproximadamente onze horas. Mas não conseguiu resistir mais e foi até a antessala como se pudesse, assim, apressar a chegada da senhorita Bürstner. Não esperava nada em especial em relação a ela nem conseguia lembrar ao certo sua aparência; queria só conversar com ela, e isso o irritava, pois, com sua chegada tardia, ela lhe causava intranquilidade e desordem ao fim do dia. Era também culpada por ele não ter jantado naquela noite e ter desmarcado uma visita agendada a Elsa. Podia, porém, recuperar os dois, caso fosse ao bar onde Elsa trabalhava. Faria isso mais tarde, depois de conversar com a senhorita Bürstner.

Eram onze e meia quando ouviu alguém na escada. Imerso em seus pensamentos e emitindo ruídos ao andar de um lado para outro na antessala, como se ali fosse seu quarto, K. correu para trás da porta. Era a senhorita Bürstner que havia chegado. Tremendo de frio, apertava um xale de seda sobre os ombros estreitos enquanto trancava a porta. No momento seguinte, ela entraria em seu quarto, aonde K. certamente não poderia ir à meia-noite. Ele precisava falar com ela agora, mas por azar se esqueceu de acender a luz do quarto. Dessa forma, se saísse do quarto escuro, pareceria um assalto e, no mínimo, a assustaria muito. Em seu desamparo, sem tempo a perder, sussurrou pela fresta da porta: "Senhorita Bürstner?". Soou como uma súplica, não como um

---

1. Espécie de sofá com encosto e braços, geralmente de madeira, trabalhada ou não, no qual se podem sentar de uma a três pessoas. (N.E.)

chamado. "Tem alguém aí?", perguntou a senhorita Bürstner, olhando ao redor com os olhos arregalados. "Sou eu", disse K. ressurgindo. "Ah, senhor K.!", respondeu a senhorita, sorrindo. "Boa noite", disse, estendendo-lhe a mão. "Gostaria de trocar umas palavras com a senhorita. A senhorita me permite?" "Agora?", perguntou a senhorita Bürstner. "Precisa ser agora? É um pouco estranho, não acha?" "Estou esperando pela senhorita desde as nove." "É que eu estava no teatro, não sabia de nada." "O assunto que tenho para tratar com a senhorita se refere a algo que ocorreu hoje." "Em princípio, não tenho nada contra, apenas estou morta de cansaço. Então, venha até meu quarto por alguns minutos. Aqui não dá para a gente conversar, vamos acordar todo mundo, o que seria mais desagradável para nós do que para os outros. Espere aqui até eu acender a luz do meu quarto, e depois apague a luz aqui." K. obedeceu e esperou até que a senhorita Bürstner veio de seu quarto e o chamou em voz baixa. "Sente-se aqui", disse, apontando para a otomana[2] — ela mesma permaneceu encostada no espaldar da cama, apesar do cansaço do qual falara, e não tirou nem o pequeno chapéu ornado de flores. "O que o senhor quer, afinal? Estou muito curiosa", disse, cruzando as pernas delicadamente. "Talvez a senhorita ache", começou K., "que a coisa não é tão urgente assim para ser tratada agora, mas..." "Nunca escuto introduções", disse a senhorita Bürstner. "Isso facilita minha missão", disse K. "De certo modo, por minha culpa, seu quarto hoje cedo foi um pouco bagunçado. Pessoas estranhas fizeram isso contra a minha vontade. Mas, como disse, por minha culpa. Por isso quero pedir desculpas." "Meu quarto?", perguntou a senhorita Bürstner, que, em vez de olhar o quarto, ficou observando K. "Isso mesmo", explicou-se K., e pela primeira vez os dois se olharam nos olhos. "A maneira como tudo ocorreu não vale nem uma palavra." "Mas, de qualquer forma, é isso que é interessante?", disse a senhorita Bürstner. "Não",

---

2. Espécie de sofá baixo e grande, no qual cabem várias pessoas sentadas ao mesmo tempo. (N.E.)

retorquiu K. "Bom", disse a senhorita Bürstner, "não quero me intrometer em seus segredos, mas, se o senhor insiste em afirmar que é desinteressante, não protesto mais. Aceito com prazer seu pedido de desculpas, principalmente porque não percebo nenhum traço de bagunça." Ela girou pelo quarto com as mãos espalmadas nos quadris. Parou diante da esteira com as fotos. "Veja só", gritou, "minhas fotos estão fora de lugar. Isso é horrível. Então alguém sem autorização entrou no meu quarto." K. assentiu com a cabeça e amaldiçoou baixinho o funcionário Kaminer, que não conseguira dominar sua mórbida e despropositada curiosidade. "É estranho", disse a senhorita Bürstner, "que eu seja obrigada a proibir-lhe algo que o senhor mesmo tem de se proibir, como entrar em meu quarto na minha ausência." "Gostaria de esclarecer ainda, senhorita", disse K. andando em direção às fotos, "que não fui eu quem mexi em suas fotos. Mas, como a senhorita não acredita em mim, preciso também confessar que a comissão de investigação trouxe três funcionários do banco — sendo que um deles demitirei na próxima oportunidade —, os quais provavelmente mexeram em suas fotos." "Sim, esteve aqui uma comissão de investigação", acrescentou K., já que a senhorita o observava com um olhar inquisidor. "Por sua causa?" "Sim", respondeu K. "Não", bradou a senhorita, rindo. "Sim", reforçou K. "Acredita, então, que sou inocente?" "Bem, inocente", disse a senhorita, "não quero fazer ainda um julgamento precipitado. Nem conheço o senhor. Em todo caso, é preciso ser um criminoso importante para que seja feita tão rapidamente uma comissão de investigação *in loco*. Mas, como o senhor continua livre, concluo, pela sua calma, que o senhor não fugiu da cadeia, portanto não pode ter cometido tal ato criminoso." "Sim", disse K., "mas a comissão de investigação pode ter deduzido que sou inocente ou nem tão culpado assim." "Sem dúvida, pode ser", disse a senhorita Bürstner, muito ponderada. "Está vendo", disse K., "a senhorita não tem muita experiência com coisas de tribunal." "Não, não tenho", rebateu a senhorita Bürstner, "e já o lamentei muito, pois gostaria de saber mais, sobretudo coisas de tribunal me interessam extremamente. O tribunal tem um particular magnetismo, não? Mas vou completar meus conhecimentos nesse sentido, já que no próximo mês começo como auxiliar num escritório de advocacia." "Mas isso é muito bom", disse K. "A senhorita vai poder me ajudar um pouco com o meu processo." "Pode ser", respondeu a senhorita Bürstner. "Por que não? Uso meus conhecimentos com prazer." "Falo a sério", disse K., "ou pelo menos em parte. Consultar um advogado para tal fim seria mesquinho, mas talvez precise de um consultor." "Sim, mas, para que eu fosse sua consultora, precisaria saber do que se trata", disse a senhorita Bürstner. "Aí é que está o problema", disse K., "eu mesmo não sei." "O senhor está gozando com minha cara", disse a senhorita Bürstner, extremamente decepcionada. "Para isso, é absolutamente inútil escolher esta hora avançada da noite." Ela se afastou do local das fotos, onde ficaram por tanto tempo em pé, juntos. "Mas, senhorita", disse K., "não estou brincando. A senhorita não quer acreditar em mim! Eu lhe contei tudo que sei. Até muito mais do que sei, pois não houve nenhuma comissão de investigação, nomeio-a assim porque não conheço outro nome para isso. Não foi nada investigado; fui preso por uma comissão." A senhorita Bürstner se sentou na otomana e riu de novo. "Como foi, então?", perguntou ela. "Horrível", respondeu K., mas não pensou no caso nesse instante; antes, ficou comovido com o aspecto da senhorita Bürstner, que apoiava o rosto numa das mãos, com o cotovelo tocando a almofada da otomana, enquanto passava devagar a outra mão pelo quadril. "É muito vago", disse a senhorita Bürstner. "O que é muito vago?", perguntou K., que se lembrou e inquiriu: "Devo lhe mostrar como foi?" Queria se movimentar, mas não ir embora. "Estou cansada", disse a senhorita Bürstner. "A senhorita chegou muito tarde", disse K. "Mas então é assim que tudo acaba: com repreensão a mim? É até justo, pois não deveria tê-lo deixado entrar. Necessário não era, como se mostrou." "Era necessário. A senhorita vai perceber isso agora", disse K. "Posso arrastar sua mesinha de cabeceira para cá?" "Que ideia é essa?", disse a senhorita Bürstner. "É claro que o senhor não pode!" "Então não posso lhe mostrar", revidou K., agitado, como se alguém lhe causasse um incomensurável prejuízo. "Bom, se é só a título de representação, pode arrastar com calma a mesinha", disse a senhorita Bürstner, que acrescentou, após um instante, com voz mais fraca: "Estou tão cansada que permito mais do que é razoável." K. deslocou a mesinha para o meio do quarto e se sentou atrás dela. "A senhorita precisa imaginar a distribuição das pessoas corretamente, é muito interessante. Sou o inspetor. Ali em cima da mala há dois guardas sentados, e perto das fotos estão três jovens. No trinco da janela está pendurada uma blusa branca, o que apenas menciono de passagem. E agora começa. Ah, sim! Esqueço-me de mim, a pessoa mais importante: fico em pé aqui na frente da mesinha. O inspetor está sentado de modo bastante confortável, com as pernas cruzadas, o braço pendente sobre o espaldar, um patife sem igual. E agora começa de verdade. O inspetor grita, como se precisasse me acordar, grita muito alto, infelizmente preciso gritar, se quero tornar-lhe as coisas inteligíveis, é apenas meu nome que ele grita." A senhorita Bürstner, que ouvia sorrindo, colocou o dedo indicador na frente da boca a fim de impedir que K. gritasse, mas era tarde demais. K. estava tão envolvido no papel que gritou devagar: "Josef K.", assim não muito alto como ameaçara, mas o grito pareceu se espalhar paulatinamente no quarto, após de repente tê-lo soltado.

Ouviram-se batidas fortes, curtas e regulares algumas vezes à porta da sala ao lado. A senhorita Bürstner empalideceu e levou a mão ao coração. Por conta disso, K. se assustou, especialmente porque ainda por um instante fora incapaz de não pensar em outra coisa a não ser nos incidentes daquela manhã e na moça a quem apresentava o caso. Então se recompôs um pouco, pulou na direção da senhorita Bürstner e pegou sua mão. "Não tenha medo de nada", sussurrou, "vou colocar tudo no lugar. Quem pode ser? Aqui do lado há só a sala, onde ninguém dorme." "Há alguém que dorme, sim", murmurou a senhorita Bürstner no ouvido de K.

"Desde ontem, o sobrinho da senhora Grubach dorme aí, um capitão. Não há nenhum outro quarto. Também me esqueci disso. O senhor precisava gritar? Como estou chateada!" "A senhorita não tem motivos para isso", disse K, beijando-a na testa, enquanto ela se recostava na almofada. "Sai daqui, sai", disse ela, endireitando-se rapidamente outra vez. "Vai embora, vai embora. Ele está ouvindo atrás da porta, ouvindo tudo. Como o senhor me atormenta!" "Não vou embora antes de a senhorita se acalmar um pouco", disse K. "Venha até o outro canto do quarto, aqui ele não pode nos ouvir." Ela se deixou conduzir até lá. "A senhorita não está refletindo", disse ele. "Trata-se de fato de um contratempo para a senhorita, mas de forma alguma um perigo. A senhorita sabe que a senhora Grubach, que vai resolver esse caso, sobretudo porque o capitão é sobrinho dela, me respeita e acredita em tudo o que digo. Ela é inclusive dependente de mim, porque tomou emprestado uma grande soma. Aceito cada uma das suas sugestões para esclarecer nosso encontro, desde que seja apropriado, e me responsabilizo por fazer a senhora Grubach acreditar nesta explicação não só publicamente como também de verdade e com sinceridade. Assim, a senhorita não precisa me poupar de nada. Se quiser espalhar por aí que a ataquei, a senhora Grubach vai falar disso e acreditar, sem perder a confiança em mim, de tanto que depende de mim." A senhorita Bürstner olhou silenciosa e um pouco absorta para o chão. "Por que a senhora Grubach não acreditaria que a ataquei?", continuou K. Na sua frente, via seu cabelo ruivo, repartido, um pouco fofo, preso com firmeza. Acreditou que ela ia dirigir-lhe o olhar, mas disse em postura imutável: "Desculpe-me, fiquei assustada com a batida repentina, e não tanto pelas consequências que a presença do capitão poderia ter. Ficou tudo tão quieto depois do seu grito e então houve a batida, por isso fiquei assustada. Estava sentada também perto da porta, e a batida foi quase do meu lado. Agradeço suas sugestões, mas não vou aceitá-las. Posso assumir a responsabilidade por tudo que se passa no meu quarto, inclusive em relação a qualquer pessoa. Admira-me que o senhor não repare que em suas sugestões existe uma ofensa a mim, claro que ao lado das boas intenções que eu certamente reconheço. Mas, por favor, vá embora, deixe-me sozinha, agora mais do que antes. Dos poucos minutos que o senhor pediu já se passou meia hora ou mais." K. segurou suas mãos e seu pulso: "A senhorita não está brava comigo?", perguntou. Ela acariciou a mão dele e respondeu: "Não, não, nunca fico brava com ninguém." Ele tentou agarrar outra vez seu pulso. Ela o tolerou agora e o conduziu até a porta. K. estava determinado a ir embora. No entanto, diante da porta, como se esperasse não encontrar uma porta ali, se deteve. Nesse momento, a senhorita se desvencilhou, abriu a porta, esgueirou-se até a antessala e de lá falou baixinho para K.: "Venha, por favor, olhe só" — apontando para a porta do capitão sob a qual havia luz —, "ele acendeu a luz e se divertiu com a gente." "Já vou", disse K., que correu, agarrou-a, beijou-a na boca e depois em todo o rosto, como um animal sedento com a língua para fora que finalmente encontra a fonte de água. Por fim, beijou-a no pescoço, na altura da garganta, e ali pousou os lábios por um bom tempo. Um barulho do quarto do capitão o fez levantar os olhos. "Agora, eu vou", disse. Queria chamar a senhorita pelo seu primeiro nome, mas não sabia qual era. Ela anuiu, cansada. Meio afastada, cedeu-lhe a mão para um beijo, como se não soubesse nada daquilo, e voltou curvada para seu quarto. Logo depois, K. se deitou na própria cama. Adormeceu rapidamente. Antes de dormir, pensou alguns instantes em seu comportamento. Estava feliz. Admirou-se, contudo, de não estar ainda mais feliz, e ficou seriamente preocupado com a senhorita Bürstner por causa do capitão.

## Segundo capítulo
## Primeiro inquérito

K. foi informado pelo telefone de que, no domingo seguinte, haveria um pequeno inquérito sobre seu caso. Disseram-lhe que esses inquéritos seriam regulares, um seguido do outro, se não toda semana, pelo menos com frequência. De um lado, era do interesse geral que o processo fosse concluído o mais rápido possível; de outro, porém, os inquéritos, em todos os seus sentidos, precisavam ser muito bem fundamentados e não durar muito tempo por causa do esforço envolvido. Por essa razão haviam escolhido essa alternativa de inquéritos breves e em sequência. A designação do domingo foi proposta para não atrapalhar seu trabalho. Supunha-se que K. estivesse de acordo, mas se quisesse outro dia, desde que possível, haveria boa vontade. Os inquéritos seriam, por exemplo, possíveis também de noite, mas nesse caso K. não estaria descansado o suficiente. De qualquer modo, ficariam marcados para domingo, caso K. não tivesse nenhuma objeção a fazer. Era claro que ele, certamente, tinha de comparecer, não sendo necessário adverti-lo a respeito. Foi-lhe dado o número da casa à qual ele deveria ir. Ela ficava numa rua remota nos arredores da cidade, onde K. nunca estivera antes.

K. desligou o telefone sem responder nada após receber a notificação, determinado a comparecer no domingo. Sem dúvida, era necessário. O processo estava em curso, e ele tinha de detê-lo. Esse primeiro inquérito deveria ser também o último. Ainda estava pensativo ao lado do telefone quando ouviu atrás de si a voz do vice-diretor, que queria telefonar, e a quem K. obstruía o caminho. "Más notícias?", perguntou o vice-diretor com displicência, não com o intuito de descobrir algo, mas para afastar K. do telefone. "Não, não", respondeu K., pondo-se de lado sem, no entanto, ir embora. O vice-diretor pegou o telefone e disse, enquanto esperava a ligação, com a mão sobre o fone: "Uma pergunta, senhor K.: gostaria de me dar o prazer de domingo de manhã participar de uma festa no meu veleiro? Vai ser uma grande reunião, inclusive haverá conhecidos seus, entre eles, o promotor público Hasterer. O senhor não quer vir? Venha, sim!". K. tentou prestar atenção ao que o homem dizia. Não era de todo irrelevante para ele esse convite do vice-diretor, com quem nunca se dera muito bem, afinal significava uma tentativa de reconciliação da parte dele e mostrava quanto K. se tornara importante no banco e como parecia valiosa sua amizade ou, no mínimo, sua imparcialidade, sendo aquele o segundo maior funcionário do banco. Esse convite era uma humilhação para o vice-diretor, por mais que tivesse sido feito por cima do fone, enquanto esperava a ligação. Mas K. precisava humilhá-lo uma segunda vez, por isso respondeu: "Muito obrigado! Mas, infelizmente, não tenho tempo no domingo. Já tenho um compromisso.". "Que pena!", retrucou o vice-diretor, voltando-se para o telefone, cuja ligação acabara de ser completada. Não foi nenhuma conversa rápida, mas K. permaneceu distraído e de pé ao lado do aparelho o tempo todo. Apenas quando o diretor desligou, ele se assustou e disse, um pouco para se desculpar da sua presença inútil ali: "Há pouco me ligaram para dizer que devo ir a algum lugar, mas se esqueceram de mencionar a hora.". "Pergunte outra vez", sugeriu o vice-diretor. "Não é nada assim tão importante", disse K., embora sua desculpa esfarrapada anterior caísse por terra. Ao saírem, o diretor falou ainda sobre outras coisas. K. se esforçou também para respondê-las, mas pensava principalmente que o melhor seria ir no domingo às nove da manhã, uma vez que todos os tribunais começam a funcionar nesse horário nos dias úteis.

Fazia um tempo feio no domingo. K. estava exausto porque ficara até tarde no bar por causa de uma comemoração com frequentadores habituais do lugar. Por pouco não perdeu a hora de acordar. Com pressa e sem tempo para refletir e juntar os diferentes planos que fizera ao longo da semana, vestiu-se e, sem tomar o café da manhã, saiu correndo para o endereço indicado, na periferia. Embora estivesse com pouco tempo de olhar ao redor, curiosamente encontrou os três funcionários envolvidos no seu caso: Rabensteiner, Kulich e Kaminer. Os dois primeiros estavam no bonde que cruzou o caminho de K. Entretanto, Kaminer estava sentado na varanda de um café e se curvou sobre o parapeito, curioso, justamente na hora em que K. passou por ele. Todos olharam para K. com atenção, admirados como seu superior corria. Uma espécie de teimosia o havia impedido de tomar uma condução; tinha desprezo por qualquer ajuda externa neste seu caso, por menor que fosse, e também não queria recorrer a ninguém para colocar a par o mínimo que fosse. Por fim, tampouco tinha a menor vontade de se humilhar diante da comissão de inquérito com uma pontualidade absoluta. Contudo, ainda continuava correndo para chegar lá no mínimo às nove horas, embora não tivesse sido marcada uma hora exata.

Pensou que fosse reconhecer a casa ao longe por algum sinal, que ele mesmo não imaginara com precisão, ou por algum movimento particular na entrada. Mas a rua Julius, onde a casa deveria estar e em cujo início K. permanecera um momento parado, tinha dos dois lados casas quase uniformes, altas, cinzentas, de aluguel e habitadas por pessoas pobres. Agora, na manhã de domingo, a maioria das janelas estava ocupada por homens em manga de camisa apoiados nos batentes, fumando ou segurando uma criança pequena com cuidado e carinho. Em outras janelas, mais ao alto, com roupa de cama pendurada, apareciam fugidias cabeças desgrenhadas de mulheres. Chamavam-se umas às outras aos gritos na rua, e uma delas provocou uma enorme risada bem em cima de K. Distribuídas regularmente pela longa rua havia pequenas lojas de alimentos localizadas abaixo do nível da calçada, acessíveis pelas escadas. De lá entravam e saíam mulheres, algumas das quais permaneciam nos degraus, conversando. Um verdureiro, que anunciava seus produtos nas janelas, poderia ter derrubado K. com seu carrinho, pois estava tão distraído quanto este último. Nesse instante, um gramofone de segunda mão, usado em bairros melhores, começou a tocar um disco num volume insuportável.

K. adentrou pela rua, devagar, como se agora já tivesse tempo, ou como se o juiz de instrução o visse de alguma janela e soubesse assim que ele chegara. Passava um pouco das nove da manhã. A casa ficava muito longe, era de um tamanho incomum, em particular o portão da frente, alto e largo. Sem dúvida, este servia para a entrada de caminhões, pertencentes aos diferentes depósitos, que bloqueavam o grande pátio e portavam as marcas das firmas, entre as quais K. reconhecia algumas por causa do banco. Contra seu costume, ocupou-se com precisão de todos esses detalhes superficiais, permanecendo por um tempo em pé na entrada. Perto dela, havia um homem descalço sentado sobre uma caixa, lendo um jornal. Dois jovens se balançavam em cima de um carrinho de mão. Uma moça de aparência delicada, próxima a uma bomba de água, vestida com um curto casaco, mirava K. enquanto a água corria para dentro de sua jarra. Num canto do pátio, uma corda entre duas janelas fora estendida, na qual havia roupa secando. Um homem estava lá embaixo, orientando o trabalho com alguns gritos.

K. se voltou para a escada para ir até a sala de audiência, porém se deteve de novo em silêncio, pois, além desta, viu no pátio mais três entradas com escada e um pequeno corredor no final do qual se abria um segundo pátio. Irritou-se, porque não lhe indicaram o lugar exato; tratavam-no com certa negligência ou indiferença, e ele pretendia reclamar disso em alto e bom som. Por fim, subiu pela primeira escada e brincou em pensamento com a lembrança da expressão do guarda Willem de que o tribunal atrai os culpados, do que realmente se depreende de que a sala de audiência deveria ficar junto da escada que K. escolhesse ao acaso.

Ao subir, esbarrou em muitas crianças que brincavam na escada e o olhavam com raiva cada vez que ele pisava no meio delas. "Se eu tiver que vir outra vez", dizia para si, "ou vou trazer docinhos para conquistá-las, ou uma bengala para bater nelas". Um pouco antes do primeiro andar, precisou esperar um pouco até que uma bola tivesse completado seu giro. Enquanto isso, dois garotos com uma cara bicuda de adultos vadios o seguraram pelas calças. Se quisesse se livrar deles, teria de machucá-los, e temia seus gritos.

No primeiro andar, começou de fato a busca. Dado que não podia perguntar pela comissão de inquérito, inventou um tal de carpinteiro Lanz — o nome lhe ocorreu porque o capitão, sobrinho da senhora Grubach, se chamava assim — e queria perguntar, em todos os apartamentos, se ali morava algum carpinteiro Lanz para ter a oportunidade de dar uma olhada dentro deles. Parecia que, na maior parte dos casos, isso era possível sem nenhuma artimanha, pois quase todas as portas estavam abertas e as crianças entravam e saíam correndo. Em geral, eram cômodos pequenos, com uma única janela e uma cozinha. Algumas mulheres seguravam recém-nascidos no braço e trabalhavam com a mão livre no fogão. Adolescentes, aparentemente apenas com aventais, corriam diligentes para cima e para baixo. Em todas os quartos, havia camas sendo usadas — ou com doentes, ou com dorminhocos ou com gente que se espreguiçava com a roupa do corpo. Nos apartamentos cujas portas estavam fechadas, K. batia e perguntava se ali morava o carpinteiro Lanz. Na maioria das vezes, uma mulher abria, ouvia a pergunta e se virava para alguém no quarto, que se levantava da cama. "Este senhor está perguntando se um tal de carpinteiro Lanz mora aqui." "Carpinteiro Lanz?", inquiria alguém na cama. "Sim", respondia K., embora percebesse que ali, sem dúvida, não se encontrava a comissão de inquérito e que, portanto, sua tarefa estava concluída. Muitos acreditavam que era importante para K. encontrar o carpinteiro Lanz, refletiam longamente, citavam um carpinteiro, que não se chamava Lanz, ou um nome que tinha uma vaga semelhança com Lanz, ou perguntavam aos vizinhos, ou acompanhavam K. a uma porta distante, onde, segundo eles, talvez um homem assim morasse como sublocatário, ou onde alguém tivesse uma informação melhor do que eles mesmos. Por fim, K. quase não precisava mais perguntar, e foi assim se arrastando pelos andares. Lamentou seu plano que, a princípio, parecia tão prático. Antes do quinto andar, decidiu desistir da busca, despediu-se de um jovem trabalhador simpático que se dispôs a continuar o conduzindo para cima, e desceu. Mas de novo se irritou com a inutilidade de toda essa empresa, voltou atrás e bateu na primeira porta do quinto andar. A primeira coisa que viu no pequeno cômodo foi um grande relógio de parede que marcava dez horas. "É aqui que mora o carpinteiro Lanz?", perguntou K. "Faz o favor", disse uma moça de olhos negros luminosos que lavava roupa de criança numa tina apontando com a mão molhada para a porta aberta do quarto ao lado.

K. achou que havia entrado numa assembleia. Uma aglomeração de gente da mais diversa — ninguém ligava para quem entrava — ocupava um cômodo mediano, de duas janelas, circundado por uma galeria quase junto ao teto, ao mesmo tempo completamente lotado, onde as pessoas só podiam ficar em pé curvadas, com a cabeça e as costas encostadas no teto. K., para quem o ar estava muito abafado, saiu outra vez e disse para a moça que, sem dúvida, o entendera mal: "Perguntei por um certo carpinteiro, um tal de Lanz, não foi?". "Sim", respondeu a moça. "Entre, por favor." Talvez K. não a tivesse seguido se a moça não tivesse se dirigido a ele, girado a maçaneta e dito: "Depois do senhor, preciso fechar. Ninguém mais pode entrar.". "Bastante sensato", disse K., "mas já está cheio demais." Contudo, tornou a entrar.

Uma mão puxou K. no meio de dois homens que conversavam logo junto à porta — um deles fazia o gesto de contar dinheiro com as duas mãos estendidas, enquanto o outro o fitava firme nos olhos. Era um jovem baixo de bochechas vermelhas. "Entre, entre", ele disse. K. se deixou conduzir. Parecia existir um estreito caminho livre no meio do formigueiro, que provavelmente se dividia em dois partidos. Deduzia-se isso porque K. quase não viu nenhum rosto voltado para ele nas primeiras filas, nem à direita, nem à esquerda, antes, apenas as costas, o que significava que discursos e gestos eram dirigidos somente às pessoas do seu partido. A maioria delas estava vestida de preto, com velhos paletós de festa compridos e frouxos. Essas roupas eram a única coisa que desconcertava K., de resto teria pensado que se tratava de uma reunião política.

No outro lado da sala, para onde K. foi conduzido, havia uma mesa sobre um tablado pequeno, igualmente apinhado, disposta de través, atrás da qual, na beira do tablado, estava sentado um homenzinho gordo e ofegante que conversava animadamente com um homem em pé atrás dele — este último tinha o cotovelo apoiado no encosto de uma poltrona e as pernas cruzadas. De vez em quando, o primeiro jogava o braço no ar, como se imitasse alguém. O jovem, a quem K. seguia, se esforçava para anunciá-lo. Por duas vezes tentou transmitir seu recado na ponta dos pés, sem conseguir ser notado pelo homem. Só quando alguém em cima do tablado notou o rapaz, o homem se virou na sua direção e ouviu curvado seu recado dado em voz baixa. Então, puxou seu relógio do bolso e deu uma olhada rápida em K. "O senhor deveria ter aparecido há uma hora e cinco minutos", ele disse. K. quis responder alguma coisa, mas não teve tempo, pois, mal o homem acabara de falar, um resmungo geral se levantou na metade direita da sala. "O senhor deveria ter aparecido há uma hora e cinco minutos", repetiu o homem, elevando a voz e passando rapidamente o olhar pela sala abaixo. De imediato, o resmungo se tornou mais forte, mas se perdeu paulatinamente, dado que o homem não disse mais nada. Havia mais silêncio na sala agora do que quando K. entrara. Apenas as pessoas na galeria não paravam de fazer comentários. Elas pareciam, tanto quanto era possível distinguir alguma coisa acima no escuro, na fumaça e na poeira, estar mais malvestidas lá em cima do que as de ali de baixo. Algumas haviam trazido almofadas, que dispuseram entre a cabeça e o teto, para não se machucar.

K. decidira mais observar do que falar. Por isso, desistiu de se defender da sua chegada tardia e disse somente: "Pode ser que tenha chegado tarde, mas agora estou aqui.". Seguiu-se uma explosão de aplausos vinda de novo do lado direito da sala. É fácil conquistar as pessoas, pensou K., incomodado com o silêncio do lado esquerdo da sala, que estava justamente atrás dele e de onde se emitira um aplauso ocasional. Pensou no que poderia dizer para conquistar todos de uma só vez, ou, caso isso não fosse possível, pelo menos ter o apoio temporário dos outros.

"Sim", disse o homem, "mas não sou mais obrigado a inquiri-lo agora" — de novo o resmungo, mas desta vez equivocado, já que o homem continuou, enquanto fazia sinal com a mão para a multidão — "porém, hoje, vou abrir uma exceção. Um atraso dessa ordem não deve mais se repetir. E, agora, dê um passo à frente!"

Alguém saltou do tablado dando lugar para K., que subiu. Ficou imprensado contra a mesa; a multidão atrás dele era tão grande que precisava contê-la; não queria derrubar do tablado a mesa do juiz de instrução.

O juiz de instrução não se importou com isso; pelo contrário, ficou confortavelmente sentado na sua poltrona e, após ter dito uma última palavra para o homem atrás de si, pegou o único objeto da mesa, um caderninho de notas. Era do tipo escolar, velho, disforme de tanto ser folheado. "Muito bem", disse o juiz de instrução, folheando o caderno, em tom afirmativo para K.: "O senhor é pintor de paredes?". "Não", respondeu K. "Sou o primeiro procurador de um grande banco." A essa resposta, seguiu-se uma gargalhada tão efusiva do partido da direita que K. teve de rir junto. As pessoas batiam com as mãos nos joelhos e se contorciam como num violento acesso de tosse. Até algumas pessoas na galeria riam. O juiz de instrução, muito bravo, aparentemente sem poder sobre essas pessoas, procurou se compensar à custa da galeria, dando um pulo e a ameaçando, enquanto suas sobrancelhas, de resto pouco chamativas, se contraíam espessas, negras e grandes sobre os olhos.

O lado esquerdo da sala ainda permanecia silencioso. Ali as pessoas estavam enfileiradas de pé, tinham o rosto voltado para o tablado e ouviam as palavras proferidas lá em cima e também o barulho do outro lado, toleravam inclusive que alguns das suas fileiras andassem aqui e acolá junto ao outro partido. As pessoas do partido da esquerda, que estavam em menor número, queriam ser, em princípio, tão insignificantes quanto as do partido da direita, mas a calma da sua conduta as tornava mais importantes. Quando K. começou a falar, estava convencido de que falava para elas.

"Senhor juiz, sua pergunta sobre se eu sou pintor de paredes — aliás, o senhor não me perguntou nada, e sim afirmou categoricamente — caracteriza a natureza do processo movido contra mim. O senhor pode objetar que não existe absolutamente nenhum processo, e tem razão, pois só é processo se eu o reconhecer como tal. Contudo, neste momento, eu o reconheço, em certa medida, por piedade. Não se pode colocar a questão a não ser com piedade, se se quer respeitar a norma. Não digo que seja um processo desleixado, mas gostaria de lhe oferecer essa definição como forma de autoconhecimento."

K. se interrompeu e olhou a sala embaixo. O que dissera era duro, mais duro do que pretendera; contudo, era correto. Teria merecido aplausos esporádicos, no entanto estavam todos em silêncio, a expectativa era claramente tensa a respeito do que iria se seguir, talvez uma explosão que estivesse sendo preparada no silêncio acabasse com tudo. Foi desconcertante que justo agora a porta dos fundos da sala se abrisse e a jovem lavadeira, que provavelmente havia terminado seu trabalho, entrasse atraindo os olhares para si, apesar de todo o cuidado empregado. Apenas o juiz de instrução divertia K., pois parecia ter sido realmente atingido pelas suas palavras. Até ali, ele ouvira tudo em pé. Surpreendido pela fala de K., dirigiu-se para a galeria. Durante a pausa, foi se sentando aos poucos como se não quisesse ser notado. Talvez para aliviar sua expressão, pegou o caderninho outra vez.

"Não adianta nada", continuou K., "seu caderninho também confirma o que estou dizendo, senhor juiz." Satisfeito em ouvir apenas as suas palavras tranquilas naquela assembleia de estranhos, K. ousou até tirar o caderno das mãos do juiz de instrução e, com a ponta dos dedos, como se tivesse nojo daquilo, segurou uma folha amarelada do meio cujos dois lados mostravam uma escrita apertada, com rasuras. "São os autos do senhor juiz de instrução", disse K., deixando o caderno cair sobre a mesa. "Continue lendo tranquilamente, senhor juiz. Não temo nada diante deste caderno escolar, embora seja inacessível para mim, pois só posso segurá-lo com as pontas dos dedos, mas não com a mão." Poderia ser um sinal de profunda humilhação, ou pelo menos deveria ser compreendido assim, o fato de o juiz de instrução ter apanhado o caderno, que fora jogado sobre a mesa, procurado ajeitá-lo e recomeçado a ler.

Os semblantes das pessoas na primeira fila estavam tão tensos em relação a K. que ele os fitou por um instante. Em sua maioria, eram homens velhos, de barba branca. Seriam talvez eles aqueles com maior poder de decisão, os que podiam influenciar a assembleia, aqueles que mesmo a humilhação do juiz de instrução não tirava da inércia na qual haviam mergulhado desde o início da fala de K.?

"O que aconteceu comigo", prosseguiu K., em tom mais baixo do que antes, sempre procurando os rostos da primeira fila, vendo em alguns a expressão dispersa a seu discurso, "o que aconteceu comigo é somente um caso isolado, e como tal não muito importante, que não levo muito a sério, mas tem a característica de como se move um processo contra muitos. Por eles estou aqui, não por mim."

K. elevara sem querer o tom de voz. Em algum lugar, alguém aplaudiu com as mãos erguidas, gritando: "Bravo! Por que não? Bravo! Bravíssimo!". Os da primeira fila cofiaram aqui e ali a barba, mas nenhum deles se mexeu por causa do grito. Nem mesmo K. se importou muito com eles, mas estava sem dúvida animado; considerava agora não ser mais necessário que todos aplaudissem; seria suficiente se a assembleia começasse a refletir sobre o caso e se ele conseguisse convencer alguns.

"Não quero a fama dos oradores", disse K. após essa reflexão, "nem pretendo alcançá-la. Com certeza, o senhor juiz fala muito melhor, faz parte do seu ofício. O que desejo é apenas uma discussão pública sobre um mal-entendido agora também público. Escutem: há dez dias fui preso. Eu mesmo ri do motivo da prisão, mas isso não cabe aqui. Fui retirado cedo da cama — isso não está excluído, segundo o juiz de instrução; talvez a ordem fosse prender algum pintor de paredes tão inocente quanto eu, mas escolheram a mim. A sala ao lado do meu quarto foi ocupada por guardas toscos. Se eu fosse um ladrão perigoso, não poderiam ter tomado providências mais adequadas. Esses guardas eram uma gentalha pervertida, tagarelavam o tempo todo no meu ouvido, quiseram me subornar com mentiras, tentaram subtrair minhas roupas, me pediram dinheiro para supostamente me trazer o café da manhã, após terem comido meu próprio desjejum, diante dos meus olhos, sem nenhuma vergonha. E, como se isso não bastasse, fui conduzido à presença do inspetor num terceiro quarto. Era o quarto de uma dama, a qual estimo bastante, e fui obrigado a ver como esse quarto, por minha causa, mas sem ser por minha culpa, foi aviltado pelos guardas e pelo inspetor. Não foi fácil manter a calma. Mas consegui. Perguntei ao inspetor tranquilamente — se ele estivesse aqui, confirmaria — por que havia sido preso. O que esse inspetor me respondeu? Posso vê-lo agora diante de mim, sentado na poltrona da mencionada dama como representação da mais estúpida soberba. Meus senhores, na realidade ele não respondeu nada; talvez não soubesse de nada. Ele me prendera e estava satisfeito com isso. Ainda fez mais uma coisinha: ao quarto daquela dama, trouxe três funcionários subalternos do meu banco que se ocuparam em manusear e desordenar as fotografias, de propriedade da dama. A presença desses funcionários, assim como de minha locadora e de sua empregada, tinha, sem dúvida, outro objetivo: eles desejavam espalhar a notícia da minha prisão, manchar minha reputação e, especialmente, abalar minha posição no banco. Nada disso, porém, aconteceu, nem um resquício sequer. Até minha locadora, uma pessoa simples — quero aqui pronunciar seu nome com orgulho: senhora Grubach —, até a senhora Grubach sensatamente percebeu que uma tal prisão não podia significar senão um ataque, como os jovens não vigiados fazem na rua. Repito: tudo só me trouxe desconforto e aborrecimento passageiro, mas não poderia ter tido também consequências mais graves?"

Quando K. se interrompeu nesse momento e olhou para o juiz de instrução, que estava em silêncio, percebeu que este havia acabado de piscar para alguém na multidão, como se tentasse emitir um sinal. K. sorriu e disse: "Agora mesmo, aqui do meu lado, o senhor juiz está enviando para algum de vocês um sinal secreto. Tem alguém aí que é orientado daqui de cima. Não sei se o sinal vai causar assobios ou aplausos, e, por essa razão, ao revelar o caso antecipadamente, desisto de descobrir o significado do sinal. Isso é totalmente indiferente para mim, e autorizo o senhor juiz publicamente a dar ordens a seus funcionários pagos lá embaixo em voz alta e não com sinais secretos, dizendo 'agora assobiem' e, da próxima vez, 'agora aplaudam'.".

Quem sabe se por constrangimento ou impaciência, o juiz de instrução se mexia sem parar na cadeira. O homem atrás dele, com quem já conversara antes, curvou-se de novo na sua direção, talvez para, no geral, dar-lhe coragem ou um conselho especial. Lá embaixo as pessoas conversavam baixinho, mas com vivacidade. Os dois partidos, que antes pareciam ter opiniões antagônicas, se misturavam; alguns apontavam o dedo para K., e outros, para o juiz de instrução. A poeira nebulosa da sala estava extremamente densa, impedindo até uma observação mais precisa de quem se encontrava mais distante. Para o público da galeria, deveria ser especialmente bastante penoso, pois eram obrigados, certamente com olhares acanhados de soslaio, a perguntar em voz baixa a outras pessoas para se informar do ocorrido. As respostas eram dadas também em voz baixa, com a boca protegida pelas mãos.

"Estou quase no fim", anunciou K., que, como não tinha nenhuma campainha à mão, deu um soco na mesa. Assustados com isso, o juiz de instrução e seu conselheiro se afastaram no mesmo instante: "O caso todo está distante de mim, por isso o julgo com muita calma. Vocês podem, contanto que este pretenso tribunal decida algo, tirar grandes vantagens dele se me escutarem. Peço que adiem para mais tarde sua discussão recíproca sobre o que desejo apresentar, porque não tenho tempo e logo vou embora.".

Fez-se silêncio imediatamente, considerando que K. dominava a assembleia. Não gritavam mais entre eles como no início, ninguém aplaudia mais, mas pareciam convictos ou curiosos em relação ao próximo movimento.

"Não há dúvida", disse K. num tom mais baixo, já que lhe agradava a expectativa de toda a assembleia, e nesse silêncio surgiu um sussurro mais excitante que o aplauso mais arrebatador, "de que por trás de todas as manifestações deste tribunal — no meu caso, por trás da prisão e do inquérito de hoje — existe uma grande organização. Uma organização que não só emprega guardas corruptos, inspetores e juízes de instrução pueris, no melhor dos casos simplórios, mas que continua falando de um tribunal superior e de grau mais elevado, com um séquito de incontáveis e inacessíveis funcionários, escrivães, policiais e outros auxiliares, talvez carrascos. Não recuo diante da palavra. E qual o sentido desta grande organização, meus senhores? Trata-se aqui de prender pessoas inocentes e abrir contra elas processos sem sentido e, na maior parte das vezes, como no meu caso, sem resultado. Como pode ser encoberto o pior tipo de corrupção dos funcionários por meio do absurdo do todo? Isso é impossível, e nem o juiz da mais alta corte conseguiria tal feito. Por isso, os guardas tentam roubar a roupa do corpo dos presos, inspetores irrompem em residências desconhecidas, e inocentes são aviltados em vez de interrogados diante de toda a assembleia. Os guardas só falaram de depósitos para onde são levados os pertences dos presos. Eu queria ver esses depósitos nos quais os bens adquiridos com esforço dos presos apodrecem, quando não são roubados por funcionários gatunos."

K. foi interrompido por um ruído vindo do fundo da sala e cerrou os olhos para enxergar melhor, porque a luz turva do dia deixava a poeira esbranquiçada e o cegava. Era a lavadeira que K. considerara, pela sua entrada, um distúrbio efetivo. Se ela era a culpada agora ou não, ninguém saberia dizer. K. viu apenas que um homem a empurrara para o canto da porta e ali se comprimia contra ela. Mas não era ela quem fazia barulho, e sim o homem, que estava com a boca aberta olhando para o teto. Um pequeno círculo se formara ao redor dos dois, os membros da galeria pareciam excitados, porquanto a severidade, que K. até então tivera diante da assembleia, fora rompida. K. quis acorrer logo para lá e pensou que todos estariam prontos para pôr aquilo em ordem ou pelo menos expulsar o casal da sala, mas as primeiras filas na frente dele permaneceram imóveis; ninguém se mexeu nem o deixou passar. Ao contrário, impediram-no. Os homens mais velhos estenderam os braços, e uma mão inusitada — ele não teve tempo de se virar — o agarrou por trás pelo colarinho. K. já não pensava mais no casal. Para ele, era como se sua liberdade tivesse sido restringida, como se a prisão se tornasse real, então ele deu um salto do tablado sem refletir e postou-se de frente para a multidão. Será que não havia julgado corretamente as pessoas? Teria confiado tanto assim no seu discurso? Será que as pessoas estavam fingindo enquanto ele discursava, e agora teriam se cansado do fingimento depois que ele terminou?

Que fisionomias a seu redor! Olhinhos escuros se esgueiravam, as mandíbulas pendiam como se estivessem bêbados, e as longas barbas rígidas e ralas mais pareciam garras. Sob as barbas, porém — e essa era realmente a descoberta que K. fizera —, reluziam nas golas dos casacos distintivos de diferentes tamanhos e cores. Tanto quanto se podia ver, todos tinham esses distintivos. Todos faziam parte do mesmo grupo, os supostos partidos da esquerda e da direita. Quando, de repente, K. se virou, viu o mesmo distintivo na gola do juiz de instrução, que olhava para baixo calmamente com as mãos no colo. "Então é assim", gritou K. jogando os braços para o alto, já que a tomada de consciência repentina requeria espaço, "todos vocês são funcionários. Como percebo, vocês são a banda corrupta da qual eu falava. Vocês se aglomeraram aqui como ouvintes e espiões, formaram partidos de fachada, e alguns aplaudiram para me testar. Queriam aprender como enganar inocentes. Bem, vocês não vieram aqui inutilmente, espero, ou conversaram a respeito de ter a expectativa de que alguém entre vocês pudesse defender o inocente, ou — me larga senão eu bato", gritou K. para um velho trêmulo que fora empurrado para perto dele, "ou vocês realmente aprenderam alguma coisa. Assim, desejo sorte a vosso negócio." Então ele apanhou rapidamente seu chapéu, que estava na beira da mesa, e se apressou para sair em meio a um silêncio geral, ainda que fosse um silêncio da mais completa surpresa. Contudo, o juiz de instrução fora mais rápido que K. e o esperava perto da porta. "Um momento", disse ele. K. ficou parado, mas não olhou para o homem, e sim para a porta, cuja maçaneta já segurava. "Gostaria apenas de chamar a sua atenção", disse o juiz de instrução, "e lhe informar que o senhor hoje se privou da vantagem — acho que o senhor ainda não se deu conta disso — que um inquérito representa para o preso em qualquer causa." K. deu uma risada já próximo à porta. "Seus patifes! Podem ficar com todos os inquéritos para vocês", bradou, abrindo a porta e se adiantando para descer a escada. Atrás dele, surgiu um barulho vindo outra vez da vibrante assembleia, que começou a discutir os acontecimentos como estudiosos.

## Terceiro capítulo
## Na sala de audiência vazia —
## O estudante — Os cartórios

Na semana seguinte, K. esperou dia após dia por uma nova comunicação, não podia acreditar que se tomara sua recusa ao inquérito ao pé da letra. Como a aguardada comunicação realmente não chegou até sábado à noite, pressupôs que implicitamente fora convidado a comparecer outra vez na mesma casa, no mesmo horário. Então, no domingo, dirigiu-se para lá de novo, mas dessa vez foi direto por escadas e corredores. Algumas pessoas, que se recordavam dele, o cumprimentaram em suas portas, mas ele não precisava mais perguntar nada a ninguém, então foi direto ao lugar correto. Ao bater, a porta foi aberta imediatamente, e mesmo sem dar importância à mulher conhecida, que ficava sentada perto da porta, quis ir logo para a sala ao lado. "Hoje não tem audiência", disse a mulher. "Como assim não tem audiência?", perguntou, sem querer acreditar. Entretanto a mulher o convenceu ao abrir a porta da sala ao lado. Estava realmente vazia, ainda mais miserável do que no domingo anterior. Havia alguns livros sobre a mesa, que permaneceu intocada sobre o tablado. "Posso ver os livros?", perguntou K., não por nenhuma curiosidade em particular, mas apenas para não ficar totalmente inútil. "Não", respondeu a mulher, fechando novamente a porta, "não é permitido. Os livros pertencem ao juiz de instrução." "Ah, é?", retorquiu K. aquiescendo. "Os livros são, sem dúvida, jurídicos, e é da natureza deste tribunal julgar não só inocentes, mas ignorantes." "É isso mesmo", disse a mulher, que não o entendera direito. "Então, vou indo", disse K. "Devo comunicar alguma coisa ao juiz de instrução?", perguntou a mulher. "A senhora o conhece?", perguntou K. "Claro", revidou ela, "meu marido é funcionário do tribunal." Só naquele momento K. percebeu que a sala, onde antes havia somente uma tina para lavar roupa, se transformara numa habitação bem ordenada. A mulher notou seu espanto e disse: "É, moramos aqui de graça, e nos dias de audiências precisamos desmontar a sala. O cargo do meu marido tem muitas desvantagens.". "Não me espanto tanto com o quarto", disse K. olhando para ela irritado, "mas muito mais com o fato de a senhora ser casada." "Talvez o senhor se refira ao acontecimento na última audiência, quando perturbei seu discurso?", perguntou a mulher. "Claro", respondeu K., "já havia quase me esquecido disso hoje, mas naquele momento fiquei furioso. A senhora mesma diz agora que é uma mulher casada." "Não foi para prejudicar o senhor que interrompi seu discurso. Este foi julgado de modo bem desfavorável assim que o senhor partiu." "Pode ser", retorquiu K. afastando-se, "mas isso não desculpa a senhora." "Todos que me conhecem me desculparam", disse a mulher; "o homem que me abraçou naquele instante me persegue há muito tempo. Em geral não me sinto atraente, mas para ele eu sou. Aqui não existe proteção, até meu marido já se conformou com isso. Quer manter seu cargo, precisa ser tolerante, porque aquele homem é um estudante e provavelmente terá ainda muito mais poder. Está sempre atrás de mim. Um pouco antes de o senhor chegar, ele partiu." "Isso combina com tudo", disse K., "não me surpreende." "O senhor pretende melhorar alguma coisa aqui, não é?", perguntou a mulher lentamente, examinando-o, como se dissesse algo que tanto para ela quanto para K. fosse perigoso. "Isso depreendi do seu discurso, do qual pessoalmente gostei muito. Contudo, só ouvi uma parte, perdi o começo, e durante a conclusão estava com o estudante no chão. Aqui é tão repugnante!", disse a mulher após uma pausa, segurando a mão de K. "O senhor acredita que conseguirá promover uma melhora aqui?" K. sorriu e virou sua mão delicadamente entre as mãos macias dela. "De fato", disse ele, "não é responsabilidade minha promover melhorias aqui, da maneira como a senhora se expressa, e se a senhora, por exemplo, dissesse isso para o juiz de instrução, seria ridicularizada ou punida. Sem dúvida, não teria me metido também nesse imbróglio por livre e espontânea vontade, e meu sono nunca teria sido abalado pela necessidade de melhorias deste tribunal. Mas fui obrigado a intervir em defesa própria, dado que supostamente fui preso — aliás, estou preso. Se, com isso, também puder ser útil à senhora de algum modo, por certo o farei. Não apenas por amor ao próximo, mas porque a senhora também pode me ajudar." "Como eu poderia?", perguntou a mulher. "Se a senhora me mostrar, por exemplo, agora, os livros em cima da mesa." "Mas é claro", gritou a mulher, puxando-o atrás de si. Eram livros velhos, desgastados; a capa de um volume estava quase partida ao meio, as duas metades pendiam unidas por fios. "Está tudo tão sujo aqui", disse K. sacudindo a cabeça, e, antes que pudesse pegar os livros, a mulher tirou o pó superficialmente com seu avental. K. folheou o primeiro livro, no qual aparecia uma figura indecente. Um homem e uma mulher estavam sentados nus num canapé; o propósito vulgar do artista era fácil de reconhecer, mas sua falta de habilidade era tão grande que no fim só era possível ver um homem e uma mulher que sobressaíam da figura com seus corpos pesados, sentados excessivamente eretos e, por causa da falta de perspectiva, virados um para o outro com dificuldade. K parou de folheá-lo, preferiu dar uma olhada no título do segundo livro: um romance chamado *Os tormentos que Grete teve de sofrer com seu marido Hans*. "São estes os códigos de leis estudados aqui", comentou K. "Por esse tipo de gente é que serei julgado." "Vou ajudá-lo", disse a mulher. "O senhor aceita?" "A senhora poderia realmente se envolver sem correr perigo?. A senhora disse antes que seu marido depende muito de seus superiores." "Apesar disso, quero ajudá-lo", disse a mulher. "Venha cá, precisamos conversar. Não fale mais sobre meu perigo; só temo o perigo ali onde quero temê-lo. Vem." Ela apontou para o tablado e pediu que ele se sentasse ao lado dela sobre o degrau. "O senhor tem lindos olhos negros", ela disse, após ter se sentado, olhando K. de baixo para cima. "Disseram para mim que também tenho lindos olhos, mas os seus são mais bonitos. Eles chamaram minha atenção na primeira vez que o senhor entrou aqui. Essa também foi a razão de eu ter entrado mais tarde na sala da assembleia, o que, em geral, nunca faço, pois me é proibido de certa maneira." Então é isto, pensou K.: ela se oferece para mim, é corrompida como todos por aqui, está farta dos funcionários do tribunal, o que é compreensível, e puxa o saco de qualquer estranho com um elogio sobre seus olhos. K. se levantou em silêncio, como se tivesse dito seus pensamentos em voz alta e, com isso, mostrado à mulher seu comportamento. "Não creio que a senhora possa me ajudar", disse ele. "Para me ajudar de fato, seria preciso que a senhora estivesse relacionada com os funcionários do alto escalão. Mas a senhora certamente só conhece os do baixo escalão, que vadiam aqui aos montes. Por certo a senhora os conhece muito bem e poderia conseguir alguma coisa com eles, o que não duvido, mas o máximo que poderia obter junto a eles seria completamente inútil para o encerramento definitivo do processo. Assim, a senhora perderia alguns amigos. Eu não quero isso. Continue a agir do mesmo modo com essas pessoas, isso me parece imprescindível para a senhora. Não digo isso à toa. Em retribuição a seu elogio, quero dizer que gosto da senhora, principalmente quando me olha assim, triste, o que, aliás, não tem motivo algum. A senhora faz parte do grupo contra o qual tenho de lutar, inclusive se encontra à vontade nele, ama até o estudante. Se não o ama, no mínimo prefere este a seu marido. Percebe-se isso facilmente em suas palavras." "Não", gritou ela, permanecendo sentada e tentando agarrar a mão de K., que não conseguiu puxá-la rapidamente. "O senhor não pode ir embora agora. Não pode ir embora com uma falsa impressão sobre mim. Conseguiria realmente ir embora agora? Sou tão insignificante assim que o senhor não me faria o favor de ficar mais um pouquinho aqui?" "A senhora está me entendendo mal", disse K, sentando-se. "Se lhe importa tanto que eu fique, eu fico. Tenho tempo. Vim na expectativa de que houvesse audiência hoje. Assim, como disse antes, gostaria de lhe pedir que não fizesse nada no meu processo em meu favor. Mas não quero magoá-la, caso a senhora pense que não me importa em nada o encerramento do meu processo e que eu zombaria de uma condenação. Supondo que realmente tenha um fim, o que duvido. Acredito muito mais que o processo já tenha sido ou será em curto prazo sustado por causa da preguiça, do esquecimento ou mesmo do medo dos funcionários. Contudo, é possível que aparentemente o processo continue a correr na esperança de um polpudo suborno, o que será em vão, como já posso adiantar, visto que não suborno ninguém. Em todo caso, seria uma gentileza que a senhora poderia me conceder se comunicasse ao juiz de instrução ou qualquer outra pessoa que espalha notícias importantes que não estou disposto a subornar por meio de nenhum artifício, algo em que, com certeza, esses senhores são hábeis. Seria totalmente sem sentido, isso a senhora pode repetir sempre para eles. De resto, talvez já tenham notado, ou, ainda que não seja assim, não me importa em absoluto se souberem agora. Pouparia apenas trabalho aos senhores, e a mim, no mínimo, algum desconforto, o qual aceitaria naturalmente se soubesse que cada um é, ao mesmo tempo, um golpe para eles. Vou cuidar para que seja assim. A senhora conhece realmente o juiz de instrução?" "Claro", respondeu a mulher. "Pensei primeiro nele quando lhe ofereci ajuda. Não sabia que era um funcionário subalterno. Mas, já que o senhor diz, deve ser verdade. No entanto, acredito que o relatório, que ele entrega aos superiores, tenha alguma influência, de todo modo. E ele escreve tantos relatórios! O senhor diz que os funcionários são preguiçosos — todos, certamente não. Em especial, não o juiz de instrução, que vive escrevendo. No último domingo, por exemplo, a audiência durou quase até à noite. Todo mundo foi embora, mas o juiz de instrução permaneceu na sala. Tive até de lhe trazer um lampião; só havia um pequeno na cozinha, mas ele ficou feliz comigo e começou imediatamente a escrever. Enquanto isso, chegou também meu marido, que tem folga aos domingos. Arrastamos os móveis e montamos nosso apartamento de novo, depois vieram alguns vizinhos e conversamos à luz de velas. Em suma, esquecemos o juiz de instrução e fomos dormir. De repente, durante a noite, devia ser bem tarde, acordo e, ao lado da cama, está o juiz de instrução cobrindo o lampião com a mão de forma que não incidisse luz sobre meu marido. Era uma precaução desnecessária, porque meu marido tem um sono tão pesado que nem a luz o teria acordado. Fiquei tão assustada que quase teria gritado, não fosse pela gentileza do juiz de instrução, que me advertiu para ter cautela, sussurrou-me que estivera escrevendo até aquela hora, que estava me devolvendo o lampião e que não esqueceria meu aspecto ao me encontrar dormindo. Com tudo isso, quero apenas dizer que o juiz de instrução de fato escreve muitos relatórios, em particular sobre o senhor, pois seu inquérito foi, sem dúvida, um dos principais acontecimentos nos dois dias de audiência. Esses relatórios longos não são insignificantes. Além do mais, o senhor pode deduzir, com base no acontecido, que o juiz de instrução tem interesse em mim, e que eu, pelo menos num primeiro momento, posso ter grande influência sobre ele, uma vez que ele deve ter finalmente me notado. Tenho ainda outras provas do interesse dele por mim. Ontem ele me mandou de presente meias de seda por intermédio do estudante, que é seu colaborador e no qual ele tem muita confiança, para que eu limpasse a sala de audiência. Mas isso é só um pretexto, porque esse trabalho é minha obrigação, e por ele meu marido é pago. São meias lindas. Veja." Ela esticou as pernas, levantou a saia até o joelho e ficou olhando para as meias. "Tão lindas, mas na realidade muito finas, portanto, não apropriadas para mim."

De repente ela se interrompeu, colocou a mão sobre a dele, como se quisesse acalmá-lo, e murmurou: "Quieto! Bertold está nos olhando." K. ergueu o olhar lentamente. À porta da sala de audiência havia um jovem em pé. Era baixo, não tinha as pernas muito firmes e tentava dar um ar de dignidade a si mesmo com uma tímida barbicha vermelha, na qual roçava os dedos sem parar. K. o olhou com curiosidade; era de fato o primeiro estudante da desconhecida ciência do Direito que ele de algum modo encontrava pessoalmente — um homem que, sem dúvida, alcançaria as mais altas esferas do funcionalismo público. O estudante, ao contrário, aparentemente não se preocupava nem um pouco com K. Acenou para a mulher com os dedos, os quais ele tirou da barba por um instante, e foi até a janela. A mulher se curvou para K. e sussurrou: "Não fique bravo comigo, eu lhe imploro. Por favor, não pense mal de mim. Tenho de ir até esse monstro. Olhe só para as pernas tortas dele! Mas volto logo e depois vou com o senhor, se me levar, aonde quiser. Pode fazer comigo o que quiser. Serei feliz se conseguir ficar o maior tempo possível longe daqui, de preferência para sempre." Ela acariciou as mãos de K., deu um salto e correu até a janela. Involuntariamente, K. buscou as mãos dela no vazio. A mulher realmente o atraía, acima de toda a reflexão. K. não encontrava nenhum motivo sustentável para não ceder a essa atração. Repeliu sem esforço a passageira objeção de que a mulher o estava enganando em nome do tribunal. De que modo, então, ela poderia enganá-lo? Não continuava tão livre que poderia arrebentar imediatamente todo o tribunal, pelo menos no que este lhe concernia? Não poderia ter essa mínima confiança em si mesmo? Sua oferta de ajuda soava sincera e talvez não fosse desprezível. E talvez não houvesse melhor vingança contra o juiz de instrução e seu séquito do que tomar essa mulher deles e levá-la consigo. Talvez o juiz de instrução, após exaustivo trabalho com relatórios falsos sobre K., encontrasse, tarde da noite, a cama da mulher vazia. E vazia porque ela pertenceria a K.; porque essa mulher à janela, esse corpo quente, voluptuoso, ágil, em roupas escuras de tecido barato e pesado, pertenceria somente a K.

Depois de ter afastado esse tipo de escrúpulo contra a mulher, K. começou a achar que aquela conversa a dois à janela estava demorando muito, então bateu com o nó dos dedos no tablado e, em seguida, com o punho. O estudante olhou rápido por sobre os ombros da mulher para K., mas não se deixou intimidar; pelo contrário, apertou-se ainda mais contra ela e a abraçou. Ela baixou bem a cabeça, como se o ouvisse com atenção, e, quando a mulher se inclinou, ele lhe tascou um sonoro beijo no pescoço, sem se preocupar com discursos. K. viu confirmada, então, a tirania que, segundo as reclamações da mulher, o estudante exercia sobre ela, levantou-se e ficou andando de um lado para outro na sala. Em meio a olhares de soslaio para o estudante, refletiu sobre como poderia tê-lo eliminado do modo mais rápido possível, por isso não foi em má hora que o estudante, visivelmente perturbado com o vaivém de

K., que havia um bom tempo já se convertera em grosseria, observou: "Se o senhor está impaciente, pode ir embora. Já deveria ter feito isso antes, ninguém teria sentido sua falta. Na verdade, deveria ter ido assim que cheguei, ou melhor, quanto antes.".

Toda a raiva possível veio à tona nessa observação, mas havia nela a soberba do futuro funcionário do tribunal se dirigindo a um réu indesejado. K. ficou em pé bem perto dele e disse, rindo: "Estou impaciente, é verdade, mas essa impaciência pode ser facilmente posta de lado se o senhor nos deixar. Mas se, por acaso, o senhor veio aqui talvez para estudar — ouvi dizer que é estudante —, posso ceder meu lugar e ir embora com esta senhora. O senhor precisa estudar muito se quiser ser juiz. Ainda não conheço muito bem seu tribunal, mas suponho que não baste um discurso tosco, o qual o senhor, por sinal, sabe muito bem conduzir sem nenhum pudor.". "Não deveriam ter deixado o senhor solto", disse o estudante, como se quisesse dar à mulher uma justificativa para o discurso ultrajante de K. "Foi um erro. Falei isso para o juiz de instrução. Deveriam, no mínimo, tê-lo deixado preso no seu quarto entre os inquéritos. Às vezes, o juiz de instrução é incompreensível." "Conversa inútil", disse K., estendendo as mãos para a mulher. "Venha." "Ah, isso não", disse o estudante. "Com ela o senhor não vai ficar." E, com uma força que ninguém teria acreditado, ele a ergueu com um braço só e, olhando afetuosamente para ela, correu com as costas curvadas em direção à porta. Era perceptível o medo que o rapaz sentia de K. Apesar disso, ele ousou provocá-lo, acariciando e tateando o braço da mulher com a mão livre. K. deu alguns passos em direção a ele, pronto para agarrá-lo e, se necessário fosse, estrangulá-lo. A mulher explicou: "Não adianta nada. O juiz de instrução mandou me buscar. Não posso ir com o senhor. Este monstrinho", passou a mão sobre o rosto do estudante, "não me deixa." "E a senhora não quer se libertar?", gritou K. colocando a mão nos ombros do estudante, que a mordeu. "Não", gritou a mulher, repelindo K. com as duas mãos. "Não, não, isso não. O senhor está pensando...? Essa seria minha desgraça. Deixe-o, por favor, deixe-o. Ele está apenas cumprindo a ordem do juiz de instrução de me levar até ele." "Então vá; eu não quero nunca mais ver a senhora", disse K., furioso pela decepção e golpeando as costas do estudante, que tropeçou levemente e deu um salto mais alto com esse impulso apenas para se divertir por não ter caído. K. os seguiu lentamente, percebendo que esse era o primeiro fracasso incontestável que sofria diante daquelas pessoas. Claro que não havia motivo algum para se angustiar por isso; havia experimentado o fracasso porque procurara a luta. Se ficasse em casa levando sua vida confortável, seria mil vezes superior a essas pessoas, podendo tirá-las do seu caminho com um simples pontapé. Imaginou a cena mais ridícula de todas — por exemplo, vislumbrou esse estudante lamentável, essa criança mimada, esse barbudo torto, se ajoelhando diante da cama de Elsa e lhe implorando perdão com as mãos juntas. K. apreciou tanto esse pensamento que decidiu levar o estudante à casa de Elsa caso surgisse alguma oportunidade um dia.

Por curiosidade, K. ainda correu até a porta, porque queria ver para onde a mulher estava sendo levada. O estudante não andaria com ela nos braços pelas ruas. O caminho se mostrou muito mais curto. Quase em frente à porta do apartamento, uma estreita escada de madeira conduzia provavelmente ao sótão, fazendo uma curva; não era possível enxergar seu fim. O estudante subiu a escada com a mulher; ia devagar e gemendo, pois se enfraqueceu por ter corrido até ali. A mulher lançou um beijo com a mão na direção de K. e tentou demonstrar, com o erguer e baixar dos ombros, que não tinha culpa de estar sendo raptada, sem, contudo, deixar transparecer com esse movimento que se lamentava. K. a olhava inexpressivo, como se ela fosse uma estranha; não queria revelar nem que estava decepcionado, nem que a decepção poderia ser facilmente superada.

Os dois já haviam desaparecido, mas K. continuava em pé junto à porta. Precisava admitir que a mulher não apenas o enganara como também havia mentido ao dizer que estava sendo levada até o juiz de instrução. Este, por certo, não deveria estar no sótão sentado e esperando. A escada de madeira não dava pista alguma, por mais que se olhasse para ela. Então K. notou um pedacinho de papel próximo à subida, andou até lá e leu algo escrito numa letra grosseira e imprecisa: "Acesso para os cartórios do tribunal.". No sótão desse edifício de aluguel ficavam os cartórios? Não era uma instalação em condições de impor muito respeito, e para um réu era tranquilizador imaginar de quão poucos recursos financeiros esse tribunal dispunha, dado que seus cartórios se localizavam ali onde os inquilinos, entre os quais estavam os mais pobres, jogavam sua tralha inútil. No entanto, não se descartava a hipótese de que tinham dinheiro suficiente, mas que os funcionários o desperdiçavam e não usavam para os propósitos do tribunal. Segundo a experiência de K. até aqui, isso era até bastante provável; apenas uma tal desmoralização do tribunal era para o réu degradante — no fundo, contudo, ainda mais tranquilizador do que a pobreza do tribunal. Era também compreensível para K. que se envergonhassem de convocar o réu para o sótão no primeiro interrogatório, preferindo incomodá-lo em sua própria casa. Em que boa posição se encontrava K. diante do juiz sentado lá no sótão, enquanto ele próprio tinha uma grande sala no banco, inclusive com antessala, podendo ver a luminosa praça central da cidade da sua enorme janela de vidro. No entanto, não tinha lucros advindos do suborno ou do peculato nem podia mandar algum servidor levar para o escritório uma mulher no braço. Mas a isso K. renunciava com prazer, pelo menos nesta vida.

K. estava parado diante daquele pedaço de papel quando um homem subiu a escada e, vendo a porta aberta, olhou para dentro e vislumbrou a sala de audiência, e perguntou se K. não tinha visto uma mulher ali. "O senhor é funcionário do tribunal, não é?", indagou K. "Sim", respondeu o homem, e emendou: "Ah, o senhor é K., o acusado, reconheço-o agora. Seja bem-vindo." E estendeu a mão para K., que ficou surpreso com aquele gesto. "Não há nenhuma audiência marcada para hoje", disse o funcionário do tribunal percebendo que K. permanecia mudo. "Eu sei", disse K. observando o traje civil do funcionário do tribunal, que apresentava, como único sinal de repartição, além de alguns botões comuns, dois de ouro, os quais pareciam ter sido tirados de algum velho casaco militar. "Há pouco falei com sua mulher. Ela não está mais aqui. O estudante a levou para o juiz de instrução." "Veja o senhor", disse o funcionário do tribunal, "eles sempre a levam de mim. Hoje é domingo e estou de folga, mas, apenas para me afastarem daqui, me mandam fazer uma notificação inútil. De fato, não me mandam para tão longe assim, de modo que fico com a esperança de que, se me apressar, talvez volte a tempo. Por isso, corro tanto quanto posso e, pela fresta da porta, faço aos gritos a notificação, já tão ofegante que quase ninguém a compreende. Depois volto correndo, mas o estudante é mais rápido do que eu; ele tomou um atalho e deve ter descido a escada do sótão. Se não dependesse deste emprego, já teria esmagado o estudante contra a parede há muito tempo, aqui do lado deste pedaço de papel. Sempre sonho com isso. Aqui, um pouco acima do chão, ele é pregado, braços e dedos esticados, as pernas tortas contorcidas em círculo e, ao redor, pingos de sangue. Mas por enquanto é só um sonho." "Não há nenhum outro tipo de solução?", perguntou K., sorrindo. "Não conheço nenhum outro", retorquiu o funcionário do tribunal. "E agora está ficando pior. Até este momento ele a carregava para si, agora ele a carrega para o juiz de instrução, o que, de qualquer forma, eu já esperava há muito tempo." "Será que sua mulher não tem nenhuma culpa nisso?", perguntou K., esforçando-se para não demonstrar ciúmes. "Mas é claro", disse o funcionário do tribunal, "inclusive ela é a maior culpada. Ela se apegou ao estudante. Quanto a ele, corre atrás de todo rabo de saia. Só neste prédio já foi expulso de cinco apartamentos, onde se introduzira furtivamente. Contudo, minha mulher é a mais bonita de todo o prédio, e não posso me defender." "Se é assim, não há solução", disse K. "Por que não?", perguntou o funcionário do tribunal. "Se o estudante, que é um covarde, quisesse tocar na minha mulher, deveria levar uma surra tão grande que nunca mais ousaria. Mas não posso ceder a isso, e os outros não me fazem esse favor porque todos temem o poder dele. Apenas um homem como o senhor poderia fazê-lo." "Como assim? Eu?", perguntou K., atordoado. "O senhor é um réu", rebateu o funcionário do tribunal. "Sim", disse K., "por isso mesmo devo ter mais medo de que ele influencie talvez não o resultado do processo, mas muito provavelmente a instrução processual." "Sim, certamente", disse o funcionário do tribunal, como se a opinião de K. fosse tão correta quanto a dele. "Em regra, não se movem processos despropositados entre nós." "Não compartilho da sua opinião", disse K., "mas isso não deve me impedir de oportunamente dar uma lição no estudante." "Ficaria muito grato ao senhor", disse o funcionário do tribunal de um jeito um tanto formal, parecendo não acreditar completamente na realização de seu maior desejo. "Talvez", continuou K., "outros funcionários merecessem a mesma coisa, se não todos." "Sim, sim", disse o funcionário do tribunal, como se se tratasse de algo natural. Então, ele olhou para K. cheio de confiança, como até esse instante ainda não o fizera, apesar de toda a cordialidade, e acrescentou: "Rebelam-se sempre." Mas a conversa lhe pareceu ter ficado um pouco desconfortável, pois logo a interrompeu e disse: "Agora tenho de me reportar ao cartório. Quer vir junto?". "Não tenho nada para fazer lá", disse K. "O senhor pode ver o cartório. Ninguém vai se importar." "Mas vale a pena vê-lo?", perguntou K., hesitante, embora tivesse muita vontade de ir. "Bem", disse o funcionário do tribunal, "pensei que pudesse interessá-lo." "Está bem", respondeu K., finalmente, "eu vou." E subiu a escada mais depressa do que o funcionário do tribunal.

Ao entrar, quase caiu, porque atrás da porta havia mais um degrau para baixo. "Não têm consideração pelo público", disse ele. "É verdade, nenhuma consideração", disse o funcionário do tribunal. "Olhe só a sala de espera." Era um corredor longo, com portas talhadas de maneira tosca, que conduzia a seções isoladas do sótão. Embora não houvesse iluminação direta, não estava totalmente escuro, pois algumas seções deixavam transparecer uma luz para o corredor por meio das frestas das uniformes paredes de treliça e pelo teto também de treliça. Através dessas frestas, podiam-se ver alguns funcionários escrevendo sobre a mesa ou em pé encostados nas treliças, os quais observavam quem passava pelo corredor. Como era domingo, havia pouca gente ali. Pareciam ser pessoas modestas. A distâncias quase regulares uns dos outros, sentavam-se em duas fileiras em longos bancos de madeira, dispostos nos dois lados do corredor. Todos estavam vestidos de forma displicente, embora a maioria, a considerar pela expressão do rosto, pela postura, pelo corte da barba e por muitos outros detalhes pouco perceptíveis, pertencesse a classes superiores. Como não havia cabides, eles colocaram os chapéus embaixo do banco, provavelmente um seguindo o exemplo do outro. Quando aqueles que estavam sentados junto à porta viram K. e o funcionário do tribunal, levantaram-se para cumprimentá-los. Ao observar isso, os outros seguiram o exemplo e acreditaram que precisavam cumprimentá-los também, de forma que todo mundo se levantou quando os dois passaram. Não ficavam de todo eretos. Com as costas curvadas e os joelhos dobrados, pareciam mendigos. K. esperou que o funcionário do tribunal, que estava um pouco atrás dele, passasse, então comentou: "Como devem ser humilhados...". "Sim", disse o funcionário do tribunal, "são acusados. Todos os que o senhor está vendo aqui são réus." "Sério?", disse K. "Então são meus companheiros." E se virou para o mais próximo, um homem esguio e já quase grisalho. "O que o senhor está esperando?", perguntou K., educadamente. A pergunta inesperada deixou o homem confuso, o que era tanto mais penoso de ver, porque se tratava evidentemente de um homem experiente, que em qualquer outro lugar conseguiria com certeza se controlar e que não desistiria facilmente de se sobressair entre os demais. Porém ali ele não conseguia responder a uma simples pergunta, e olhava para os outros como se estes fossem obrigados a ajudá-lo e como se ninguém pudesse exigir dele uma resposta, caso tal ajuda não viesse. Ao perceber isso, o funcionário do tribunal disse, para tranquilizar e encorajar o homem: "Este homem aqui apenas quer saber o que o senhor está esperando. Responda." A voz por certo conhecida do funcionário do tribunal teve um efeito melhor, então o homem disse: "Estou esperando...", começou ele, mas logo estacou. Evidentemente, escolhera esse início para responder com precisão à pergunta, contudo, não conseguiu prosseguir. Alguns dos que ali esperavam se aproximaram e cercaram o grupo, no entanto o funcionário do tribunal disse para eles: "Fora, fora, deixem o corredor livre!". Eles se afastaram um pouco para trás, mas não voltaram aos seus lugares anteriores. Enquanto isso, o homem indagado por K. se refez e respondeu com um pequeno sorriso: "Há um mês fiz alguns requerimentos de prova da minha causa e espero pelo meu despacho.". "Parece que o senhor está tendo muito trabalho", disse K. "Sim", disse o homem, "é a minha causa." "Ninguém pensa assim como o senhor", disse K. "Eu, por exemplo, também sou acusado, mas posso jurar que não fiz nenhum requerimento de prova nem empreendi qualquer coisa do gênero. O senhor acha que isso é necessário?" "Não sei", respondeu o homem de novo em meio a uma incerteza profunda. Acreditava, sem dúvida, que K. estivesse provocando ele, por isso, provavelmente por medo de cometer algum novo erro, ia começar a repetir toda a resposta anterior, mas, diante do impaciente olhar de K., disse apenas: "Quanto a mim, fiz o requerimento de prova.". "O senhor não acredita que eu seja um réu, não é?", retorquiu K. "Oh, por favor, é claro que sim", disse o homem recuando para o lado, mas na sua resposta não havia convicção, e sim medo. "O senhor não acredita em mim, não é?", perguntou K., inconscientemente provocado pelo comportamento humilde do homem, agarrando-o pelo braço como se quisesse obrigá-lo a acreditar. Não pretendia lhe causar dor; apenas o segurara bem de leve. Apesar disso, o homem deu um grito como se K. o tivesse agarrado com um alicate em brasa, e não com dois dedos. Esse grito espalhafatoso deixou K. definitivamente aborrecido. Se ninguém acreditava que ele era um réu, melhor. Talvez achassem inclusive que fosse um juiz. Ao se despedir, K. o apertou com ainda mais força, empurrou-o sobre o banco e foi embora. "A maior parte dos réus é muito sensível", disse o funcionário do tribunal. Atrás deles, quase todo o grupo que estava à espera cercou o homem, que já havia parado de gritar, e parecia estar o inquirindo a respeito do incidente. Um guarda caminhou em direção a K. visivelmente portando uma espada que parecia, a julgar pela cor, ser de alumínio. K. ficou tão perplexo com isso que lhe estendeu a mão. O guarda, que havia se aproximado por causa do grito, perguntou sobre o ocorrido. O funcionário do tribunal procurou acalmá-lo com algumas palavras, mas o guarda explicou que ele mesmo precisava averiguar, cumprimentou-o e foi embora com passos rápidos, embora curtos, regulados provavelmente por causa de uma artrite.

K. não se deteve muito nele nem nas pessoas que estavam no corredor, principalmente porque vislumbrou nesse meio-tempo a possibilidade de dobrar à direita por uma abertura sem porta. Perguntou ao funcionário do tribunal se aquele era o caminho correto. O empregado anuiu, e K. entrou. Era penoso para ele ter de andar sempre um ou dois passos adiante do homem; poderia dar a impressão, pelo menos nesse lugar, de que estava sendo conduzido como preso. Por isso, aguardava o tempo todo o funcionário, que ficava sempre para trás. Por fim, K. disse, para acabar com seu desconforto: "Já vi como é aqui. Agora quero ir embora.". "Mas o senhor ainda não viu tudo", disse o homem num tom natural. "Não quero ver tudo", disse K., sentindo-se cansado. "Quero ir embora. Onde é a saída?" "Será possível que o senhor já está perdido?", perguntou o guarda, atônito. "O senhor vai direto até a esquina, depois à direita no corredor até a porta." "Venha comigo", disse K. "Mostre-me o caminho. Posso não encontrá-lo, porque são muitos." "Há um único caminho", disse o funcionário do tribunal num tom de censura. "Não posso voltar, pois tenho de apresentar meu relatório e já perdi muito tempo com o senhor." "Venha", repetiu K, dessa vez com mais firmeza, como se finalmente tivesse apanhado o funcionário do tribunal numa mentira. "Não grite assim comigo", sussurrou o homem, "aqui só há escritórios. Se o senhor não quer voltar sozinho, então me acompanhe só mais um bocadinho ou espere aqui até eu entregar meu relatório. Depois volto com o senhor, com prazer." "Não, não", disse K. "Não vou esperá-lo, e o senhor tem de ir comigo agora." K. ainda não se dera conta do espaço onde se encontrava. Somente quando uma das muitas portas de madeira se abriu é que ele olhou ao redor. Uma moça, que ouviu a conversa em voz alta, surgiu e perguntou: "O que o senhor deseja?". Atrás dela, lá longe, enxergava-se à meia-luz um homem se aproximando. K. fitou o funcionário do tribunal, que dissera que ninguém se importaria com ele. Mas já eram duas pessoas se aproximando, e logo em seguida todos os funcionários prestariam atenção nele e cobrariam uma justificativa para sua presença ali. A única justificativa compreensível e plausível era que K., como réu, queria saber a data do próximo inquérito, mas essa explicação ele não daria, sobretudo porque isso não correspondia à verdade, já que estava ali só por curiosidade ou, o que era ainda mais improvável, pelo desejo de confirmar que o interior do tribunal era tão repugnante quanto seu exterior. De fato, essa sua percepção parecia fazer sentido. Não queria continuar andando por ali, sentia-se oprimido demais com o que vira até aquele momento e não tinha condições de se confrontar com um funcionário superior, com o qual podia deparar por trás de cada porta. Queria ir embora, de preferência com o funcionário, mas, se fosse o caso, até sozinho.

Sua presença silenciosa foi notada, no entanto, e a moça e o empregado o observavam como se algum tipo de grande transformação pudesse lhe acontecer no próximo instante, a qual eles não queriam perder. Ao abrir a porta, K. deparou com o homem que ele tinha visto antes, ao longe. Ele segurava a viga da porta, que era baixa, balançando-se sobre as pontas dos dedos do pé, como um espectador impaciente. A moça foi a primeira a reconhecer que o comportamento de K. se devia a uma leve indisposição, de modo que trouxe uma cadeira e perguntou: "O senhor não quer se sentar?". K. se sentou imediatamente e apoiou os cotovelos no braço da cadeira para melhorar a postura. "O senhor está um pouco tonto, não é?", perguntou a K., que viu o rosto dela próximo ao seu e percebeu que muitas mulheres jovens têm uma expressão austera. "Não se preocupe", ela disse, "não é nada extraordinário. Quase todos passam mal ao vir aqui pela primeira vez. O senhor está aqui pela primeira vez? Tudo bem, não é nada de mais. O sol bate forte aqui em cima, no teto, e a madeira quente deixa o ar abafado e pesado. Por isso, o lugar não é muito adequado para escritórios, embora ofereça outras grandes vantagens. Entretanto, no que concerne ao ar, é pouco respirável nos dias de grande movimento, o que é quase todo dia. Mas se o senhor pensar que aqui é muito mais fácil pendurar roupa para secar — não se pode negar isso aos inquilinos —, não vai se admirar por ter ficado indisposto. No fim, acostuma-se muito bem ao ar. Quando o senhor vier uma segunda ou terceira vez, quase não sentirá mais o ar abafado. Já está se sentindo melhor?" K. não respondeu. Era muito penoso para ele ficar à mercê daquelas pessoas ali por causa de um ligeiro mal-estar. Além disso, ele piorou um pouco, pois descobrira as causas de sua indisposição. A moça percebeu isso logo e, a fim de refrescar o ambiente, pegou um gancho, que estava encostado à parede, e abriu uma fresta no teto bem em cima de K., permitindo a entrada de ar fresco. No entanto, caiu tanta fuligem que a moça teve de fechar imediatamente a fresta e limpar as mãos dele com um lenço, porque ele estava muito cansado para se preocupar particularmente com isso. Gostaria de ficar sentado ali, em paz, até ter forças suficientes para ir embora, mas isso aconteceria tanto mais cedo quanto menos se ocupassem dele. A moça disse, então: "O senhor não pode ficar. Aqui a gente atrapalha a passagem.". K. olhou em volta tentando compreender como é que ele poderia estar atrapalhando a passagem de alguém. "Se o senhor quiser, posso levá-lo à enfermaria. Ajude-me aqui, por favor", disse ela para um homem à porta, que logo se aproximou. Contudo, K. não queria ir para a enfermaria; ao contrário, queria justamente evitar ser levado cada vez mais para dentro, pois, quanto mais longe fosse, pior as coisas ficariam para ele. "Já posso andar", disse ele, levantando-se trêmulo, acostumado à cadeira confortável. Não conseguiu se manter em pé. "Não dá", disse, baixando a cabeça e se sentando de novo, suspirando. Lembrou-se do funcionário do tribunal, que, apesar de tudo, podia levá-lo para fora com facilidade, mas aparentemente este havia desaparecido. K. procurou por ele entre a moça e o homem, que estavam em pé à sua frente, mas não conseguiu encontrá-lo. "Acho", disse o homem, que estava vestido de modo elegante e chamava atenção principalmente por causa de um colete cinza que se abria em duas pontas bem cortadas, "que a indisposição do senhor diz respeito à atmosfera aqui. Vai ser melhor, e ele vai preferir isso também, não o levar à enfermaria, mas para fora dos cartórios." "É isso mesmo!", gritou K., quase interrompendo a fala do homem de tanta alegria. "Sem dúvida, vou me sentir melhor. Não estou assim tão fraco. Só preciso de um pequeno apoio debaixo dos braços. Não vou lhes dar muito trabalho. Não é um caminho longo. Levem-me só até porta. Eu me sento um pouco nos degraus da escada e logo estarei recuperado. Na verdade, não sofro desses ataques com frequência, eu mesmo estou surpreso. Também sou um funcionário acostumado ao ar dos escritórios, mas aqui o ar parece mais pesado, os senhores sabem disso. Fariam a gentileza de me conduzir só um pouquinho? Ainda estou um pouco tonto e me sinto mal quando me levanto sozinho." Ele ergueu os ombros para facilitar que os dois o segurassem por baixo dos braços.

Porém o homem não atendeu ao pedido; ao contrário, manteve as mãos tranquilamente nos bolsos e riu alto. "Está vendo só", disse ele para a moça, "eu sabia. Este senhor só se sente mal aqui, não em todo lugar." A moça também sorriu, mas bateu levemente no braço do homem com a ponta dos dedos como se ele tivesse feito uma brincadeira indelicada demais com K. "Mas o que está pensando?", disse o homem ainda rindo. "Quero realmente levá-lo para fora." "Está bem", disse a moça inclinando sua graciosa cabeça por um instante. "Não dê muita importância à risada dele", disse a moça para K., que, desanimado outra vez, olhava com apatia para a frente e parecia não precisar de nenhuma explicação. "Este senhor... Posso apresentá-lo?" — o senhor fez um aceno com a mão dando a permissão. "Este senhor é o encarregado de informações. Ele dá às partes interessadas, que aqui esperam, a informação de que precisam, e como nosso tribunal não é muito conhecido pela população, muitas informações são requisitadas. Para cada pergunta ele tem uma resposta. Se o senhor tiver vontade, pode testá-lo. Mas essa não é sua única qualidade; sua segunda qualidade é a roupa elegante. Nós, ou seja, os funcionários, achamos que o encarregado de informações precisa se vestir de modo elegante para transmitir uma impressão digna, pois é a primeira pessoa a tratar com as partes interessadas. O restante, como o senhor pode notar em mim, infelizmente se veste mal e fora da moda. Não faz muito sentido gastar com roupa, dado que estamos quase todo o tempo nos cartórios, inclusive dormimos aqui. Entretanto, como disse, consideramos que roupas bonitas eram necessárias para o encarregado de informações. Mas como nossa administração, que nesse aspecto é um pouco estranha, não disponibiliza as roupas, juntamos nossas economias — também as partes contribuíram — e compramos para ele essa roupa bonita e outras mais. Estaria tudo preparado agora para lhe passar uma boa impressão, mas de novo ele estragou tudo com sua risada, assustando as pessoas." "É assim mesmo", disse o homem em tom de sarcasmo. "Mas, senhorita, não entendo por que está descrevendo toda a nossa intimidade para esse senhor, ou melhor, importunando-o com isso, visto que ele não tem o menor interesse no que está dizendo. Veja como ele, preocupado evidentemente com os próprios assuntos, está sentado aí." K. não tinha a menor vontade de contestar, por melhor que fosse a intenção da moça. Ela fora instruída a distraí-lo ou a dar-lhe a oportunidade de se recompor, mas o método era errado. "Precisava justificar sua risada", disse a moça. "Foi ultrajante." "Acho que ele perdoaria ultrajes ainda piores, se eu finalmente o levasse para fora daqui." K. não disse nada nem olhou para cima nenhuma vez; tolerava que os dois o tratassem como um objeto, era até preferível. Mas de repente ele sentiu a mão do encarregado de informações em seu braço e a mão da moça no outro. "Vamos lá, em pé, seu fracote", disse o encarregado de informações. "Agradeço muito aos dois", disse K. alegremente surpreso. Levantou-se devagar e conduziu as mãos estranhas ao lugar onde ele mais precisava de apoio. "Sabe", murmurou a mulher no ouvido de K. enquanto se aproximavam do corredor, "parece que estou particularmente interessada em colocar o encarregado de informações sob uma luz favorável, mas pode acreditar que quero dizer a verdade. Ele tem coração mole. Não é obrigado a conduzir as partes doentes lá para fora, ainda assim o faz, como o senhor está vendo. Talvez todos nós tenhamos o coração mole. Gostaríamos de ajudar todo mundo, mas, como funcionários do tribunal, temos de aparentar ser duros e não querer ajudar ninguém. Sofro muito com isso." "O senhor não quer se sentar um pouco aqui?", perguntou o encarregado de informações. Eles já estavam no corredor, bem na frente do réu com quem K. conversara antes. K. quase se envergonhou diante dele; antes estivera tão aprumado, e agora precisava do apoio dos outros. O encarregado de informações balançava seu chapéu na ponta dos dedos. Seu penteado estava desfeito e seu cabelo pendia na testa suada. Mas parecia que o réu não prestava atenção em nada disso. Humilde, tentando desculpar sua presença ali, prostrou-se diante do encarregado de informações, que o olhava por cima. "Eu sei", começou o réu, "que a resposta definitiva aos meus requerimentos ainda não pode ser dada hoje. Mesmo assim, vim porque pensei que pudesse esperar aqui. É domingo, tenho tempo, e aqui eu não perturbo." "Não precisa se desculpar tanto", disse o encarregado de informações. "É muito louvável seu esmero, mas o senhor ocupa desnecessariamente o espaço aqui, e, apesar disso, desde que eu não seja incomodado, não quero impedir que o senhor acompanhe o trâmite do seu caso. Quando já se viu tanta gente que se descuida vergonhosamente das próprias obrigações, aprende-se a ter paciência com pessoas como o senhor. Sente-se." "Como ele sabe falar com as partes interessadas", sussurrou a moça. K. anuiu, mas se sobressaltou assim que o encarregado de informações o inquiriu de novo: "Não quer continuar sentado aqui?". "Não", respondeu K., "não quero descansar." Disse isso com a maior clareza possível, mas, na realidade, teria sido muito bom para ele continuar sentado. Estava enjoado. K. se sentia como se estivesse num navio num mar bravo. Era como se a água batesse contra as paredes de madeira, como se um bramido de água agitada saísse do fundo do corredor, como se o corredor balançasse transversalmente, como se as partes interessadas afundassem e boiassem de ambos os lados. Por isso, era incompreensível para ele a tranquilidade da moça e do homem que o acompanhavam. Estava entregue aos dois. Se eles o soltassem, cairia como uma tábua. Dos olhos miúdos dos dois havia olhares contundentes para um lado e para outro. K. sentia os passos regulares deles, mas não conseguia acompanhá-los, pois era carregado quase passo a passo. Finalmente, percebeu que eles falavam com ele; mas não os entendia, escutava apenas o barulho que preenchia tudo e que parecia ser de uma sirene com um som alto e imutável. "Mais alto", sussurrou com a cabeça baixa, envergonhado por saber que eles haviam falado alto o suficiente, mas que era incompreensível para ele. Como se a parede à sua frente estivesse rachada, correu um vento fresco em sua direção, e ele ouviu dizerem ao seu lado: "Ele quer sair, mas você pode lhe dizer que aqui é a saída e que ele não deve se mexer." K. notou que estava diante da porta de saída, aberta pela moça. Sentia-se como se todas as suas forças tivessem voltado de uma só vez. Para ter o gostinho da liberdade, subiu no degrau da escada e se despediu dali dos seus acompanhantes, que se inclinaram diante dele. "Muito obrigado", repetiu, apertando as mãos de ambos várias vezes e só as soltando quando acreditou ver que eles, acostumados ao ar dos cartórios, suportavam mal o relativo ar fresco vindo da escada. Mal conseguiam responder, e talvez a moça tivesse desmaiado se K. não tivesse fechado a porta com muita rapidez. K. ficou quieto ainda por um momento, arrumou o cabelo com a ajuda de um espelho de bolso, pegou o chapéu que estava em cima de um dos degraus da escada — por certo, o encarregado de informações o jogara ali — e a desceu correndo, com tanto frescor e em saltos tão largos que até teve medo dessa peripécia. Seu estado de saúde, até então sempre forte, nunca o preparara para tais surpresas. Talvez seu corpo quisesse transmutar e prepará-lo para um novo processo, dado que suportava o antigo com facilidade. Não afastou totalmente a ideia de ir a um médico na próxima oportunidade, mas, de todo modo, queria — e isso ele mesmo podia se aconselhar — aproveitar melhor do que esta todas as futuras manhãs de domingo.

## Quarto capítulo
### A amiga da senhorita Bürstner

Nos dias subsequentes, foi impossível para K. trocar algumas palavras com a senhorita Bürstner. Ele tentou se aproximar dela das maneiras mais distintas, mas ela sempre arranjava um modo de evitá-lo. K. ia direto do escritório para casa, ficava em seu quarto sem acender a luz, sentado no canapé, sem se ocupar com nada além de observar a antessala. Às vezes, a empregada passava e fechava a porta do cômodo aparentemente vazio; então, K. se levantava após alguns instantes e a abria outra vez. De manhã, saía da cama uma hora antes do habitual para, quem sabe, encontrar a senhorita Bürstner sozinha saindo para o trabalho. Contudo, nenhuma dessas tentativas deu certo. Por isso, escreveu-lhe uma carta endereçada tanto para o escritório quanto para sua casa, tentando justificar mais uma vez seu comportamento, oferecendo-se para dar uma eventual satisfação e prometendo não ultrapassar nunca mais nenhum limite que ela impusesse. Pedia apenas que ela lhe desse a possibilidade de conversar de novo, em especial porque não podia confiar na senhora Grubach antes de ter se aconselhado com a senhorita. Por fim, comunicou-lhe que ficaria em seu quarto no próximo domingo o dia inteiro esperando um sinal dela, tendo em perspectiva a realização de seu pedido ou, pelo menos, que ela pudesse lhe esclarecer por que não podia realizá-lo, embora tivesse prometido se submeter em tudo a ela. As cartas não voltaram, e nenhuma resposta chegou. Pelo contrário, no domingo, houve um sinal de clareza suficiente. Bem cedo, ele avistou, pelo buraco da fechadura, um movimento peculiar na antessala que logo se esclareceu. Uma professora de francês — na verdade, uma alemã chamada Montag, uma moça frágil, pálida, meio manca — havia se mudado para o quarto da senhorita Bürstner. Por horas a fio, ele observou como ela se arrastava pela antessala. Sempre esquecia uma peça de roupa, uma toalha ou um livro que precisavam ser recolhidos e levados para a nova habitação.

Quando a senhora Grubach levou o café da manhã para K. — ela não deixava ao cuidado da empregada o menor serviço, desde que a serviçal o irritara —, ele não conseguiu se conter e, pela primeira vez, se dirigiu a ela. "Por que todo esse barulho hoje na antessala?", perguntou enquanto sorvia o café. "Não poderia ser em outro dia? A mudança precisa ser no domingo?" Embora K. não olhasse diretamente para a senhora Grubach, percebeu que ela respirava aliviada. Até mesmo essas perguntas duras ela entendia como perdão, ou, pelo menos, como o começo disso. "Não é nenhuma mudança, senhor K.", ela disse. "A senhorita Montag está só se transferindo para o quarto da senhorita Bürstner e levando as coisas dela para lá." Não disse mais nada; ao contrário, esperou a reação de K. para ver se ele permitiria que ela continuasse falando. K. a pôs à prova, mexendo pensativo o café com uma colher e permanecendo em silêncio. De repente, ele olhou para ela e disse: "A senhora já desistiu de sua antiga suspeita a respeito da senhorita Bürstner?". "Senhor K.", gritou a senhora Grubach, que esperava por essa pergunta, estendendo suas mãos enrugadas na direção de K. "O senhor levou muito a sério um comentário corriqueiro. Nem de longe pensei em ofender o senhor ou quem quer que fosse. O senhor me conhece já há bastante tempo para poder se convencer disso. O senhor não faz ideia de como sofri nos últimos dias! Imagine... caluniar meus inquilinos! E o senhor acreditou! E disse que eu deveria despejá-lo! Despejá-lo!" A última exclamação foi sufocada em meio a lágrimas. Ela ergueu o avental até o rosto e soluçou alto.

"Por favor, não chore, senhora Grubach", disse K. olhando para fora da janela. Ele pensava apenas na senhorita Bürstner e no fato de ela haver aceitado uma moça estranha em seu quarto. "Não chore", disse ele outra vez ao perceber que a senhora Grubach continuava aos prantos. "Não achei que tivesse sido tão duro naquela época. Houve um mal-entendido entre nós dois, de ambas as partes. Isso também pode acontecer entre velhos amigos." A senhora Grubach retirou o avental dos olhos ao sentir que K. tentava se reconciliar com ela. "Está bem, é assim mesmo", K. ousou ainda acrescentar, dado que, pelo comportamento da senhora Grubach, o capitão não havia revelado nada: "A senhora acha mesmo que eu poderia me tornar seu inimigo por causa de uma moça estranha?". "É verdade, senhor K.", disse a senhora Grubach, que sempre falava algo desajeitado assim que se sentia mais à vontade. "Sempre me perguntei: por que o senhor K. leva tão a sério a senhorita Bürstner? Por que se irrita comigo por causa dela, embora saiba que cada palavra ruim vinda do senhor me tira o sono? Não disse nada sobre a senhorita Bürstner além daquilo que vi com meus próprios olhos." K. não retorquiu a essas palavras; deveria tê-la expulsado do seu quarto logo que ela começou a falar, mas não queria fazer isso. Contentava-se em tomar seu café e deixar a superficialidade da senhora Grubach correr solta. Ouvia-se lá fora o passo arrastado da senhorita Montag, que andava de um lado para outro pela antessala. "Está ouvindo isso?", perguntou K. apontando para a porta. "Sim", respondeu a senhora Grubach, suspirando. "Queria ajudá-la junto com a empregada, mas ela é teimosa, quis fazer tudo sozinha. Fico admirada com a senhorita Bürstner. Muitas vezes, para mim, é penoso ter a senhorita Montag como inquilina, e agora a senhorita Bürstner a aceita em seu quarto." "Mas isso não é da conta da senhora", disse K., amassando o resto do açúcar na xícara. "A senhora tem alguma coisa contra?" "Não", respondeu a senhora Grubach. "Ao contrário, isso é conveniente para mim. Fico com um quarto livre e posso acomodar lá o meu sobrinho, o capitão. Temia, já há algum tempo, ter incomodado o senhor nos últimos dias ao permitir que ele ficasse na sala de estar aí do lado. Ele não tem muita consideração pelos outros." "Mas que ideia!", disse K., levantando-se. "Não se fala mais nisso. Parece que a senhora me considera muito sensível só porque não consigo suportar essas andanças da senhorita Montag... ah, lá vem ela de novo." A senhora Grubach, sem dúvida, se sentia impotente. "Senhor K., devo dizer para ela adiar o resto da mudança? Se o senhor quiser, faço isso agora mesmo." "Claro que não. Ela deve levar suas coisas ainda hoje para o quarto da senhorita Bürstner!", disse K. "Sim", concordou a senhora Grubach sem entender direito o que K. queria dizer. "Desse modo", continuou K., "ela tem de levar as coisas para o quarto novo." A senhora Grubach apenas concordou. Esse mudo desamparo, que expressava nada além de teimosia, irritou K.; então ele começou a andar de um lado para outro no quarto, sem parar, eliminando a chance de a senhora Grubach se afastar, o que ela provavelmente teria feito.

Justamente quando K. foi outra vez até a porta, alguém bateu. Era a empregada, que anunciou que a senhorita Montag gostaria de trocar algumas palavras com o senhor K. e, por isso, lhe pedia que se dirigisse à sala de jantar, onde o aguardava. K. ouviu a empregada pensativo e lançou um olhar quase irônico para a assustada senhora Grubach. Esse olhar parecia dizer que K. havia previsto aquele convite da senhorita Montag muito tempo antes, e que este combinava muito bem com o tormento que ele tivera de suportar dos inquilinos da senhora Grubach nessa manhã de domingo. Ele mandou a empregada dizer que iria logo, foi até o armário, para trocar o terno, e pediu à senhora Grubach, a qual se lamentava em voz baixa daquela pessoa penosa, que fizesse o favor de recolher a louça do café da manhã. "Mas o senhor quase não tocou em nada", disse ela. "Ah, leve isso logo!", gritou K. como se a senhorita Montag fizesse parte de tudo aquilo, tornando-se repugnante.

Quando K. passou pela antessala, olhou para a porta fechada do quarto da senhorita Bürstner. No entanto, não fora convidado a ir àquele local, e sim à sala de jantar, cuja porta ele abriu com força, sem bater.

Era um cômodo longo, porém estreito, com uma única janela. Tinha apenas lugar suficiente para que se colocassem dois armários de viés nos cantos próximos à porta, e o espaço restante era completamente tomado pela comprida mesa de jantar que começava perto da porta e ia até quase uma grande janela, que ficara praticamente inacessível. A mesa estava posta para muitas pessoas, pois no domingo quase todos os inquilinos almoçavam ali.

Quando K. entrou, a senhorita Montag veio da janela caminhando ao longo da mesa em sua direção. Cumprimentaram-se calados. Então ela disse, como sempre com a cabeça erguida de modo insólito: "Não sei se o senhor me conhece.". K. a observou com os olhos semicerrados. "Por certo", disse ele, "a senhorita mora faz muito tempo aqui na pensão da senhora Grubach." "Até onde sei, o senhor não se importa muito com os assuntos da pensão", disse a senhorita Montag. "Não", retrucou K. "Não quer se sentar?", perguntou ela. Ambos puxaram, silenciosos, uma cadeira na ponta da mesa e se sentaram um de frente para o outro. No entanto a senhorita Montag logo se levantou de novo, pois deixara sua bolsinha de mão no parapeito da janela e foi até lá para buscá-la, arrastando-se por toda a sala. Quando voltou, balançando a bolsinha delicadamente na mão, disse: "Em nome da minha amiga, gostaria de trocar algumas palavras com o senhor. Ela mesma queria vir, mas não se sente muito bem hoje. O senhor deve desculpá-la e me escutar no lugar dela. Ela não poderia lhe dizer outra coisa além daquilo do que vou dizer. Ao contrário, acredito que posso lhe dizer mais, porque sou relativamente imparcial. O senhor também não acha?"

"O que haveria para dizer?", respondeu K., cansado de ver os olhos da senhorita Montag se dirigirem aos lábios dele. Desse modo, ela se arrogava o direito de controlar o que ele queria dizer. "Evidentemente, a senhorita Bürstner não quer me conceder a entrevista pessoal que lhe pedi." "Assim é", disse a senhorita Montag, "ou melhor, não é nada disso, o senhor se expressa de modo muito duro. Em geral, entrevistas não são concedidas nem recusadas. Contudo, talvez o senhor as considere desnecessárias, o que é o caso aqui. Agora, após sua observação, posso falar abertamente. O senhor pediu, por escrito ou pessoalmente, uma entrevista à minha amiga. Porém ela sabe, ou pelo menos é o que devo supor, onde essa conversa vai parar, e está convencida, por motivos que desconheço, de que não seria útil para ninguém que esse diálogo ocorresse. De resto, ela me contou isso apenas ontem, e assim mesmo de modo superficial. Disse que, de qualquer maneira, também não

interessa muito ao senhor essa conversa, pois o senhor só teria chegado a esse tipo de pensamento por acaso e reconheceria logo, sem nenhuma explicação em especial, se não agora mesmo, o despropósito disso tudo. Respondi-lhe que podia ser o correto, mas que considerava vantajoso lhe dar um esclarecimento completo, uma resposta expressiva. Eu me ofereci para assumir tal tarefa, e minha amiga aceitou após alguma hesitação. Espero ter agido também em seu favor, pois a menor incerteza em relação ao assunto mais ínfimo é sempre um tormento. Quando se pode, como neste caso, descartá-la facilmente, é melhor que seja logo."
"Muito obrigado", disse K. de imediato, então, levantou-se lentamente, olhou para a senhorita Montag, depois para a mesa, para a janela lá fora — a casa em frente ao sol — e foi até a porta. A senhorita Montag ainda o seguiu alguns passos, como se não confiasse nele totalmente. Diante da porta, os dois tiveram de recuar, pois esta se abriu e o capitão Lanz entrou. K. o viu de perto pela primeira vez. Era um homem alto, com cerca de quarenta anos, tinha o rosto carnudo, queimado de sol. Fez um leve cumprimento, que valia também para K., foi até a senhorita Montag e beijou de modo respeitoso sua mão. Era muito ágil em seus movimentos. Sua cortesia em relação à senhorita Montag contrastava a olhos vistos com a atitude de K. para com ela. Apesar disso, a senhorita Montag não parecia chateada com K., pois queria inclusive lhe apresentar o capitão, como K. pôde perceber. No entanto, K. não queria ser apresentado, não estava em condições de ser amigável nem com o capitão, nem com a senhorita Montag. O beijo na mão, para ele, a ligara a um grupo que, sob a aparência da suposta ingenuidade e do desinteresse, queria mantê-lo longe da senhorita Bürstner. No entanto, ele acreditou não só reconhecer isso como também o fato de que a senhorita Montag escolhera um recurso bom, porém ambíguo. Ela exagerava o significado da relação entre a senhorita Bürstner e K., sobretudo o sentido da entrevista requisitada, e tentava inverter a situação, como se fosse K. que exagerasse em tudo. Devia estar enganada, porque K. não queria exagerar em nada, e ele sabia que a senhorita Bürstner era uma simples

datilógrafa que não ia lhe oferecer resistência por muito tempo. Por isso, não dera importância ao que soubera sobre a senhorita Bürstner por intermédio da senhora Grubach. Refletia sobre tudo isso enquanto deixava o aposento sem cumprimentar ninguém. Queria voltar logo para seu quarto, mas uma risadinha da senhorita Montag, que ele ouviu atrás de si, vinda da sala de jantar, o fez pensar que talvez pudesse preparar uma surpresa tanto para o capitão quanto para a senhorita Montag. Olhou ao redor e percebeu que, embora qualquer ruído fosse possível de um dos cômodos adjacentes, havia silêncio por toda parte, e só se ouviam a conversa da sala de jantar e a voz da senhora Grubach, vinda do corredor que conduzia à cozinha. A ocasião parecia oportuna. K. foi até a porta do quarto da senhorita Bürstner e bateu de leve. Como nada aconteceu, bateu de novo, mas ainda assim não houve resposta. Será que dormia? Ou será que se sentia realmente mal? Ou será que se negava a atender apenas porque supunha que só poderia ser K para chamar-lhe assim tão discretamente? K. achou que ela estava se recusando a aparecer e bateu mais forte. Por fim, como o bater à porta resultou em nada, abriu-a com cuidado, porém sentindo que fazia algo errado e inútil. Não havia ninguém no quarto. Aliás, quase já não lembrava mais o quarto que K. conhecera. Encostadas à parede havia duas camas dispostas uma ao lado da outra; três cadeiras perto da porta estavam abarrotadas de vestidos e roupas íntimas; havia um armário aberto. Provavelmente a senhorita Bürstner havia saído enquanto a senhorita Montag conversava com K. na sala de jantar. K. não ficou muito abalado com isso, pois já havia perdido a esperança de encontrar a senhorita Bürstner com facilidade — fizera essa tentativa apenas em despeito à senhorita Montag. Para ele foi mais penoso fechar a porta e ver o capitão e a senhorita conversando em frente à sala de jantar. Talvez estivessem lá desde que K. abrira a porta, evitando dar a entender que o observavam. Falavam baixo e seguiam os movimentos de K. só com os olhares, como se estivessem distraídos com a conversa. No entanto esses olhares ressoaram mal em K., que se apressou em ir para o quarto caminhando rente à parede.

## Quinto capítulo
## O espancador

Alguns dias depois, quando K. passava pelo corredor que separava seu escritório da escada principal — foi quase um dos últimos a ir para casa nesse dia, quando só dois funcionários ainda trabalhavam na expedição sob uma pequena iluminação de um abajur —, ouviram-se gemidos atrás de uma porta de um aposento que ele sempre imaginara ser apenas uma sala de despejo, mesmo sem nunca tê-la visto por dentro antes. Ficou em pé, perplexo e atento, tentando confirmar se não havia se enganado. Houve um instante de silêncio e os gemidos ressurgiram. Primeiro, ele pensou em ir buscar um dos funcionários — talvez uma testemunha fosse necessária —, mas uma curiosidade incontrolável o dominou, fazendo-o escancarar a porta. Era uma sala de despejo, como ele havia suposto. Havia velhas prensas inutilizadas e tinteiros vazios jogados no chão atrás da soleira. Naquele cômodo apertado, porém, havia três homens curvados. Uma vela, apoiada numa estante, os iluminava. "O que estão fazendo aqui?", perguntou K. tomado pela ansiedade, sem, contudo, elevar a voz. Um dos homens, que sem dúvida dominava os outros e foi o primeiro a erguer o olhar, estava metido num tipo de roupa de couro escuro que deixava o pescoço nu até o peito e todo o braço. Ele não respondeu nada. Porém os outros dois gritaram: "Senhor, devemos ser espancados porque nos denunciou ao juiz de instrução.". Só então K. reconheceu que eram os guardas Franz e Willem, e que o terceiro segurava uma vara na mão para espancá-los. "Mas", começou K., fitando-os, "não os denunciei. Contei a ele somente a maneira como entraram no meu quarto. Contudo, que vocês se comportaram de modo execrável, isso é verdade." "Senhor", disse Willem, enquanto Franz, atrás dele, procurava se proteger do terceiro, "se soubesse como somos mal remunerados, o senhor nos julgaria melhor. Tenho uma família para alimentar, e o Franz, aqui, queria se casar. A gente tenta ganhar um pouquinho a mais, assim, do jeito que dá, porque só trabalhando não é possível, ainda que seja um trabalho duro. Suas finas roupas de baixo me seduziram. Claro que é proibido aos guardas agir assim. Está errado, mas a tradição é que a roupa de baixo pertence ao guarda. Foi sempre assim, acredite. É também compreensível, pois o que essas coisas significam para quem tem o infortúnio de ser preso? De todo modo, se a pessoa revelar isso, tem de receber uma punição." "Eu não sabia de nada disso. De modo algum exigi a punição de vocês. Para mim, é uma questão de princípios." "Franz", disse Willem, dirigindo-se ao outro guarda, "eu não disse para você que este senhor não devia ter exigido nossa punição? Agora, você descobriu que ele nunca soube que devemos ser punidos." "Não caia na conversa deles", disse o terceiro para K. "A punição é tão justa quanto inevitável." "Não ligue para ele", disse Willem, que parou de falar porque recebeu um golpe de vara na mão que levara à boca. "Temos de ser punidos porque o senhor nos denunciou. Se não fosse isso, nada teria acontecido com a gente, ainda que tomassem conhecimento do que fizemos. Pode-se chamar isso de justiça? Nós dois, principalmente eu, éramos muito valorizados como guardas. O senhor mesmo deve admitir que, do ponto de vista da autoridade, agimos bem. Tínhamos chance de ser promovidos e nos tornar espancadores, como este, que teve a sorte de não ser denunciado por ninguém, já que esse tipo de denúncia ocorre muito raramente. Agora está tudo perdido, chegamos ao fim da linha. Vamos ter de fazer muito mais serviços subalternos, além de continuar nosso trabalho como guardas. Além disso, recebemos agora esta terrível e dolorosa surra." "Esta vara pode causar tanta dor assim?", perguntou K. apanhando a vara que o espancador agitava diante dele. "Vamos ter de ficar completamente nus", afirmou Willem. "Ora, ora", disse K., fixando o olhar no espancador, que era moreno como um marinheiro queimado de sol e tinha um certo frescor em seu semblante selvagem. "Será que não há um jeito de poupar os dois dessa surra?", K. perguntou. "Não", respondeu o espancador, rindo e sacudindo a cabeça. "Tirem a roupa", ele ordenou aos guardas em seguida. Então, olhando para K., sugeriu: "Não deve acreditar em tudo o que eles dizem. Ficaram de miolo mole por causa do medo da surra. O que este aqui, por exemplo" — apontou para Willem — "já contou sobre seu possível fim da linha é simplesmente ridículo. Veja só como está gordo! Os primeiros golpes vão se perder na gordura. Sabe como ele ficou tão gordo assim? Tinha o hábito de tomar o café da manhã de todos os acusados. Não tomou também seu café da manhã? Tenho certeza que sim. Um homem com uma barriga dessas não é nem vai poder ser um espancador, isso é certo." "Existe espancador assim também", afirmou Willem, enquanto afrouxava o cinto da calça. "Não", revidou o espancador, açoitando com a vara o pescoço de Willem, que estremeceu por inteiro. "Você não tem de ouvir, tem de tirar a roupa." "Vou lhe recompensar bem se os deixar ir embora", disse K., puxando sua carteira sem encarar o espancador, afinal em tais negócios é melhor que ambas as partes baixem os olhos. "Para também me denunciar depois e me arranjar uma surra?", disse o espancador. "Não, não!" "Seja sensato", insistiu K. "Se eu quisesse que esses dois fossem punidos, não ia desejar que fossem soltos agora. Eu poderia fechar a porta, não ver nem ouvir nada mais e ir para casa. Mas não faço isso porque, sem dúvida, depende de mim libertá-los. Se eu imaginasse que deveriam ou poderiam ser punidos, não teria pronunciado o nome deles. Não os considero culpados; culpada é a organização, culpados são os altos funcionários." "Isso mesmo", gritou um dos guardas, recebendo imediatamente uma varada nas costas já despidas. "Se tivesse debaixo de sua vara um alto magistrado", disse K., que, enquanto falava, empurrava para baixo a vara que o espancador já tentava erguer de novo, "sinceramente eu não o impediria de continuar com a surra; muito pelo contrário, lhe daria dinheiro para que se fortalecesse no desempenho do ato." "O que está dizendo parece sensato", disse o espancador, "mas não me deixo corromper. Sou encarregado de bater, por isso eu bato." O guarda Franz, que até então estivera retraído à espera talvez de uma boa saída para a abordagem de K., caminhou até a porta ainda vestido com a calça, ajoelhou-se, segurou K. pelo braço e sussurrou: "Se não conseguir indulgência para nós dois, pelo menos liberte a mim. Willem é mais velho do que eu; em todos os aspectos, menos sensível; faz alguns anos, também já recebeu uma punição leve de espancamento, mas eu ainda não estou desonrado, e fui levado a agir daquele modo por ele, que é meu professor para o bem e para o mal. Lá embaixo, na frente do banco, minha pobre noiva me espera. Estou envergonhado!". Enxugou as lágrimas, que escorriam pelo seu rosto, no casaco de K. "Não vou esperar mais", disse o espancador segurando a vara com ambas as mãos e golpeando Franz, enquanto Willem se agachava no outro canto e olhava escondido sem nem ousar mexer a cabeça. Então, Franz emitiu um grito contínuo e agudo. Não parecia o grito de um homem, mas de um instrumento de tortura, ressoando por todo o corredor; o prédio todo devia ter ouvido. "Não grite", bradou K. sem conseguir se conter. Ansioso, voltou o olhar para a direção de onde os funcionários podiam vir e deu um tapa em Franz não muito forte, mas o suficiente para que este, fora de si, caísse ao chão entre espasmos. Contudo, Franz não afastou os golpes, e a vara também o encontrou no chão. Enquanto se revolvia, a ponta da vara subia e descia em movimentos regulares. Ao longe, aparecia o primeiro funcionário; alguns passos atrás, o segundo. K. bateu a porta de modo apressado, andou até uma janela próxima que dava para o pátio e a abriu. A gritaria havia cessado completamente. A fim de não deixar os funcionários entrar, gritou: "Sou eu!". "Boa noite, senhor procurador", bradou um deles de volta. "Está acontecendo alguma coisa?" "Não, não", respondeu K. "É só um cachorro latindo no pátio." Como os funcionários não se moveram, ele acrescentou: "Podem continuar com suas tarefas!". Para não ter de entabular uma conversa com eles, debruçou-se na janela. Quando, alguns instantes depois, olhou de novo no corredor, viu que já haviam ido embora. No entanto, ele permaneceu por ali. Não ousava entrar na sala de despejo, mas também não queria ir para casa. Ficou olhando de cima para o pequeno pátio quadrangular, ao redor do qual foram construídos prédios de escritórios. Todas as janelas estavam escuras, somente as mais altas refletiam a luz da lua. K. procurou exaustivamente fixar o olhar na escuridão de uma das esquinas do pátio onde alguns carrinhos de mão estavam encaixados uns nos outros. Atormentava-o não ter conseguido impedir a surra, mas não era culpa sua não ter conseguido. Se Franz não tivesse gritado — por certo, deve ter sentido muita dor, mas num momento decisivo a gente precisa se controlar —, provavelmente K. teria encontrado um jeito de convencer o espancador. Se todos os funcionários subalternos eram gentalha, por que justamente o espancador, que tinha o cargo mais desumano, teria de ser a exceção? K. também observara bem como os olhos dele brilharam ao ver o dinheiro. É claro que o espancador só levara a surra a sério com o intuito de aumentar a soma da propina, e K. não teria poupado esforços. De fato, dependia dele libertar os guardas. Uma vez que começara a enfrentar a corrupção do tribunal, era compreensível que atacasse por esse lado também. Mas, no instante em que Franz começara a gritar, tudo acabou. K. não podia permitir que os funcionários, e talvez todas as demais pessoas possíveis, o surpreendessem negociando com aquela gente ali na sala de despejo. Ninguém podia exigir esse sacrifício por parte dele. Se tivesse planejado isso, teria sido mais fácil se despir e se oferecer no lugar dos guardas. Sem dúvida, o espancador não teria aceitado essa substituição, pois, sem ganhar nenhuma vantagem com isso, sua obrigação teria sido fortemente prejudicada, já que, enquanto seu processo estivesse em curso, K. precisava se manter inviolável por todos os funcionários do tribunal. Claro que medidas especiais podiam valer. De qualquer forma, ele não poderia ter feito outra coisa a não ser fechar a porta, embora nem todo perigo tivesse sido colocado de lado. Para K., era lamentável ter batido em Franz no final, o que só se desculpava em razão de seu nervosismo.

A distância, ouviu os passos dos funcionários do banco. Para não lhes parecer esquisito, trancou a janela e caminhou em direção à escada central. À porta da sala de despejo, parou um pouco e se pôs à escuta. Tudo em silêncio. O homem podia ter espancado os guardas até a morte; eles estavam sob seu domínio. K. já havia colocado a mão sobre a maçaneta da porta, porém recuou.

Não podia ajudar mais ninguém, e os funcionários deviam chegar logo. Prometeu a si mesmo ainda tocar no assunto e, na medida de suas forças, punir devidamente os verdadeiros culpados, os altos funcionários; nenhum dos quais ainda havia ousado se apresentar diante dele. Ao descer a escada, ainda dentro do banco, observou com cuidado todos os passantes na rua, através do vidro, mas, mesmo ao longe, nos arredores, não havia nenhuma moça esperando alguém. A afirmação de Franz de que sua noiva o aguardava se provou uma mentira perdoável, cujo único propósito era provocar piedade.

Ainda no dia seguinte, K. não parava de pensar nos guardas, por isso ficou distraído no trabalho e, para concluí-lo, precisou permanecer mais tempo no escritório do que ficara na véspera. Ao sair, quando passou de novo em frente à sala de despejo, abriu-a por impulso. O que viu diante de si, em vez da esperada escuridão, não era o que imaginara. Tudo estava como na noite anterior. As prensas e os tinteiros atrás da soleira, o espancador com a vara, os guardas ainda totalmente vestidos, a vela na estante, e aqueles homens que começaram de novo a lamentar e suplicar aos brados: "Senhor...!". Imediatamente, K. fechou a porta e socou-a com os punhos, como se desejasse que ela não se abrisse mais. Quase aos prantos, correu até os funcionários que trabalhavam tranquilamente na copiadora e interromperam sua tarefa surpresos. "Arrumem agora mesmo a sala de despejo!", ele gritou. "Estamos afundando na imundície!" Os funcionários se dispuseram a fazê-lo no dia seguinte. K. concordou, já que não podia forçá-los a trabalhar até tarde da noite, como gostaria. Sentou-se um pouco para observar por um instante os funcionários dali de perto, pegou algumas cópias aleatoriamente, como se as examinasse, e então foi para casa exausto, sem pensar em mais nada, pois percebeu que os funcionários não ousariam sair ao mesmo tempo que ele.

## Sexto capítulo
# O tio Leni

Numa tarde, K. estava bastante ocupado fechando a correspondência quando seu tio Karl, um pequeno proprietário rural, se precipitou em seu escritório, espremendo-se entre dois funcionários que carregavam documentos. Ao avistá-lo, K. se espantou menos do que se surpreendera tempos atrás ao imaginar a vinda repentina dele. O fato de que o tio apareceria era consumado na cabeça de K. já havia um mês. Nessa época, ele imaginou tê-lo visto chegando à mesa de seu escritório com o chapéu panamá na mão esquerda e com a direita livre e estendida, derrubando tudo que estava no caminho. O tio estava sempre com pressa porque vivia obcecado pelo infeliz pensamento de que precisava realizar tudo aquilo que se propusera na sua estada de um dia na cidade grande, motivo pelo qual não podia deixar passar nenhuma conversa casual, um negócio ou alguma diversão. Assim, K., que sentia ter obrigações para com o tio, seu ex-tutor, tinha de lhe ser solícito em tudo que fosse possível, além de abrigá-lo por uma noite em sua casa. "O fantasma do campo", assim o denominava.

Logo após cumprimentá-lo — não tinha tempo para se sentar na poltrona que K. lhe indicara —, o tio solicitou ao sobrinho uma breve conversa a sós. "É necessário", disse ele, engolindo com dificuldade, "para minha tranquilidade." K. dispensou imediatamente os funcionários com a recomendação de não deixar ninguém entrar. "O que ouvi, Josef?", gritou o tio quando ficaram sozinhos, sentando-se na mesa e, para se acomodar melhor, enfiando embaixo de si, sem olhar, diversos papéis. K. se manteve calado. Sabia o que viria, mas, de repente, livre do trabalho estressante, sentiu, a princípio, uma prostração agradável e olhou pela janela o outro lado da rua, onde era possível avistar um pequeno pedaço triangular, um trecho de paredes vazias entre duas vitrines. "Você está olhando pela janela!", exclamou o tio com os braços erguidos. "Pelo amor de Deus, Josef, me responda. É verdade? Pode ser mesmo verdade?" "Querido tio", disse K., saindo de sua dispersão, "não sei o que você quer de mim." "Josef", disse o tio em tom de advertência, "pelo que me consta, você sempre disse a verdade. Será que devo entender suas últimas palavras como um mau sinal?" "Estou tentando imaginar o que você quer", disse K., de modo afável. "Provavelmente, ouviu falar do meu processo." "Isso mesmo", respondeu o tio, assentindo lentamente. "Ouvi falar do seu processo, sim." "Quem lhe falou?", perguntou K. "Erna me escreveu a respeito", disse o tio. "Ela não tem nenhum contato com você. Infelizmente, você não liga muito para ela, mas ela soube. Recebi a carta hoje e, claro, vim imediatamente, por nenhum outro motivo a não ser este, que me parece suficiente. Posso ler os trechos da carta que lhe concernem." Tirou a carta do bolso. "Aqui está. Ela escreve: 'Faz tempo que não vejo Josef. Há poucas semanas estive no banco, mas ele estava muito ocupado, por isso não fui recebida. Esperei quase uma hora, mas tive de ir para casa por causa da minha aula de piano. Gostaria de ter falado com ele; talvez haja uma oportunidade melhor da próxima vez. No meu aniversário, mandou-me uma enorme caixa de chocolate, foi muito amável e atencioso. Eu havia esquecido de escrever-lhes naquela época; somente agora que vocês me perguntam é que me lembro. Vocês devem saber que chocolate é uma coisa que desaparece rapidinho na pensão. Assim que se toma conhecimento de que alguém foi presenteado com chocolate, este vai embora rápido. Mas, no que concerne a Josef, gostaria ainda de contar-lhe algo mais. Como disse, não fui recebida por ele no banco porque estava reunido com um senhor. Depois de ter esperado calmamente algum tempo, perguntei para um funcionário se a reunião ainda ia durar muito. Ele respondeu que provavelmente sim, haja vista que se tratava de um processo movido contra o senhor procurador. Perguntei que tipo de processo seria esse, se não estava enganado, mas ele disse que não se enganava, que era um processo, e um processo grave. Não sabia de mais nada. Ele mesmo gostaria de ajudar o senhor procurador porque era um homem bom e justo, mas não sabia como tudo havia começado e desejava somente que pessoas influentes o ajudassem. Isso certamente vai acontecer, e tudo vai acabar bem, mas por enquanto não está assim tão bem, é o que se pode deduzir do humor do senhor procurador, disse ainda o funcionário. Naturalmente, não dei muita importância a essa conversa; tentei inclusive acalmar o simplório funcionário, proibi--lo de falar com outros a respeito do assunto, e considerei tudo fofoca. No entanto, seria bom talvez que você, querido pai, se ocupasse disso em sua próxima visita. É mais fácil para você se inteirar com mais precisão e, se realmente for necessário, atuar por intermédio de suas inúmeras amizades influentes. Porém, se não for necessário, o que é o mais provável, pelo menos vai dar a oportunidade de sua filha abraçá-lo em breve, o que a alegraria muito.' Uma boa menina", comentou o tio, ao terminar de ler a carta, enxugando algumas lágrimas dos olhos. K. concordou. Esquecera-se completamente de Erna em virtude dos diversos aborrecimentos dos últimos tempos. Até do aniversário dela havia se esquecido, e a história do chocolate foi claramente um motivo encontrado para protegê-lo do tio e da tia. Era muito tocante, e por certo não era recompensa suficiente os ingressos de teatro que K., a partir de agora, pretendia enviar para Erna regularmente, mas não se sentia preparado para visitá-la na pensão nem para conversar com uma colegial de dezoito anos. "E o que me diz agora?", perguntou o tio, que ao ler a carta se esquecera de toda a pressa e da excitação. "Sim, tio", disse K., "é verdade." "Verdade?", gritou o tio. "O que é verdade? Como pode ser verdade? Que tipo de processo? Por acaso é um processo penal?" "É, sim, um processo penal", respondeu K. "E você aí sentado calmamente com um processo penal nas costas?", bradou o tio, que cada vez falava mais alto. "Quanto mais calmo o senhor ficar, tanto melhor será para encontrarmos uma solução", disse K., desanimado, e arrematou: "Não tema.". "Não consigo me acalmar", disse o tio. "Josef, querido Josef, pense em você, em seus parentes, em nosso bom nome. Você era até agora nosso orgulho, não pode ser a nossa vergonha. Sua postura...", olhou para K. com a cabeça inclinada, "não me agrada. Nenhum réu inocente, na posse de suas forças, se comporta assim. Diga-me em poucas palavras do que se trata para que eu possa ajudá-lo. Provavelmente, tem algo a ver com o banco?" "Não", disse K., levantando-se. "Você está falando muito alto, querido tio. Com certeza, o funcionário está com o ouvido grudado à porta escutando tudo. É muito desagradável para mim. Melhor sairmos. Vou responder a todas as suas perguntas o melhor que puder. Sei muito bem que devo prestar contas à família." "Isso mesmo", gritou o tio. "Isso mesmo. Apresse-se, Josef. Apresse-se." "Preciso apenas dar ainda algumas ordens", disse K., em seguida chamando seu secretário por telefone, que apareceu em alguns instantes. Tomado por seu nervosismo, o tio apontou para K. indicando ao funcionário que ele o chamara, para que não restasse nenhuma dúvida. K., de pé em frente à mesa, deu orientações ao jovem, que ouviu tudo com frieza e atenção. Esclareceu em voz baixa, e com o auxílio de diferentes documentos, tudo o que deveria ser feito ainda naquele dia durante sua ausência. O tio incomodava porque continuava ali, com os olhos arregalados e mordendo os lábios de modo ansioso, sem prestar atenção no que conversavam. No entanto sua presença já era incômoda o suficiente. Então, ele começou a andar de um lado para o outro no escritório, depois permanecia em pé, parado, ou em frente à janela ou de frente para o quadro, irrompendo sempre com diferentes manifestações como "Para mim é completamente incompreensível!" ou "Agora me diga no que isso vai dar...". O jovem agiu como se não estivesse percebendo nada, ouviu calmamente até o fim as ordens de K., tomou notas de algumas recomendações e saiu, após se curvar diante de K. e do tio, que estava de costas para o rapaz, olhando pela janela e amassando as cortinas com as mãos esticadas. Mal a porta se fechou, o tio gritou: "Finalmente o fantoche saiu, agora podemos ir embora também. Finalmente!". Infelizmente, não havia nenhuma maneira de demover o tio da ideia de fazer perguntas sobre o processo no átrio, onde alguns funcionários ficavam em pé e por onde o diretor adjunto passava. "Então, Josef", começou o tio, enquanto cumprimentava os transeuntes com uma leve saudação, "agora, fale francamente que tipo de processo é esse." K. fez algumas observações triviais, riu um pouco, e só na escada esclareceu que não queria falar abertamente na frente das pessoas. "Certo", disse o tio, "mas agora fale." Com a cabeça inclinada, um charuto na boca, soltando baforadas apressadas, ouvia atento. "Em primeiro lugar, tio", disse K., "não se trata de um processo diante de um tribunal convencional." "Isso é ruim", revidou o tio. "Como assim?", inquiriu K. olhando para ele. "Quis dizer que é ruim", repetiu o tio. Estavam na escada que conduzia à rua. K. puxou o tio para baixo, pois parecia que o porteiro os escutava; o tráfico intenso da rua os apanhou. O tio, apoiado em K., não perguntava mais de modo ansioso sobre o processo; caminharam calados por um bom tempo. "Mas o que aconteceu?", perguntou por fim o tio, parando de súbito, obrigando os pedestres atrás dele a se desviarem espantados. "Essas coisas não acontecem assim de repente; preparam-se com antecedência; é preciso que haja notificações. Por que não me escreveu? Você sabe que faço tudo por você. De certa forma, ainda sou seu tutor, e sempre tive orgulho disso. É claro que vou ajudá-lo; só que, se o processo já está em curso, fica mais difícil. O melhor seria, de qualquer forma, se tirasse alguns dias de férias e viesse para nossa casa no campo. Estou notando que emagreceu um pouco. No campo, vai ganhar forças, vai ser bom, certamente terá muito o que fazer lá. Além disso, fica afastado do tribunal. Aqui eles têm todos os meios possíveis de poder que necessariamente usarão contra você de forma automática. No campo, precisariam primeiro delegar a outros órgãos ou tentar atuar por carta, telegrama ou telefone. Isso enfraquece naturalmente o efeito. Não o livra, mas o deixa respirar." "Poderiam me impedir de viajar", disse K., levado a esse pensamento pelo discurso do tio. "Não acredito que possam fazer isso", disse o tio pensativo. "A perda de poder não é tão grande assim para não suportarem sua partida." "Pensei", disse K., puxando o tio pelo braço para impedi-lo de ficar parado, "que você daria menos importância a tudo isso do que eu; mas agora vejo que leva a sério." "Josef", gritou o tio querendo se desvencilhar de K. para continuar parado, mas este não o largou, "você está mudado. Sempre teve uma compreensão tão inteligente em relação às coisas, e agora abandona tudo? Quer perder o processo? Sabe o que isso significa? Significa que vai ficar maculado e que todo o parentesco vai ser arrastado consigo ou, no mínimo, será humilhado. Josef, concentre-se. Sua indiferença me tira do sério. Se alguém o vir, vai quase acreditar no ditado 'ter um processo assim já quer dizer tê-lo perdido'." "Querido tio", disse K, "o nervosismo é inútil, tanto de sua parte quanto da minha. Não se ganha um processo com nervosismo. Considere um pouco minha experiência prática assim como prezo a sua, ainda que esta me surpreenda. Uma vez que você diz que também a família seria arrastada para o sofrimento por causa do processo — o que, de minha parte, não consigo entender, mas isso é secundário —, desejo segui-lo em tudo, com prazer. Só a estada no campo não considero vantajosa, segundo sua sugestão, pois significaria fuga e confissão de culpa. Sem dúvida, aqui sou mais perseguido; por outro lado, posso proceder melhor no caso." "Certo", disse o tio num tom que dava a entender que finalmente haviam chegado a um consenso, "só dei essa sugestão porque, se você ficar aqui, o caso pode ser prejudicado pela sua indiferença, e acho melhor que eu trabalhe em seu lugar. Contudo, se quer fazer as coisas do seu modo, é claro que será infinitamente melhor." "Estamos de acordo, então?", perguntou K. "Tem alguma sugestão do que devo fazer primeiro?" "Naturalmente, preciso refletir sobre o caso", disse o tio. "Precisa pensar que estou há vinte anos quase ininterruptos no campo, por isso se perde a energia para esse tipo de coisa. Diversas ligações importantes com personalidades que conhecem melhor o terreno se afrouxaram por si só. Fiquei um pouco isolado no campo, você sabe. Sem dúvida, percebe-se isso em tais situações. Em parte, seu caso chegou até mim de modo inesperado, embora curiosamente esperasse algo do gênero na carta de Erna, e tive quase certeza hoje pelo seu olhar. Mas isso é indiferente; o mais importante agora é não perdermos tempo." Enquanto falava, acenou para um carro. Após entrar no veículo, puxou K. para dentro ao mesmo tempo que dava um endereço para o motorista. "Vamos falar com o advogado Huld", disse. "Foi meu colega na escola. Conhece o nome, não? Estranho. É muito famoso como defensor e advogado dos menos privilegiados. Pessoalmente, tenho muita confiança nele como ser humano." "Tudo o que você fizer por mim está bom", disse K., embora a maneira açodada e urgente como o tio tratava o assunto lhe causasse desconforto. Não era muito agradável como réu ir procurar um advogado de pobres. "Não sabia", disse K., "que se pode contratar um advogado num caso como este." "Mas claro", disse o tio, "isso é evidente. Por que não? E me conte tudo que aconteceu até o momento para que eu esteja bem inteirado sobre o assunto." K. começou imediatamente a contar, sem esconder nenhum detalhe. Sua mais completa franqueza era o único protesto que ele se permitia diante da opinião do tio de que o processo era uma grande vergonha. Mencionou uma só vez e de modo fugaz o nome da senhorita Bürstner, mas isso não afetava sua sinceridade, pois ela não tinha nenhuma ligação com o processo. Enquanto contava, olhava pela janela e observava que se aproximavam do subúrbio, onde ficavam os cartórios do tribunal. Alertou o tio a respeito disso, mas ele não achou a coincidência tão surpreendente. O carro parou na frente de um prédio escuro. O tio tocou uma campainha que havia no térreo, próxima à primeira porta. Enquanto aguardavam, o tio deu uma gargalhada que exibia seus dentes e sussurrou: "Oito horas; uma hora incomum para visita de clientes. Mas Huld não vai ficar bravo comigo.". Na janelinha da porta surgiram dois grandes olhos negros que fitaram por um instante os dois clientes e desapareceram. Contudo, a porta não se abriu. Eles confirmaram um para o outro a evidência de que haviam visto os olhos. "Deve ser uma nova empregada com medo de estranhos", disse o tio, tocando a campainha de novo. Os olhos voltaram a aparecer. Quase se podia considerá-los tristes, mas talvez fosse só uma ilusão causada pela luz a gás acesa e queimando, vibrante, sobre suas cabeças, conquanto iluminasse pouco. "Abra", gritou o tio, batendo com o punho na porta, "são amigos do senhor advogado." "O senhor advogado está doente", sussurrou alguém atrás deles. Numa porta no fim do pequeno corredor havia um senhor de roupão comunicando isso em voz baixa. O tio, furioso por conta da longa espera, se virou de súbito e bradou: "Doente?

O senhor está dizendo que ele está doente?". Então, caminhou em direção a ele, ameaçador, como se aquele homem fosse a doença. "Acabaram de abrir", disse o senhor apontando para a porta do advogado, amarrando seu roupão e desaparecendo. A porta tinha sido realmente aberta. Uma moça com um avental branco — K. reconheceu os olhos negros um pouco salientes — estava parada na antessala segurando uma vela. "Da próxima vez, não demore para abrir", disse o tio em vez de cumprimentá-la, enquanto a moça se esquivava apressada. "Venha, Josef", ordenou o tio a K., que passou pela moça lentamente. "O senhor advogado está doente", disse a moça, dado que o tio, sem se deter, se precipitou em direção a uma porta. K. ainda fitava a moça mesmo depois de ela já ter se virado. Ela tinha um rosto arredondado como o de uma boneca; não apenas as bochechas pálidas e o queixo protuberante, mas também as têmporas e a testa eram largas. "Josef!", gritou o tio de novo e perguntou para a moça em seguida: "Ele sofre do coração?". "Acho que sim", ela respondeu enquanto procurava avançar com a vela e abrir a porta para que eles pudessem entrar. Num canto do quarto, onde a luz da vela ainda não alcançava, levantou-se da cama um homem com um semblante esmaecido e uma longa barba. "Leni, quem está aí?", perguntou o advogado, que cegado pela vela não reconheceu os visitantes. "Sou Albert, seu velho amigo", respondeu o tio. "Ah, Albert", disse o advogado, deixando-se cair de volta sobre o travesseiro, como se não precisasse disfarçar na frente daquelas visitas. "Está tão mal assim?", perguntou o tio, sentando-se na beirada da cama. "Acho que não. É só uma fraqueza do coração que vai passar como as outras. É provável", disse o advogado em voz baixa, "mas estou indo de mal a pior. Respiro com dificuldade, quase não durmo, e perco as forças dia após dia." "Puxa...", disse o tio apertando o chapéu panamá com suas mãos grossas contra o joelho. "São más notícias. Está seguindo o tratamento correto? É tão triste aqui, tão escuro... Faz muito tempo desde que estive aqui pela última vez, parecia ser mais agradável. Até essa mocinha aqui não parece muito feliz, ou ela está fingindo." A moça continuava em pé perto da porta com a vela na mão. Até onde seu olhar incerto se deixava entrever, ela olhava mais para K. do que para o tio, mesmo quando este se referia a ela. K. se encostou numa cadeira que ele havia puxado para perto da moça. "Quando se está doente como eu", disse o advogado, "é preciso ter tranquilidade. Não parece triste para mim." Após uma curta pausa, acrescentou: "E Leni cuida muito bem de mim, ela é uma boa moça." Entretanto, isso não foi suficiente para convencer o tio, que se posicionara visivelmente contra a cuidadora e que, se não replicou nada ao doente, seguiu a cuidadora com olhares firmes quando ela se dirigiu à cama, colocando a vela na mesinha de cabeceira, curvando-se sobre o advogado e falando com ele em voz baixa ao arrumar os travesseiros. O tio quase se esqueceu da consideração com o doente; ergueu-se e ficou caminhando atrás da moça de um lado para o outro, e K. não teria se admirado se ele a tivesse agarrado por trás, pelas saias, e a arrancado da cama. K. observava tudo com tranquilidade. Até mesmo a doença do advogado não era tão inoportuna assim para ele, pois não conseguia se opor ao fervor que o tio revelara pelo seu caso. Ele aceitou com prazer a recusa que esse fervor tomava sem sua intervenção. O tio disse então, talvez só com o intuito de ofender a cuidadora: "Senhorita, por favor, nos deixe a sós um momento, tenho um assunto pessoal para tratar com meu amigo!". A cuidadora, que ainda se encontrava curvada sobre o doente, esticando o lençol perto da parede, virou a cabeça e disse com calma, o que caracterizava uma perceptível diferença do discurso transbordante de raiva do tio: "O senhor está vendo que ele está muito doente, portanto, não pode tratar de assunto nenhum.". Provavelmente, repetira as palavras do tio somente por comodidade; ainda assim, seu tom podia soar como indiferença ou sarcasmo, o que atingiu o tio em cheio. "Sua desgraçada!", disse num primeiro urro de nervosismo, de modo ainda bastante incompreensível. K. se assustou, embora esperasse por algo semelhante, então correu até o tio com o propósito determinado de tapar a boca dele com as duas mãos. Felizmente, o doente se levantou atrás da moça; o tio fez uma cara sombria, como se engolisse algo nojento, e disse um pouco mais calmo: "Sem dúvida, ainda não perdemos o juízo. Se o que peço não fosse possível, não o pediria. Por favor, vá embora agora!". A cuidadora continuou em pé perto da cama, de frente para o tio, segurando uma das mãos do advogado, como K. pôde notar. "Pode dizer tudo na frente da Leni", disse o doente, sem dúvida, num tom de súplica. "Não concerne a mim", disse o tio, "não é meu segredo." E virou-lhe as costas como se não quisesse mais conversar, mas fazendo uma pequena pausa para reflexão. "A quem concerne, então?", perguntou o advogado com a voz fraca, deitando-se novamente. "A meu sobrinho", disse o tio, "eu o trouxe comigo." E apresentou-o: "Procurador Josef K.". "Oh", exclamou o doente, mais animado, apertando a mão de K. "Me desculpe, nem percebi o senhor. Vá, Leni", disse para a cuidadora, que nesse momento aquiesceu e lhe apertou a mão, como se esse gesto representasse uma despedida por algum tempo. "Não veio", disse ele enfim para o tio, que se aproximou reconciliado, "para visitar um doente, mas para tratar de negócios." Era como se a suposição de que se tratava de uma visita a um doente tivesse paralisado o advogado. Agora ele parecia ter recobrado as forças. Permaneceu apoiado firme em um dos cotovelos, o que lhe devia ser muito cansativo, enquanto puxava a barba a partir de um fio no meio dela. "Já parece bem mais saudável", disse o tio, "desde que aquela bruxa saiu daqui." Ele se interrompeu e murmurou: "Aposto que está ouvindo", dando um salto até a porta. Mas atrás da porta não havia ninguém. O tio voltou, não decepcionado, pois o fato de ela não estar ouvindo lhe pareceu uma maldade ainda maior, mas amargurado. "Você a interpretou mal", disse o advogado sem tentar proteger a cuidadora; talvez quisesse expressar com aquilo que ela não precisava de ajuda. Então ele continuou num tom mais colaborativo: "No que concerne ao assunto de seu sobrinho, eu o aceitaria de bom grado se tivesse forças para realizar essa difícil empreitada. Receio que minhas energias não sejam suficientes. De todo modo, não quero deixar de tentar todos os meios. Se eu não conseguir, posso recomendar outra pessoa. Para ser sincero, o caso me interessa muito, por isso não pretendo renunciar a qualquer participação. Se meu coração não suportar, no mínimo, encontrará aqui uma digna oportunidade de falhar por completo.". K. não entendeu uma só palavra daquele longo discurso, então olhou para o tio como se procurasse uma explicação, mas este estava sentado com a vela na mão perto da mesinha de cabeceira, de onde caiu sobre o tapete um frasco de remédio. O tio assentia para tudo o que o advogado dizia, estava de acordo com tudo e olhava a todo momento para K. com a exigência de concordância mútua. Será que o tio já havia falado com o advogado sobre o processo antes? Isso era impossível; tudo o que acontecera até então depunha contra. "Não entendo", disse, por essa razão. "Será que talvez o tenha entendido mal?", perguntou o advogado, tão perplexo e constrangido quanto K. "Talvez tenha me precipitado. Sobre o que você queria conversar comigo? Pensei que se tratasse do seu processo." "Claro", disse o tio, então se dirigindo a K: "O que você quer, afinal?". "Sim, é isso, mas como o senhor sabe alguma coisa sobre mim e a respeito de meu processo?", perguntou K. "Ah, é isso...", disse o advogado, rindo. "Sou advogado, transito nos círculos jurídicos, falam-se de diferentes processos, e eu guardo na memória quando, por acaso, diz respeito ao processo do sobrinho do meu amigo. Isso não é estranho." "O que você quer, afinal?", perguntou o tio de novo para K. "Você está muito nervoso." "O senhor transita nos círculos jurídicos?", perguntou K. "Sim", disse o advogado. "Você faz perguntas como uma criança", disse o tio. "Com quem devo tratar, se não com pessoas da minha área?", acrescentou o advogado. Aquilo soou tão irrefutável que K. nem respondeu. O senhor trabalha no tribunal do Palácio da Justiça, e não num tribunal no sótão de um prédio, K. gostaria de ter dito, mas conseguiu se conter e não falou nada. "O senhor precisa pensar", continuou o advogado, como se esclarecesse inutilmente e de passagem algo evidente, "que, devido ao meu trânsito, tenho grandes vantagens para meus clientes, e sem dúvida em diversos aspectos, mas não se deve falar disso. Claro que estou um pouco impedido por causa da minha doença. Apesar disso, recebo a visita de bons amigos do tribunal e fico sabendo de algumas coisas. Talvez eu saiba mais do que muita gente em boa saúde que passa o dia inteiro lá no tribunal.

Por exemplo, agora, tenho uma visita muito querida." E apontou para um canto escuro do quarto. "Onde?", perguntou K., num tom quase grosseiro num primeiro instante de surpresa. Olhou inseguro ao redor. A luz da pequena vela não ia assim tão longe; nem chegava a alcançar a parede da frente. Alguma coisa começou a se mexer lá no canto. À luz da vela, que o tio erguia mais alto agora, viu-se um velho sentado perto de uma mesinha. Ele não havia nem respirado, e ficou assim bastante tempo, sem ser notado. Levantou-se com dificuldade, visivelmente descontente com o fato de ter sido percebido. Pelo movimento das mãos, que se mexiam como pequenas asas, era como se quisesse evitar qualquer apresentação ou cumprimento; como se não quisesse incomodar, de maneira alguma, os outros com sua presença; como se pedisse urgentemente pela sua volta à escuridão e pelo esquecimento da sua presença ali. Contudo, isso não podia mais lhe ser concedido. "Vocês nos surpreenderam", disse o advogado para esclarecer e, animado, acenou para aquele senhor se aproximar, o que este fez devagar, hesitante, com olhar à espreita e, ainda assim, com certa dignidade. "O senhor diretor do cartório... ah, perdão, não fiz as apresentações. Aqui, meu amigo Albert K., seu sobrinho, o procurador Josef K., e aqui o senhor diretor do cartório, que foi muito gentil em vir me visitar. Na realidade, o valor de uma tal visita só pode ser estimado por quem sabe quanto o caro diretor do cartório está atolado de trabalho. Apesar disso, ele veio. Conversávamos sossegadamente, tanto quanto minha fraqueza permite; não tínhamos proibido Leni de deixar as visitas entrarem, pois eu não esperava ninguém; achávamos que devíamos ficar sozinhos, mas escutamos sua batida à porta, Albert, e o senhor diretor do cartório foi com a mesa e a cadeira para o canto. Vê-se que, possivelmente, agora, caso haja o desejo, podemos conversar de assuntos em comum e nos reunir de novo, senhor diretor do cartório", disse, anuindo com a cabeça e com um sorriso servil, apontando para uma poltrona perto da cama. "Infelizmente só posso ficar mais alguns minutos", disse o diretor do cartório com educação, esparramando-se na poltrona e olhando o relógio. "Os negócios me chamam. De qualquer forma, não quero deixar passar a oportunidade de conhecer um amigo do meu amigo." Assentiu com a cabeça levemente na direção do tio, que parecia muito satisfeito com a nova amizade, mas, por conta da sua natureza, não conseguia demonstrar sentimentos de afeto, acompanhando as palavras do diretor do cartório com uma risada alta, porém embaraçada. Uma cena repugnante! K. podia observar tudo com tranquilidade, pois ninguém se ocupava dele. O diretor do cartório, uma vez fora da sombra, dominou a conversa, como parecia ser um costume seu. O advogado, cujos primeiros sinais de fraqueza deviam ter servido para expulsar a nova visita, ouvia atento, com a mão na orelha. O tio, que agora portava a vela — equilibrava-a na sua coxa, o advogado olhava aquilo apreensivo —, logo se livrou do embaraço e começou a se encantar tanto com a forma da conversa do diretor do cartório quanto com os suaves movimentos ondulares de suas mãos, que ele acompanhava. K., encostado na beirada da cama, foi completamente esquecido pelo diretor do cartório, talvez de propósito, e serviu de ouvinte para o velho senhor. Além do mais, mal entendia do que falava, e logo pensou na cuidadora, no tratamento indelicado que ela recebera do tio, e tentou se lembrar se já não tinha visto o diretor do cartório antes, talvez até mesmo na reunião de seu primeiro inquérito. Se não estava enganado, o diretor do cartório havia se introduzido na primeira fila entre os participantes da reunião, provavelmente entre os idosos de barbas ralas.

De repente, todos pararam ao ouvir um barulho, como de porcelana quebrada, vindo da antessala. "Vou ver o que aconteceu", disse K., saindo lentamente como se quisesse dar aos demais a oportunidade de detê-lo. Mal entrou na antessala tentando se orientar no escuro quando sentiu sobre a mão que estava apoiada no batente outra mão, menor que a dele, fechando silenciosamente a porta. Era a cuidadora, que o esperava ali. "Não aconteceu nada", sussurrou. "Joguei um prato contra a parede a fim de atraí-lo para cá." Perplexo, K. murmurou: "Também pensei na senhora.". "Tanto melhor", disse a cuidadora. "Venha." Deram alguns passos e chegaram a uma porta de vidro fosco que foi aberta pela moça. "Entre", disse ela. Era o escritório do advogado. Tanto quanto se podia ver à luz do luar, que iluminava apenas um quadrado do chão perto das duas grandes janelas, a sala estava mobiliada com móveis antigos e pesados. "Por aqui", disse a cuidadora, apontando para um baú escuro com um encosto talhado em madeira. Ao se sentar, K. olhou o cômodo ao redor: era amplo e alto. A clientela modesta do advogado devia se sentir desconfortável ali dentro. K. imaginou os clientes se aproximando da imponente escrivaninha em passos curtos, intimidados. Entretanto, se livrou rápido desse pensamento e teve olhos apenas para a cuidadora, sentada bem perto dele e quase o apertando no encosto lateral. "Pensei", disse ela, "que viria sozinho até mim, sem que eu precisasse chamá-lo. Foi estranho. Quando você entrou, primeiro olhou para mim quase diretamente e depois me deixou na expectativa. A propósito, pode me chamar de Leni", acrescentou depressa, como se nenhum momento dessa conversa pudesse se perder. "Com prazer", respondeu K. "Leni, no que concerne à estranheza, porém, posso me explicar. A princípio, tive de ouvir a conversa fiada dos velhos senhores, e não poderia sair sem um motivo; em segundo lugar, não sou desrespeitoso; ao contrário, sou até tímido. E você não demonstrava que poderia ser conquistada num piscar de olhos." "Isso não é verdade", disse ela, colocando um braço sobre o encosto do baú e fitando K., "mas você não gostou de mim, e provavelmente não vai gostar agora." "Gostar não seria bem a palavra", disse K., esquivando-se. "Oh!", disse ela sorrindo e ganhando a atenção de K. com um leve clamor e demonstrando certa superioridade sobre ele. K. se manteve calado por um instante. Entretanto, ao se acostumar à escuridão do cômodo, conseguiu distinguir diferentes particularidades do mobiliário. Sobretudo, fixou o olhar num quadro pendurado à direita da porta e se curvou para a frente, a fim de vê-lo melhor. Representava um juiz vestido com uma toga, sentado numa cadeira semelhante a um trono, cujo ornamento, dourado, se destacava em diferentes pontos do quadro. Havia algo incomum, pois esse juiz não parecia estar em paz nem transmitia dignidade; ele comprimia o braço esquerdo contra o espaldar da cadeira, mantendo, contudo, o braço direito totalmente livre, e segurava o braço da cadeira só com a mão no encosto, como se no momento seguinte fosse pular, com um movimento violento e talvez escandaloso, para dizer algo decisivo, ou proferir uma sentença. Podia-se imaginar o réu aos pés da escada, cujos degraus mais altos estavam cobertos com um tapete amarelo visível no quadro. "Talvez seja o meu juiz", disse K., apontando para o quadro. "Eu o conheço", disse Leni, olhando para a imagem, "ele vem muito aqui. Essa pintura é de sua juventude, mas nem de longe ele é parecido com a figura representada, pois é de estatura minúscula. Apesar disso, ele se fez alongar no quadro, afinal, é insensato e vaidoso, como todos aqui. Mas também sou vaidosa e muito infeliz, porque não lhe agrado." À última observação, K. reagiu abraçando Leni e puxando-a para si. Em silêncio, ela apoiou a cabeça em seu ombro. Sobre o restante, ele perguntou: "Qual era seu grau?". "Ele é juiz de instrução", respondeu Leni segurando a mão de K. e brincando com seus dedos. "De novo um juiz de instrução", disse K., decepcionado. "Os altos funcionários se escondem. No entanto, ele está sentado num trono." "Isso é tudo invenção", disse Leni encostando o rosto na mão de K. "Na realidade, ele estava sentado numa cadeira de cozinha sobre a qual estava sobreposta uma sela de cavalo velha. Mas será que você só pensa em seu processo?", acrescentou Leni com tranquilidade. "Não necessariamente", retorquiu K. "Talvez até pense pouco nele." "Esse não é o erro que comete", disse Leni. "É muito inflexível, segundo ouvi dizer." "Quem disse isso?", perguntou K., sentindo o corpo dela contra o peito e olhando para seu farto cabelo escuro, bem arrumado. "Revelaria muito se contasse isso", revidou Leni. "Por favor, não pergunte nomes, corrija seu erro, não seja tão inflexível, porque contra esse tribunal ninguém consegue se defender. Faça a confissão. Na próxima oportunidade, confesse. Apenas assim será dada a oportunidade de escapar. Contudo, mesmo isso não será possível sem ajuda externa, mas não se angustie por causa dessa ajuda, eu mesma vou providenciá-la." "Você entende muito desse tribunal e das trapaças que são necessárias aqui, não é?", disse K., colocando-a em seu colo, pois ela se esfregava com muita força contra ele. "Assim é melhor", disse Leni, acomodando-se enquanto esticava a saia e ajeitava a blusa. Então, envolveu o pescoço de K. com seus braços e jogou-se para trás, fitando-o demoradamente. "Se eu não fizer a confissão, não poderá me ajudar?", perguntou K., testando-a. Cortejo as ajudantes, pensou K., quase admirado; primeiro a senhorita Bürstner, depois a esposa do funcionário do tribunal, e agora esta pequena cuidadora, que parece ter uma inaudita necessidade de mim. Ao se sentar em meu colo, é como se estivesse em seu verdadeiro lugar! "Não", respondeu Leni, balançando a cabeça devagar, "não posso ajudá-lo. Mas você não quer de jeito algum minha ajuda, não lhe interessa; você é teimoso e não se deixa convencer... Você tem uma amante?", perguntou, após alguns instantes. "Não", retorquiu K. "Ah, tem sim", disse Leni. "É verdade, eu tenho", respondeu K. "Considere assim: eu a reneguei, embora carregue uma foto dela comigo." A seu pedido, mostrou uma foto de Elsa. Contorcida em seu colo, Leni examinou a imagem. Era um instantâneo tirado logo após uma dança com rodopios, o que Elsa fazia com prazer no bar. Sua saia voava em camadas no ar enquanto ela girava; tinha as mãos firmes apoiadas no quadril e olhava para o lado sorrindo, com o pescoço esticado. Não se via na imagem a quem ela dirigia o sorriso. "A cintura dela está bem apertada", disse Leni, apontando o lugar onde se podia comprovar sua impressão. "Não gosto dela, parece ser grosseira e tosca. Talvez com o senhor ela seja delicada e gentil, é o que se pode deduzir da foto. Garotas assim tão corpulentas não fazem nada mais além de ser delicadas e gentis. Mas ela seria capaz de se sacrificar pelo senhor?" "Não", disse K. "Ela não é nem delicada nem gentil, nem seria capaz de se sacrificar por mim. Também nunca exigi dela nem uma coisa nem outra. Na verdade, nunca reparei tanto na foto quanto a senhora." "Então, não é assim muito apegado a ela", disse Leni. "Ela não é sua amante." "É, sim", disse K. "Não retiro minha palavra." "Talvez seja sua amante agora", disse Leni, "mas não sentiria muita falta dela caso a perdesse ou a trocasse por outra... por mim, por exemplo." "Certamente", disse K., sorrindo, "isso seria possível, mas ela tem uma grande vantagem sobre a senhora: não sabe nada do meu processo, e, ainda que soubesse, não ligaria. Não tentaria me persuadir a ser mais flexível." "Isso não é nenhuma vantagem", disse Leni. "Se ela não tem nenhuma vantagem especial, não perderei a esperança. Ela tem algum defeito físico?" "Um defeito físico?", perguntou K. "Sim", respondeu Leni. "Tenho um defeitinho, olhe aqui." Esticou o dedo médio e o dedo anular da mão direita: a ligação de pele entre eles alcançava quase a falange mais alta do dedo menor. No escuro, K. não percebeu de imediato o que ela queria mostrar, por isso Leni conduziu sua mão para que ele a tocasse. "Mas que truque da natureza", disse K., e, como se tivesse olhado a mão inteira, acrescentou: "Que garra mais charmosa!". Com certo orgulho, Leni olhou como K. puxava e juntava seus dois dedos até que finalmente ele os beijou de modo fugidio e os soltou. "Oh!", gritou Leni imediatamente, "o senhor me beijou!" De modo apressado e com a boca aberta, Leni ficou de joelhos sobre o colo dele. K., quase atônito, a fitava. Agora que ela estava tão perto, ele sentia vir dela um cheiro ácido, excitante, como se fosse pimenta. Leni puxou a cabeça dele para si, curvou-se sobre ele, mordeu e beijou seu pescoço até onde se iniciavam seus cabelos. "O senhor a trocou por mim", bradava de tempos em tempos. "Veja, o senhor a trocou por mim!" Então o joelho dela escorregou, e, emitindo um gritinho, Leni quase caiu sobre o tapete, mas K. a abraçou para evitar sua queda e foi arrastado em sua direção. "Agora você me pertence", ela disse.

"Aqui está a chave da casa, venha quando quiser", foram suas últimas palavras, e um beijo sem alvo alcançou suas costas enquanto ele saía. Ao chegar ao portão, caía uma chuva fina. Ele queria ir para o meio da rua para talvez ainda ver Leni pela janela quando, de um carro que o esperava na frente da casa e que K. não notara por estar distraído, saiu o tio, que o agarrou pelo braço e o empurrou contra o portão do prédio, como se quisesse pregá-lo ali. "Rapaz", gritou, "como pôde fazer isso? Você prejudicou terrivelmente seu caso, que até estava indo por um bom caminho. Esconder-se com uma coisinha suja, que ainda por cima é claramente amante do advogado, e ficar longe todo esse tempo?! Nem procura uma desculpa, não disfarça nada; pelo contrário, corre para ela e fica lá. Enquanto isso, ficamos sentados o tio, que se esforça por você, o advogado, que deve ser conquistado para seu caso, e o diretor do cartório, esse grande senhor que controla seu caso no estágio atual. Queremos discutir como é possível ajudá-lo; preciso tratar o advogado com cuidado. Este, por sua vez, e o diretor do cartório; e você deveria ter todos os motivos para, no mínimo, me apoiar. Em vez disso, você se ausentou. Por fim, não se pôde mais disfarçar. São homens educados, experientes, não falam a respeito, me poupam, mas, afinal, não conseguiram mais se conter e, como não puderam falar do caso, se calaram. Ficamos lá sentados, em silêncio, por muitos minutos, esperando para ver se você vinha ou não. Tudo em vão. Então, o diretor do cartório levantou-se, pois permanecera mais tempo ali do que a princípio gostaria, e despediu-se, visivelmente lamentando o fato de não poder me ajudar; esperou à porta ainda mais um pouco com uma amabilidade indefinível e foi embora. Sem dúvida, fiquei feliz quando ele se foi; já não conseguia mais respirar. Tudo isso teve um efeito ainda pior sobre o advogado, que está doente. O pobre homem não conseguia mais falar quando me despedi dele. Você provavelmente contribuiu para seu abatimento completo, apressando a morte de um homem de quem depende. E a mim, seu tio, você deixa aqui na chuva. Sinta como estou molhado de tanto esperá-lo!"

# Sétimo capítulo
## Advogado — Industrial — Pintor

Numa manhã de inverno — lá fora caía a neve na luz opaca —, K. estava sentado em seu escritório, visivelmente cansado, ainda que fosse cedo. A fim de no mínimo se proteger dos funcionários mais subalternos, deu ao contínuo a ordem de não deixar ninguém entrar, pois estava ocupado com um trabalho importante. No entanto, em vez de trabalhar, girou na cadeira, empurrou devagar alguns objetos sobre a mesa, deixando assim, sem perceber, seu braço todo esticado sobre a superfície, e permaneceu imóvel com a cabeça baixa.

O processo não saía mais de seus pensamentos. Com frequência, refletia se não seria melhor elaborar um documento de defesa e apresentá-lo ao tribunal. Queria preparar uma pequena biografia explicando, para cada fato importante, por que se comportara assim ou assado, se essa conduta era reprovável ou não segundo seu juízo atual, e que motivos podia alegar para isso ou aquilo. As vantagens dessa defesa por escrito em relação à mera defesa do advogado, não irrepreensível de todo, eram indubitáveis. K. não sabia o que o advogado empreendia. Com certeza, não era muita coisa. Passado um mês, ele ainda não se reportara a K., e em nenhuma das conversas anteriores K. tivera a impressão de que esse homem pudesse fazer muita coisa por ele. Quase não lhe perguntara nada, e havia muito a ser perguntado. Perguntar era a questão essencial. K. sentia como se ele mesmo pudesse fazer todas as perguntas necessárias no caso. O advogado, ao contrário, em vez de perguntar, contava coisas ou ficava sentado, calado, na frente de K., curvando-se um pouco sobre a escrivaninha, sem dúvida por causa de sua audição fraca, puxando uma mecha da barba e olhando para o tapete, talvez para o mesmo lugar onde K. se deitara com Leni. Aqui e ali, dava uns conselhos vagos para K., como se faz com as crianças. Conversas tão inúteis quanto chatas, pelas quais K. não pensava em pagar nenhum centavo no acerto final. Depois que o advogado acreditava tê-lo humilhado o suficiente, recomeçava, como de costume, a estimulá-lo. Contava que ganhara total ou parcialmente vários processos semelhantes — processos que, na realidade, se não eram assim tão complexos quanto este, aparentemente não traziam esperança. Tinha uma lista desses processos na gaveta — bateu numa delas na mesa —, mas infelizmente não podia mostrar os autos, porquanto eram segredo profissional. No entanto, tais processos lhe proporcionaram uma experiência que agora seria favorável a K. Naturalmente ele já havia começado a trabalhar, e a petição inicial estava quase pronta. Esta era muito importante, porque a primeira impressão que a defesa dava muitas vezes determinava todo o curso do processo. De todo modo, K. precisava ficar atento, pois às vezes acontecia de as petições iniciais não serem lidas no tribunal. Eram juntadas aos autos, indicando que, no momento, os inquéritos e a observação do réu eram mais importantes do que o que estava escrito. Acrescentava-se, quando o impetrante insistia, que antes da decisão, assim que todo o material fosse juntado, naturalmente em conjunto, eram analisados todos os autos, inclusive a petição inicial. Infelizmente, também esse procedimento não era certo. A petição inicial, de hábito, se extraviava ou era perdida, e, ainda que fosse mantida até o fim, mal era lida, como soubera o advogado, embora por meio de boatos. Tudo isso era lamentável, mas não injustificável. K. não podia deixar de notar que o processo não era público. Se o tribunal considerasse necessário, ele se tornaria público, mas a lei não impunha a publicidade. Por isso, todos os documentos do tribunal, sobretudo a peça acusatória, permaneciam inacessíveis ao réu e à sua defesa. Em geral, não se sabia, ou no mínimo não com precisão, contra o que a petição inicial devia se dirigir, de forma que só ocasionalmente ela continha algo que tivesse importância para o caso. Petições realmente exatas e probatórias só podem ser elaboradas depois, quando, no decorrer das audiências do réu, alguns pontos da acusação e suas razões são ressaltados com clareza ou resolvidos. Sob essas condições, a defesa, sem dúvida, se encontra numa posição muito desfavorável e difícil. Porém, isso também é intencional. A defesa, na verdade, não é realmente admitida pela lei, apenas tolerada, e existe um conflito no que diz respeito ao fato de a tolerância ser depreendida com base na lei. Por essa razão, não existem, em sentido estrito, advogados reconhecidos pelo tribunal; todos os que se apresentam perante ele são, no fundo, rábulas. Claro que isso atua de modo fortemente aviltante para toda a classe profissional. Quando K. for aos cartórios uma próxima vez, poderá observar a sala dos advogados, só para dar uma olhada mesmo. Provavelmente vai se assustar com as pessoas reunidas lá. O aposento estreito e apertado designado a eles demonstra o desprezo que o tribunal tem para com os advogados. A luz penetra no aposento só por uma fresta que fica tão lá no alto que, se alguém quiser olhar para fora, sentir a fumaça de uma chaminé no nariz e sujar o rosto de fuligem, precisa procurar um colega para subir em suas costas. No chão desse aposento, só a título de exemplo, há um buraco faz mais ou menos um ano, não muito grande onde uma pessoa possa cair, mas grande o suficiente para quebrar a perna de alguém. A sala dos advogados fica no segundo andar do sótão, mas, se alguém cair no buraco, a perna balançará no primeiro andar, no corredor onde as partes esperam. Não é muito falar que no círculo dos advogados tais condições são denominadas de infames. Queixas à administração não têm o menor efeito, além de quase tudo ser proibido ao advogado, como mudar alguma coisa na sala por conta própria. No entanto, até mesmo o tratamento aos advogados tem sua justificativa. Pretende-se excluir o máximo possível a defesa; tudo deve ficar a cargo do réu. Na realidade, não é um ponto de vista ruim, caso não fosse mais errôneo ter como consequência o fato de os advogados serem desnecessários para o réu nesse tribunal. Ao contrário, em nenhum outro tribunal eles são tão necessários quanto neste. Em geral, o processo não corre só em segredo de justiça, mas também é secreto para o réu, até onde isso é possível. O problema é que essa medida é ampla demais. Tampouco o réu consegue ter acesso aos autos, e é muito difícil deduzir dos interrogatórios os autos de origem, principalmente para o réu que está confuso e envolvido com todas as preocupações decorrentes que o dispersam. Nesse ponto a defesa intervém. Nos inquéritos, os defensores não podem estar presentes, por isso precisam extrair do réu todas as informações necessárias, se possível à porta da sala de instrução, e retirar desses relatos cheios de entrelinhas o que é útil à defesa. Entretanto, o mais importante não é isso, porque não se consegue saber muito desse modo. Claro que aqui, como em qualquer outro lugar, um homem aplicado consegue descobrir mais do que outros. O mais importante continua sendo, não obstante, as relações pessoais do advogado, nas quais reside o valor central da defesa. Pela própria experiência, K. concluiu que a organização mais subalterna do tribunal não é perfeita, tem funcionários corruptos e desleixados, mediante os quais certamente a austera ordenação do tribunal apresenta brechas. Aqui se move a maioria dos advogados; é por aqui que se corrompe e se pergunta — inclusive, no passado houve pelo menos alguns casos de roubo de autos. Não se pode negar que, desse modo, se alcançam, em certos momentos, alguns resultados favoráveis e surpreendentes para o réu. Com isso, até esses advogadinhos se gabam e pescam novos clientes. Mas, no que concerne ao curso posterior do processo, isso não significa nada, ou nada de bom. Somente relações pessoais honradas têm valor relevante e, de fato, com funcionários superiores, o que, sem dúvida, se refere só a altos funcionários de graus inferiores. Apenas desse modo se pode influenciar a evolução do processo, que, se no início é imperceptível, depois é sempre nítida. Por certo, só alguns advogados o conseguem, e nesse ponto a escolha de K. foi muito apropriada. Talvez um ou dois advogados pudessem se legitimar com relações semelhantes como as do doutor Huld. Estes não se ocupam, em geral, das pessoas que frequentam a sala dos advogados nem têm nada a ver com elas. A ligação com os funcionários do tribunal deve ser o mais estreita possível. Nem sempre é necessário que o doutor Huld vá ao tribunal, que espere na antessala dos juízes de instrução pela sua casual aparição e, segundo o humor deles, obtenha uma aparente vitória ou não. Nada disso. O próprio K. viu os altos funcionários virem, prestarem de bom grado informações claras ou menos facilmente interpretáveis, conversarem sobre a evolução do processo, inclusive se deixando convencer em alguns casos e admitindo opiniões externas. Contudo, neste último aspecto, não se podia confiar totalmente neles, por mais favorável que fosse para a defesa o novo propósito que pronunciavam, pois talvez fossem direto a seus cartórios e publicassem uma decisão jurídica de conteúdo oposto no dia seguinte, quem sabe para o réu até mais severa do que seu propósito original, ao qual afirmavam ter renunciado completamente. Contra isso não se podia defender, porque o que diziam a sós era dito somente a sós e não permitia nenhuma dedução pública, mesmo quando a defesa não precisava se esforçar em obter a complacência desses senhores. De todo modo, por outro lado, também é correto que os senhores se liguem à defesa, desde que qualificada não só por laços de amor ao próximo ou sentimentos de amizade, mas porque dependem dela em muitos aspectos. Aqui reside a desvantagem de uma organização jurídica que estabelece, desde seus primórdios, o julgamento secreto. Falta aos funcionários o relacionamento com o povo; estão bem equipados para os correntes processos medianos; um processo assim praticamente corre sozinho e precisa aqui e ali de um empurrãozinho, mas, em relação tanto aos casos mais simples quanto aos mais complexos, ficam normalmente desnorteados, não têm o sentido correto para as relações humanas, porque estão permanentemente limitados pela lei dia e noite, e em tais casos carecem por demais delas. Então vêm até o advogado em busca de conselho, e atrás deles um subalterno com os autos, que de resto são secretos. Nessa janela, seria possível encontrar os menos esperados senhores olhando desconsolados para a rua enquanto o advogado estuda os autos na sua escrivaninha a fim de poder dar-lhes um bom conselho. Aliás, pode-se ver nessas oportunidades como tais senhores são profundamente sérios em seu ofício e se desesperam diante de obstáculos que, por sua natureza, não podem dominar. A posição não é, portanto, fácil, e não se pode cometer a injustiça de ver a posição deles como fácil. A hierarquia e os escalões do tribunal são infindáveis e, até para os iniciados, incompreensíveis. O processo nas cortes é, em geral, também secreto mesmo para os subalternos, que mal conseguem seguir os casos nos quais trabalharam no seu distante transcurso. A causa jurídica reaparece no seu campo de visão sem que muitas vezes saibam de onde ela vem, e continua sem descobrir para onde vai. Escapa a esses funcionários a lição que se pode tirar do estudo das fases isoladas do processo, da decisão final e de suas razões. Só podem tratar com partes do processo delimitadas pela lei e sabem do transcorrer futuro, ou seja, dos resultados do próprio trabalho, às vezes menos do que a defesa, que em regra permanece ligada ao réu até quase o fim do processo. Também nesse sentido podem obter da defesa informações valiosas. K. ainda se admirava com a irritação dos funcionários, expressa muitas vezes de modo ofensivo com as partes — todos têm essa experiência. Todos os funcionários são irritados, até quando parecem calmos. Claro que pequenos advogados sofrem especialmente com isso. Conta-se, por exemplo, a seguinte história, a qual parece bem verdadeira. Um velho funcionário, um senhor bom e calmo, havia passado um dia e uma noite, sem cessar, estudando uma causa difícil, que estava particularmente complicada pelas petições do advogado — esses funcionários são aplicados como ninguém. Pela manhã, após vinte e quatro horas de trabalho provavelmente não muito produtivo, ele foi até a porta de entrada e montou uma emboscada que consistia em jogar escada abaixo cada advogado que quisesse entrar. Os advogados se aglomeraram lá embaixo da escada e discutiram o que deveriam fazer. De um lado, não tinham nenhuma pretensão de ser admitidos — legalmente, pouco podiam fazer contra os funcionários, e precisavam, como já mencionado, tomar cuidado para que os funcionários não se voltassem contra eles. De outro, porém, para eles, cada dia não passado no tribunal é perdido, portanto queriam muito entrar. Por fim, chegaram a um acordo e decidiram exaurir o velho senhor. Um advogado atrás do outro subia a escada, resistia passivamente, dentro do possível, e era arremessado escada abaixo, onde os colegas o recolhiam. Isso durou mais ou menos uma hora, e o velho senhor, exausto pelo trabalho noturno, ficou cansado e voltou para seu cartório. Os que estavam lá embaixo quase não acreditaram e mandaram primeiro um deles espiar debaixo da porta para ver se lá não havia ninguém. Em seguida entraram e, claro, não ousaram nem resmungar. Para os advogados — e mesmo o menor deles pode reparar, pelo menos em parte, nas circunstâncias —, é totalmente distante o fato de querer introduzir qualquer melhoria ou impô-la no tribunal, enquanto — e isso é muito significativo — quase todo réu, mesmo simples, começa logo no início do processo a pensar em sugestões de melhoria e, com isso, perde tempo e energia que, de outra forma, poderiam ser mais bem empregados. A única coisa certa é se conformar com as condições disponíveis. Ainda que fosse possível aperfeiçoar detalhes, o que é uma crença desvairada, no melhor dos casos algo teria sido alcançado em causas futuras, mas com um imenso prejuízo para si mesmo, por atiçar a particular atenção dos sempre vingativos funcionários. Vale tudo, menos chamar atenção. Deve-se manter silêncio, ainda que seja algo totalmente sem sentido. Tentar reconhecer que aquele grande organismo jurídico fica, em certa medida, oscilando eternamente e que, de fato, quando se muda algo do lugar por iniciativa própria, perde-se o chão sob os pés e se despenca, enquanto o grande organismo cria para si mesmo, em outro lugar, um substituto para o pequeno incômodo — na realidade tudo está ligado — e permanece intocável, se é que — o que é bastante provável — não se torna mais fechado, mais atento, mais severo, mais malvado ainda. Entrega-se, então, o trabalho ao advogado, em vez de perturbá-lo. Censuras não ajudam muito, sobretudo quando não se consegue entender as causas no seu sentido absoluto. Mas é preciso ser dito quanto K. prejudicou a causa com seu comportamento perante o diretor do cartório. Esse homem influente deve ser quase riscado da lista daqueles que podem fazer alguma coisa por K. Não faz caso inclusive a menções fugidias ao processo com evidente propósito. Em muitos aspectos, os funcionários são como crianças. Por vezes, bobagens, infelizmente não é o caso do comportamento de K., os atingem de tal sorte que param de conversar com os bons amigos, evitam-nos quando os encontram e trabalham contra eles em tudo que for possível. Mas depois, de modo surpreendente, sem motivo especial, por conta de uma pequena brincadeira, que só se ousa porque tudo parece em vão, caem no riso e se sentem reconciliados. Ao mesmo tempo é difícil e fácil se relacionar com eles; quase não há regras para isso. Às vezes é de admirar que uma única vida mediana seja suficiente para abarcar tanto a fim de que se possa trabalhar com algum sucesso. Contudo, existem momentos sombrios, como em tudo na vida, em que se crê não se ter realizado o mínimo, como se certos processos desde o começo destinados a um bom termo tivessem chegado a um bom resultado, o que haveria sem colaboração, enquanto todos os demais se perderam, a despeito de toda a tramitação, de todos os esforços, de todos os aparentes pequenos sucessos, dos quais tanto se alegra. Depois, no entanto, nada mais parece seguro, e em meio a tantas questões não se ousaria negar que processos bem encaminhados tomaram o rumo errado graças à colaboração. Isso também é um tipo de autoconfiança, mas é a única coisa que resta. Os advogados estão particularmente expostos a tais caprichos quando um processo, conduzido por eles longe o bastante e a contento, lhes é retirado das mãos. Isso é a pior coisa que pode acontecer a um advogado. Não é por causa do réu que o processo lhe é retirado; isso nunca acontece. Quando o réu nomeia um advogado, precisa ficar com ele, não importa o que aconteça. Como poderia suportar ficar sozinho, tendo pedido ajuda para a pretensão? Isso não acontece, mas se dá às vezes de o processo tomar um rumo que o advogado não pode mais acompanhar. O processo, o réu, tudo é tirado do advogado, então também as melhores relações com os funcionários podem não ajudar mais, porque eles mesmos não sabem de nada. O processo entrou numa fase em que nenhuma ajuda pode ser mais prestada, em que tribunais inacessíveis trabalham, em que também o advogado não consegue mais acessar o réu. Um dia, vai-se para casa e encontra sobre sua mesa todas as muitas petições que foram feitas com todo o empenho e com a melhor das expectativas para essa causa — foram devolvidas, pois não podem ser reaproveitadas na nova fase do processo; são bobagens inúteis. Isso não quer dizer que o processo esteja perdido — pelo menos não existe nenhuma razão decisiva para essa conjetura; simplesmente não se sabe mais do processo nem nada além disso sobre ele é descoberto. Por sorte, casos assim são exceções, e ainda que o processo de K. fosse um caso desses, no momento ele está bem distante dessa fase. Porém ainda existe uma riquíssima oportunidade para o advogado, e K. podia estar certo de que ela seria aproveitada. A petição, como mencionado, ainda não foi entregue, mas isso também não tem pressa, já que muito mais importantes são as alegações iniciais com os funcionários competentes, que já ocorreram. Com êxito distinto, como devia ser admitido abertamente. É melhor por enquanto não revelar os detalhes por meio dos quais K. poderia ser influenciado desfavoravelmente e ter demasiadas esperanças ou medo excessivo. Diga-se, no máximo, que algumas pessoas se mostraram muito favoráveis e também solícitas, ao passo que outras se manifestaram pouco favoráveis, mas não se recusaram de modo algum a colaborar. O resultado é, no todo, muito satisfatório, mas não se deve tirar nenhuma conclusão em particular, dado que todas as negociações prévias começam assim e somente o desenrolar posterior demonstra o valor delas. De todo modo, nada está perdido, e se ainda se conseguir, apesar de tudo, conquistar o diretor do cartório — muita coisa distinta foi realizada com esse objetivo —, depois de tudo isso, como dizem os cirurgiões, a ferida estará cicatrizada, e pode-se esperar confiante pelo resto.

Nessas e em outras conversas parecidas o advogado era inesgotável. Elas se repetiam a cada visita. Sempre havia avanços, mas estes nunca podiam ser compartilhados. Continuava-se a trabalhar incessantemente na petição inicial, que nunca ficava pronta, o que, na maioria das vezes, se verificava como grande vantagem na próxima visita, porquanto os últimos tempos teriam se mostrado muito desfavoráveis à entrega, o que não teria sido possível prever. Às vezes, K., fatigado das conversas, observava que, mesmo considerando todas as dificuldades, se avançava muito devagar. A justificativa era que não se avançava lentamente — aliás, teria ido mais longe se K. tivesse se reportado ao advogado na hora certa.

Infelizmente, ele havia perdido tempo, e essa perda ainda acarretaria muitas desvantagens.

A única interrupção benfazeja dessas visitas era Leni, que sempre dava um jeito de levar o chá ao advogado na presença de K. Posicionava-se atrás dele, aparentemente observando como o advogado vertia até o fundo da xícara o chá e o sorvia com um tipo de sofreguidão, enquanto ela deixava a mão ser apertada pela de K. em segredo. Reinava um silêncio absoluto. O advogado bebia o chá, K. apertava a mão de Leni, e Leni ousava, às vezes, lhe acariciar o cabelo suavemente. "Você ainda está aqui?", perguntava o advogado ao terminar o chá. "Queria recolher a louça", respondia Leni, dando um último aperto de mão em K., ao que o advogado secava a boca e recomeçava, com energia renovada, a falar com K.

O que o advogado queria alcançar era consolo ou desespero? K. tinha certeza de que sua defesa não estava em boas mãos. Tudo o que o advogado contava devia estar correto, embora fosse transparente que, na medida do possível, ele queria ficar em evidência, e talvez nunca tenha conduzido um processo tão grande assim, era a impressão de K. No entanto, as suspeitas permaneciam intermináveis sobre as salientadas relações pessoais com os funcionários. Será que eram exploradas em proveito de K.? O advogado nunca se esquecia de ressaltar que se tratava apenas de funcionários subalternos, ou seja, em posição muito dependente, para cuja progressão funcional certas mudanças no curso do processo poderiam ser talvez de alguma importância. Será que se aproveitavam dos advogados para a progressão funcional, tornando tais mudanças desvantajosas para o réu? Talvez não fizessem isso em qualquer processo. Claro que isso era improvável, haja vista que existiam outros processos, em cujo curso eles concediam vantagens ao advogado pela prestação do seu serviço, já que precisavam manter sua reputação imaculada. Se tudo funcionava de fato assim, de que maneira eles interviriam no processo de K., o qual, de acordo com o advogado, era muito complexo, importante, e havia chamado atenção do tribunal desde o início? Não podia haver muitas dúvidas sobre o que fariam. Sinais disso já podiam ser vistos, porquanto a petição inicial ainda não fora entregue, embora o processo já durasse meses, e tudo se encontrasse, segundo o advogado, no início, o que naturalmente era muito apropriado para manter o réu atormentado e desamparado para de repente surpreendê-lo com a decisão ou, pelo menos, com a notificação de que o inquérito fora encerrado em seu desfavor e repassado às autoridades superiores.

Era necessário que K. mesmo interviesse. Ainda que em condições de grande fadiga, como naquela manhã de inverno, em que tudo se passava na sua cabeça sem seu controle, essa convicção era imperiosa. O desprezo que tivera antes pelo processo não se aplicava mais. Se estivesse sozinho no mundo, poderia desprezá-lo facilmente, malgrado fosse certo que o processo não teria existido. Agora, porém, o tio o havia arrastado para o advogado. O respeito à família estava em jogo. Sua posição não era mais independente do curso do processo; ele mesmo o havia mencionado, de modo descuidado e com um ar de satisfação inexplicável, diante de conhecidos; outros haviam tomado conhecimento dele de forma inusitada. A relação com a senhorita Bürstner parecia oscilar de acordo com o processo — em suma, praticamente não havia mais escolha entre aceitar ou recusar o processo; estava no meio dele e tinha de se defender. Se estava cansado, pior.

Não tinha razão, contudo, para se preocupar demais. Ascendera no banco a uma alta posição num curto período de tempo e soubera se manter reconhecido por todos; só precisava agora se dedicar um pouco mais ao processo com aquelas capacidades que lhe possibilitaram isso, e não havia dúvida de que se sairia bem. Se pretendesse alcançar algo, devia necessariamente repelir qualquer pensamento de uma possível culpa a partir de agora. Não havia culpa. O processo não era outra coisa senão um grande negócio, como aqueles que ele mesmo muitas vezes fechara com vantagem para o banco — um negócio no qual distintos perigos estavam à espreita e precisavam ser repelidos. Para esse fim, entretanto, não se podia brincar com nenhum pensamento de culpa; antes, era preciso manter o pensamento firme no próprio interesse. Por esse ponto de vista, era inevitável retirar a representação do advogado o mais rápido possível, de preferência naquela mesma noite. Segundo os relatos desse último, isso era, sem dúvida, algo vergonhoso e provavelmente muito ofensivo, mas K. não conseguia tolerar que seus esforços em relação ao processo encontrassem impedimentos que talvez fossem causados pelo próprio advogado. Uma vez livre do advogado, a petição precisaria ser apresentada imediatamente e, desde que possível, lembrada todo dia, a fim de ser apreciada logo. Para esse propósito, não seria suficiente que K. ficasse sentado no corredor como os outros e colocasse o chapéu debaixo do banco. Ele próprio, ou as mulheres ou os outros mensageiros, tinha de importunar os funcionários dia após dia e obrigá-los a analisar sua petição, em vez de ficar olhando para o corredor pela grade. Não deveria se afastar desses esforços; tudo teria de ser organizado e verificado, e o tribunal deveria se confrontar com o réu ao menos uma vez, o qual entendia proteger seu direito.

 Embora K. confiasse a si mesmo a condução de tudo, a dificuldade para escrever a petição era avassaladora. Uma semana antes, mais ou menos, pensara, não sem certo sentimento de vergonha, que talvez pudesse se ver forçado a conceber uma petição dessas. Não cogitara, contudo, que isso pudesse ser difícil também. Lembrava como, certa manhã, sobrecarregado de trabalho, jogara tudo para o lado e pegara um bloco de anotações a fim de tentar traçar algumas linhas de raciocínio para uma petição com o intuito de colocá-la à disposição do advogado relapso. Nesse instante, a porta do diretor se abriu e o diretor adjunto entrou rindo alto. Isso fora muito penoso para K., embora o diretor adjunto naturalmente não estivesse rindo da petição, da qual nada sabia, mas de uma piada sobre a bolsa de valores que acabara de ouvir, piada essa que exigia um desenho para sua compreensão. Por isso, o diretor adjunto se curvou sobre a mesa de K., pegou o lápis da mão deste e começou a desenhar no bloco, que, com certeza, estava destinado à redação da petição.

 Hoje, K. não tem mais essa vergonha; a petição precisava ser feita. Se não conseguia arranjar tempo para ela no escritório, o que era muito provável, precisava fazê-la em casa, à noite. Caso as noites não fossem suficientes, precisaria tirar férias. Ficar parado no meio do caminho é que não podia; isso era o mais absurdo não só nos negócios, mas em todo lugar. Na verdade, a petição representava um trabalho infinito. Não era preciso ter um caráter covarde para chegar facilmente à crença de que era impossível concluir a petição. Não por preguiça ou esperteza, as quais podiam deter o advogado na conclusão, mas porque, dado o desconhecimento das acusações prévias e suas possíveis consequências, a vida inteira precisava ser recordada, apresentada e verificada por todos os lados nas mínimas ações e em todos os acontecimentos. Como era triste um trabalho desses! Talvez fosse apropriado depois da aposentadoria para ocupar o espírito outra vez infantil a fim de ajudá-lo a passar os longos dias. Porém, quando K. mais precisava de todos os seus pensamentos voltados para o trabalho; quando cada hora passava correndo, pois estava em ascensão e representava, inclusive, uma ameaça ao diretor adjunto; quando queria aproveitar as tardes e as noites como um rapaz, tinha de começar a escrever a petição. Mais uma vez seus pensamentos se perdiam em lamúria. Quase involuntariamente, apenas para dar um final àquilo, procurou tateando o botão para acender a lâmpada que dava para a antessala. Enquanto o apertava, olhou para o relógio. Eram onze horas; havia passado duas horas em devaneios, um longo e valioso tempo, e naturalmente estava mais abatido do que antes. De todo modo, o tempo não fora perdido, já que tomara decisões que podiam ser valiosas. Os contínuos trouxeram, em meio a diferentes correspondências, dois cartões de visita de senhores que aguardavam K. havia um bom tempo. Eram clientes importantes do banco, que não deveriam ficar esperando. Por que vieram numa hora tão inoportuna? E por que, assim pareciam perguntar os senhores atrás da porta fechada, o competente K. usava as melhores horas de negócios para assuntos privados? Cansado do passado e esperando cansado pelo futuro, K. se levantou para receber o primeiro deles.

Era um homem pequeno, bem disposto, um industrial que K. conhecia bem. Lamentou ter de incomodar durante um trabalho importante, e K., por sua vez, desculpou-se por tê-lo deixado esperando tanto tempo. Mas até esse pedido de desculpas saiu num tom meio forçado, quase com uma falsa entonação, e, se o industrial não estivesse absorto nos próprios negócios, teria notado. Em vez disso, puxou depressa contas e tabelas de seus bolsos, esticou-as diante de K., explicou diferentes anotações, corrigiu um pequeno erro de cálculo, que só reparara nessa rápida olhada, lembrou a K. um semelhante negócio que fechara com ele mais ou menos um ano antes, mencionou de passagem que outro banco se candidatava ao negócio com grandes sacrifícios e, por fim, emudeceu para ouvir a opinião dele. Na realidade, no começo K. seguira a conversa do industrial, o pensamento no importante negócio o prendera. Mas não por muito tempo. Logo se desconcentrou; somente consentia com a cabeça às exclamações em voz alta do industrial, mas até isso abandonou no final, limitando-se a olhar a cabeça calva curvada sobre os papéis e a se perguntar quando o industrial finalmente perceberia que toda a sua conversa era inútil. Quando se calou, K. de fato acreditou, a princípio, que isso acontecia para lhe dar a oportunidade de admitir que não era capaz de ouvi-lo. Com pedidos de desculpa, percebeu no olhar tenso do industrial, claramente preparado para dar todas as respostas, que a conversa sobre negócios precisava continuar. Anuiu com a cabeça e começou a rabiscar num pedaço de papel, fitando uma cifra. O industrial presumia se tratar de objeções; talvez as cifras não estivessem realmente bem estabelecidas e não fossem o mais decisivo. De todo modo, o industrial cobriu os papéis com a mão e, aproximando-se muito de K., recomeçou com uma apresentação geral do negócio. "É difícil", disse K., mordendo os lábios e se enterrando esgotado na cadeira, dado que os papéis, a única coisa a que podia se agarrar, estavam encobertos. Tinha o olhar turvo quando a porta da sala do diretor do banco se abriu e o diretor adjunto apareceu não muito nítido, como se estivesse por trás de um véu de gaze. K. não pensou a respeito; somente seguiu o efeito imediato, que foi muito agradável para ele. O industrial pulou logo da cadeira e correu na direção do diretor adjunto, mas K. queria que ele tivesse sido dez vezes mais ágil, pois temia que o diretor adjunto pudesse desaparecer novamente. Era um temor inútil; os senhores se encontraram, apertaram-se as mãos e foram juntos até a mesa de K. O industrial reclamou que havia encontrado pouco interesse por parte do procurador em seu negócio e apontou para K., o qual, sob o olhar do diretor adjunto, se curvou outra vez sobre os papéis. Quando os dois se apoiaram na escrivaninha e o industrial pareceu querer conquistar para si o diretor adjunto, era como se, sobre sua cabeça, K. fosse negociado pelos dois homens, cujo tamanho ele exagerava em sua imaginação. Lentamente, procurou com cuidado compreender, com os olhos voltados para o alto, o que ocorria lá em cima. Pegou sem nem olhar um dos papéis sobre a mesa, apoiou-o sobre a mão estendida e ergueu-o paulatinamente na direção dos senhores, enquanto ele mesmo se levantava. Não pensava, nesse momento, em nada específico; agia assim apenas com a sensação de que tinha de ser desse jeito, caso quisesse concluir a petição, o que deveria aliviá-lo por completo. O diretor adjunto, que participava da conversa com toda a atenção, olhou furtivamente o papel; nem quis saber seu conteúdo, pois o que era importante para o procurador era irrelevante para ele. Pegou-o da mão de K. e disse: "Obrigado, já sei de tudo.". Na sequência, colocou-o de volta sobre a mesa. K. o olhou de esguelha, amargo. No entanto, o diretor adjunto não notou nada, ou, se notou, disfarçou. Riu alto, levou o industrial a um evidente embaraço por meio de uma resposta chistosa, do qual saiu imediatamente, fazendo ele próprio um reparo, e finalmente o convidou a ir a seu escritório, onde eles poderiam concluir o assunto. "É uma coisa muito importante", disse para o industrial, "vejo isso com clareza. E para o senhor procurador" — nesse ponto ele falava apenas com o industrial — "vai ser por certo agradável se a retirarmos de seus cuidados. O assunto demanda uma reflexão tranquila. Mas parece que hoje ele está muito sobrecarregado; faz tempo que algumas pessoas o esperam na antessala." K. teve ainda sangue-frio suficiente para se afastar do diretor adjunto e dirigir seu sorriso amável, porém tenso, ao industrial. De resto, não interveio mais. Apoiou-se um pouquinho curvado para a frente, com as duas mãos sobre a mesa, como um caixeiro atrás do balcão, e viu os dois senhores, que continuavam conversando, pegarem os papéis da mesa e desaparecerem na sala do diretor. À porta, o industrial se virou, disse que não se despedira e que, antes, informaria o senhor procurador do êxito da conversa e lhe faria outro pequeno comunicado.

Finalmente K. estava sozinho. Não pensou em deixar nenhum outro cliente entrar e, incerto, chegou à conclusão de que era confortável que as pessoas lá fora acreditassem que ele ainda tratava com o industrial e que, por essa razão, ninguém, nem mesmo os contínuos, podia entrar em sua sala. Foi até a janela, sentou-se no parapeito, segurou firme com uma das mãos o trinco e olhou para a praça lá fora. A neve ainda caía, não havia clareado.

Ficou sentado por muito tempo sem saber exatamente o que lhe afligia. Só de tempos em tempos olhava um pouco assustado por sobre os ombros na direção da porta da antessala, de onde acreditava ter ouvido um barulho por engano. Contudo, como não veio ninguém, acalmou-se, foi até a pia, lavou-se com água fria e voltou para seu lugar à janela com a cabeça mais fresca. A decisão de tomar sua defesa nas próprias mãos se apresentava mais difícil do que imaginara. Enquanto deixara a defesa aos cuidados do advogado, sentia-se menos atingido pelo processo, observara-o de longe e quase não pudera ser afetado por ele diretamente; podia examinar, quando quisesse, como andava sua causa, mas podia também se afastar outra vez quando desejasse. Agora, ao contrário, se levasse adiante a própria defesa, precisaria se apresentar ao tribunal. O êxito disso deveria ser sua completa e definitiva libertação. Mas, para alcançá-la, precisava correr mais perigos. Se duvidasse, teria se convencido do contrário na reunião com o diretor adjunto e o industrial. Como estava ali sentado se já decidira defender a si mesmo? Como seria depois? Que dias o aguardavam! Encontraria o caminho que conduziria tudo a um bom fim? Uma defesa cuidadosa não significava — e todo o resto era sem sentido — ao mesmo tempo a necessidade de se desligar de tudo, na medida do possível? Sairia disso ileso? E como conseguiria levar a cabo suas tarefas no banco? Tratava-se não só da petição, para a qual talvez umas férias fossem suficientes, embora o pedido por férias nesse momento fosse uma grande ousadia; tratava-se de um grande processo, cuja duração era imprevisível. Que obstáculo se lançara de repente na carreira de K.!

E, agora, deveria trabalhar para o banco? Olhou para sua mesa. Deveria deixar os clientes entrarem e negociar com eles? Enquanto seu processo corresse, enquanto no sótão os funcionários do tribunal permanecessem sentados sobre seu processo, deveria se ocupar com os negócios do banco? Não parecia uma tortura que, reconhecida pelo tribunal, se ligava ao processo e o acompanhava? No banco, alguém levaria em consideração sua situação especial na avaliação de seu trabalho? Não. Totalmente desconhecido não era seu processo, tampouco era claro quem sabia dele, e quanto. Mas, felizmente, o boato não chegara ao diretor adjunto, senão K. já teria visto com clareza como aquele se aproveitaria disso contra ele sem qualquer companheirismo e humanidade. E o diretor? Certamente tinha simpatia por K., e, assim que soubesse do processo e enquanto dependesse dele, teria provavelmente facilitado a vida de K., mas por certo não conseguiria, porque o contrapeso que K. representava começou a perder a força por causa da influência cada vez maior do diretor adjunto, que explorava o estado de saúde deplorável do diretor para fortalecer o próprio poder. K. tinha esperanças? Talvez sua resistência se enfraquecesse com essas reflexões, mas era também necessário não se enganar e ver tudo com clareza tanto quanto fosse possível no momento.

Sem um motivo especial, apenas para não ter de voltar para sua mesa no momento, K. abriu a janela. Conseguiu abri-la com dificuldade; precisou girar o trinco com ambas as mãos. Então, a névoa misturada com a poeira entrou na sala pela janela aberta em toda a sua extensão, preenchendo-a com um leve cheiro de fuligem. Também alguns flocos de neve entraram. "Um outono horrível", disse atrás de K. o industrial, que, vindo da sala do diretor adjunto, entrara despercebido. K. consentiu e viu, perturbado, a pasta do industrial, da qual este tiraria os papéis para comunicar a K. o resultado da negociação com o diretor adjunto. Contudo, o industrial seguiu o olhar de K., bateu em sua pasta e disse sem abri-la: "O senhor quer saber o que ocorreu. Trago na pasta o quase fechamento do negócio. Um homem sedutor, seu diretor adjunto, mas nada inofensivo.". Riu, apertou a mão de K. e tentou fazê-lo rir também. K., no entanto, pareceu outra vez desconfiado de que o industrial não quisesse lhe mostrar os papéis e não achou graça nenhuma na observação dele. "Senhor procurador", disse o industrial, "o senhor sofre muito com o clima, parece muito aflito hoje." "Sim", respondeu K. colocando a mão na testa, "dor de cabeça, preocupações familiares..." "Muito bem", disse o industrial, que era um homem ansioso e não conseguia ouvir ninguém com tranquilidade, "cada um tem sua cruz para carregar." Involuntariamente, K. deu um passo em direção à porta, como se quisesse acompanhar o industrial para fora da sala, mas este lhe disse: "Senhor procurador, ainda tenho uma pequena comunicação a lhe fazer. Lamento muito importunar o senhor justo hoje com isso, mas nos últimos tempos já estive duas vezes com o senhor e em ambas me esqueci. Se eu adiar mais ainda, talvez perca completamente seu propósito. Seria uma pena, pois no fundo minha comunicação talvez não seja sem valor.". Antes que K. tivesse tempo de responder, o industrial caminhou para mais perto dele, bateu com os ossos do dedo levemente em seu peito e disse baixinho: "O senhor tem um processo, não é verdade?". K. deu um passo para trás e exclamou imediatamente: "Quem lhe disse isso foi o diretor adjunto, não foi?". "Não, não foi", retorquiu o industrial. "De onde o diretor adjunto poderia saber disso?" "Pelo senhor?", perguntou K., mais controlado. "Descubro coisas aqui e ali do tribunal", disse o industrial. "Isso concerne inclusive à comunicação que queria lhe fazer." "Tem muita gente ligada ao tribunal!", disse K. com a cabeça baixa, levando o industrial até a mesa. Sentaram-se de novo, como antes, e o industrial disse: "Infelizmente, não posso lhe comunicar muita coisa. Mas em tais questões não se deve desprezar a mais ínfima delas. Ademais, gostaria de ajudá-lo de algum modo, embora minha ajuda seja bastante humilde. Fomos até aqui bons parceiros nos negócios, não fomos? Assim é.". K. quis se desculpar pelo seu comportamento na conversa, mas o industrial não suportava interrupções, puxou a pasta para debaixo do braço para mostrar que tinha pressa e continuou: "Sei do seu processo por intermédio de um certo Titorelli. É um pintor. Titorelli é só seu nome artístico, e desconheço seu verdadeiro nome. Faz alguns anos que, de tempos em tempos, vem ao meu escritório trazendo pequenos quadros, pelos quais sempre dou um tipo de esmola — ele é quase um mendigo. São até quadros bonitos, paisagens campestres e coisas do gênero. Essas vendas, já nos acostumamos a isso, se desenrolavam muito bem. Contudo, certa vez, essas visitas começaram a se repetir com mais frequência, fiz-lhe objeções, conversamos. Interessava-me saber como conseguia se manter apenas pintando, e descobri, para meu espanto, que sua principal fonte de renda era a pintura de retratos. Disse que trabalhava para o tribunal. 'Para qual tribunal?', perguntei. E aí ele me contou. O senhor pode imaginar como fiquei espantado com esses relatos. Desde então, em cada visita sua, escuto uma ou outra novidade do tribunal e começo a perceber paulatinamente como são as causas. De qualquer forma, Titorelli é tagarela, e com frequência preciso adverti-lo não só porque com certeza mente, mas sobretudo porque um homem de negócios como eu, que quase sucumbe às próprias preocupações do seu negócio, não pode se ocupar muito com coisas estranhas. Mas isso não vem ao caso. Talvez, pensei isso agora, Titorelli possa ser de alguma ajuda para o senhor. Ele conhece muitos juízes e, mesmo que não tenha grande influência, pode lhe dar conselhos sobre como ter acesso a diversas pessoas influentes. Ainda que esses conselhos não sejam tão decisivos assim em si mesmos, podem ser de grande importância na sua posse, é o que eu acho. O senhor é quase um advogado. Costumo sempre dizer: o procurador K. é quase um advogado. Não estou preocupado com seu processo. O senhor deseja ir até o Titorelli? Se for recomendado por mim, ele certamente vai fazer tudo o que estiver a seu alcance. Creio realmente que o senhor deva ir. Claro que não precisa ser hoje. Vá uma vez, quando puder. Contudo, gostaria de dizer isso, o senhor não está nem um pouco obrigado a, de fato, procurar o Titorelli. Dou-lhe apenas um conselho. Claro que não. Se o senhor acredita poder passar sem o Titorelli, é por certo melhor deixá-lo de lado. Talvez o senhor já tenha um plano preciso, e Titorelli poderia atrapalhá-lo. Então, não vá em hipótese alguma até ele. Por certo, custa algum sacrifício receber conselhos de um tipo como esse. Assim, seja como o senhor quiser. Aqui estão a carta de recomendação e o endereço.".

Desanimado, K. pegou a carta e a meteu no bolso. No melhor dos casos, a vantagem que a recomendação lhe podia trazer era excessivamente menor do que o dano que poderia ser causado pelo que o industrial sabia do seu processo e pela notícia que o pintor estava espalhando. Praticamente não conseguiu se forçar a agradecer o industrial, já a caminho da porta, com algumas poucas palavras. "Vou lá", disse K. ao se despedir dele à porta, "ou vou escrever-lhe, dado que estou muito ocupado agora. Talvez ele possa vir até meu escritório algum dia." "Eu sabia", retorquiu o industrial, "que o senhor encontraria a melhor saída. No entanto, penso que talvez seja melhor evitar convidar pessoas como o Titorelli para vir ao banco e conversar com ele aqui sobre o processo. Nem sempre é vantajoso entregar cartas nas mãos dessas pessoas. Mas o senhor com certeza pensou em tudo e sabe o que deve fazer." K. anuiu e acompanhou o industrial até a antessala. Apesar de demonstrar tranquilidade, estava muito assustado. Na verdade, dissera que escreveria a Titorelli somente para mostrar ao industrial que, de alguma forma, sabia apreciar sua recomendação e refletia sobre a possibilidade de ir ao encontro do pintor. Mas, se visse o auxílio de Titorelli como valioso, não teria hesitado em escrever-lhe imediatamente. Havia, porém, reconhecido na observação do industrial os perigos que poderiam se seguir. Será que confiava tão pouco no próprio discernimento? Será que era possível convidar uma pessoa tão duvidosa por meio de uma carta clara para vir ao banco e implorar-lhe por conselhos sobre seu processo com apenas uma porta de separação do diretor adjunto? Não era possível, ou mesmo provável, que não visse outros perigos ou corresse direto para eles? Nem sempre havia alguém do seu lado para alertá-lo. E, justamente quando precisava intervir com todas as suas forças, tinham de surgir dúvidas estranhas sobre sua própria vigilância? Será que as dificuldades que sentia de levar a cabo o trabalho do escritório começariam no processo? Não entendia mais como fora possível que tivesse desejado escrever para Titorelli e convidá-lo para vir ao banco.

Balançava ainda a cabeça quando um contínuo entrou e parou do seu lado, indicando que ainda havia três senhores sentados na antessala do banco. Esperavam fazia muito tempo para ser atendidos por K. No instante em que K. conversava com o contínuo, levantaram-se, e cada um deles queria aproveitar a oportunidade favorável de ser atendido em primeiro lugar. Entendiam ser uma grosseria da parte do banco fazê-los perder tempo na sala de espera, por isso tinham abandonado qualquer consideração. "Senhor procurador", chamou um deles. No entanto, K. fizera o contínuo trazer seu casaco e, enquanto o vestia com a ajuda do empregado, disse aos três: "Perdoem-me, senhores, infelizmente no momento não tenho tempo para recebê-los. Os senhores mesmos viram quanto tempo fiquei retido até agora. Fariam a gentileza de voltar amanhã ou quando lhes convier? Ou será que podemos conversar por telefone? Ou talvez queiram me dizer rapidamente do que se trata e lhes dou uma resposta detalhada por escrito? O melhor seria, de qualquer forma, que viessem depois.". As sugestões de K. deixaram aqueles senhores, cuja espera fora em vão, tão perplexos que olharam um para o outro, calados. "Estamos de acordo?", perguntou K. virando-se para o contínuo que lhe trouxera o chapéu. Via-se pela porta aberta da sala de K. como a neve havia engrossado lá fora. Ele ergueu a gola do casaco e a abotoou até o pescoço.

Nesse instante, apareceu o diretor adjunto da sala ao lado, olhou sorridente para K. vestindo seu casaco e negociando com os senhores e perguntou: "O senhor está de saída, senhor procurador?". "Sim", respondeu K. se aprumando, "tenho um negócio para resolver." No entanto, o diretor adjunto já havia se voltado para os três homens que aguardavam. "E os senhores?", perguntou. "Acho que estão esperando faz muito tempo." "Já estamos de acordo", disse K. Mas, então, os três não se contiveram mais, cercaram K. e explicaram que não teriam esperado por tanto tempo se os assuntos deles não fossem importantes e não tivessem de ser tratados naquele momento, em detalhes e a sós. O diretor adjunto os ouviu por um instante, olhou para K., que segurava o chapéu na mão tirando a poeira de alguns cantos, e disse: "Meus senhores, existe uma solução muito simples. Se tiverem a gentileza de me aceitar, assumo as negociações no lugar do senhor procurador. Seus assuntos precisam ser tratados imediatamente. Somos homens de negócios, como os senhores, e sabemos que o tempo vale muito. Não desejam entrar?", e abriu a porta que levava à sala de espera do seu escritório.

K. precisava com urgência renunciar a tudo de que o diretor adjunto se apropriara. Mas será que ele não estava renunciando mais do que o estritamente necessário? Enquanto corria com esparsas e incertas esperanças para um pintor desconhecido, como tinha de admitir para si mesmo, sua reputação sofria um prejuízo irreparável. Teria sido melhor tirar de novo o casaco e reconquistar para si, pelo menos, os dois senhores que ainda aguardavam na antessala. Talvez K. houvesse tentado se não tivesse visto o diretor adjunto na sala de K., procurando algo na estante como se fosse a sua. Quando K. se aproximou da porta agitado, ele gritou: "Ah, o senhor ainda não foi embora!". Virou para ele o rosto, cujas muitas rugas tesas pareciam revelar não idade, mas força, e recomeçou a procurar. "Procuro uma cópia dos contratos", disse ele, "que o senhor, segundo o representante da firma, deve ter. Não quer me ajudar a procurar?" K. deu um passo, mas o diretor adjunto disse "Obrigado, já achei", e voltou de novo para sua sala com um grande pacote de documentos, não só contratos, mas certamente muito mais coisas.

Não estou em condições de enfrentá-lo, pensou K., mas, quando minhas dificuldades pessoais passarem, é provável que ele seja o primeiro a senti-lo, e da forma mais amarga possível.

Com esses pensamentos um pouco mais tranquilizadores, K. deu ao contínuo, que havia algum tempo abrira a porta para o corredor, a missão de comunicar ao diretor que ele se encontrava num assunto de negócios e deixou o banco quase contente por poder se dedicar mais completamente à sua causa durante um bom tempo.

Foi direto à casa do pintor, que se localizava no subúrbio da cidade, numa região completamente oposta àquela onde se achavam os cartórios do tribunal. Era uma zona ainda mais pobre, as casas eram mais escuras, as ruas, repletas de uma sujeira que flutuava lentamente sobre a neve derretida. No prédio onde o pintor morava somente uma aba do grande portão estava aberta; nos outros, havia um buraco na parte inferior da parede. Ao se aproximar, K. viu um líquido nojento, amarelo, fumegante, por onde ratazanas escapavam para o canal. Debaixo da escada havia uma criança pequena chorando, de bruços, mas quase não era ouvida por causa do barulho ensurdecedor que vinha de uma funilaria do outro lado do corredor de entrada. A porta da oficina estava aberta; havia três trabalhadores em pé, em semicírculo, ao redor de uma peça, batendo com martelos nela. Uma grande chapa de folha de flandres, pendurada na parede, lançava uma luz branca sobre dois trabalhadores, iluminando seus rostos e aventais. K. dedicou a tudo isso um olhar fugidio; queria sondar o pintor com algumas palavras e voltar ao trabalho no banco. Se tivesse êxito, isso deveria se refletir de modo positivo em seu trabalho. No terceiro andar, precisou moderar os passos; estava quase sem ar; a escada e os degraus eram excessivamente altos, e o pintor devia morar lá em cima, num sótão. O ar era também opressor; não havia vão na escada, que era estreita, em meio a duas paredes, as quais tinham uma pequena janela bem lá no alto.

No momento em que K. conseguiu ficar um pouco ereto, algumas meninas saíram correndo de um apartamento e se apressaram escada acima, rindo. K. as seguiu devagar, segurou uma delas, que tropeçara e ficara para trás, e perguntou, enquanto subiam lado a lado: "Mora aqui um pintor chamado Titorelli?". A menina, que não tinha nem treze anos e era um pouco corcunda, golpeou-o com o cotovelo e olhou-o de soslaio. Nem sua juventude nem seu defeito físico conseguiram evitar que já estivesse pervertida. Não sorriu nem uma vez; antes, fitou K. seriamente, com um olhar cortante e inquiridor. K. agiu como se não tivesse notado seu comportamento e perguntou: "Você conhece o pintor Titorelli?". Ela assentiu e perguntou: "O que o senhor quer com ele?". K. achou proveitoso se informar rapidamente sobre Titorelli: "Quero que pinte meu retrato", disse. "Seu retrato?", perguntou a menina, abrindo muito a boca e batendo de leve com a mão em K., como se ele tivesse dito algo surpreendente ou inábil; então, ergueu com as duas mãos sua sainha curta e correu o mais rápido que pôde atrás das outras meninas, cujos gritos incompreensíveis se perdiam. No entanto, na volta seguinte da escada, K. encontrou de novo todas as meninas. Claramente, elas haviam sido avisadas sobre o propósito de K. pela corcunda e o esperavam. Estavam em pé dos dois lados da escada, apertando-se contra a parede, para que K. passasse por elas com conforto, e tocando seus aventais com as mãos. Todos os semblantes naquela formação em fileira apresentavam um misto de infância e depravação. Lá em cima, à frente das meninas, que se fechavam atrás de K., rindo, estava a corcunda, que assumira a liderança. K. tinha de agradecê-la por ter encontrado logo o caminho certo. Queria simplesmente continuar subindo, mas ela lhe mostrou que ele precisava escolher uma ramificação da escada para chegar até Titorelli. A escada que levava até o pintor era particularmente estreita, muito comprida, não tinha curvas, e podia ser vista em toda a sua extensão; terminava no alto, diante da porta de Titorelli. Essa porta, um pouco iluminada, em comparação ao resto da escada, por uma luz vinda de uma pequena e apertada janela, era composta de tábuas não rebocadas sobre as quais havia o nome Titorelli pintado com tinta vermelha em pinceladas grossas. K. estava quase no meio da escada com seu séquito quando a porta foi entreaberta lá de cima, com certeza em virtude do barulho dos muitos passos, e um homem vestido de pijama surgiu no umbral. "Oh!", ele gritou ao ver a multidão chegar, então desapareceu. A menina corcunda bateu palmas de tanta alegria, e as outras garotas se espremeram atrás de K. a fim de empurrá-lo mais rápido para a frente.

Eles ainda não haviam chegado lá em cima quando o pintor abriu completamente a porta com força e, fazendo uma significativa reverência, convidou K. a entrar. No entanto, ele bloqueou as garotas; não queria nenhuma delas, por mais que insistissem e tentassem entrar, se não com sua permissão, pelo menos contra sua vontade. Só a menina corcunda conseguiu escorregar por baixo do seu braço esticado, mas o pintor a apanhou, pegou-a pela saia, virou-a e a colocou porta afora junto das outras garotas, que não tinham ousado ultrapassar o umbral enquanto o pintor deixara seu posto. K. não sabia como deveria julgar tudo aquilo;

tinha a impressão de que tudo acontecia mediante um acordo amigável. As garotas à porta esticaram o pescoço para cima uma após a outra, gritaram para o pintor diferentes palavras jocosas de duplo sentido, que K. não entendeu, e que faziam o pintor rir também, enquanto a corcunda quase voava em sua mão. Finalmente ele fechou a porta, fez de novo uma reverência diante de K., estendeu-lhe a mão e disse, se apresentando: "Sou o pintor Titorelli.". K. apontou para a porta, atrás da qual as meninas sussurravam, e disse: "Parece que o senhor é muito querido no prédio.". "Ah, as diabinhas!", exclamou o pintor, procurando em vão abotoar a camisa do seu pijama no pescoço. De resto, estava descalço e vestido somente com uma ceroula de linho larga e amarelada, amarrada por uma tira de couro cuja borda longa balançava livremente para lá e para cá. "Essas diabinhas são penosas para mim", prosseguiu enquanto soltava a camisa do pijama, cujo último botão acabara de cair. Puxou uma cadeira e pediu que K. se sentasse. "Uma vez, pintei uma delas, que não está aqui hoje, e desde então todas me perseguem. Quando estou aqui, só entram se eu permitir. Mas, se estou fora, pelo menos uma sempre fica aqui dentro. Fizeram uma chave da minha porta, que emprestam uma para a outra. Ninguém consegue imaginar quão penoso é isso. Por exemplo, venho para casa com uma dama que vou pintar, abro a porta com a minha chave e encontro a menina corcunda ali à mesa, usando o pincel para pintar seus lábios de vermelho, enquanto os irmãos pequenos, dos quais ela tem de tomar conta, vadiam por aí e sujam todos os cantos do quarto. Ou, como aconteceu comigo ontem, venho para casa tarde da noite — desculpe meu estado e a desordem da casa — e quero cair na cama, mas alguma coisa me belisca na perna, olho embaixo da cama e puxo uma dessas coisinhas dali. Não sei por que me atormentam tanto, pois não permito que fiquem à vontade comigo, como o senhor deve ter notado. Claro que me sinto incomodado no meu trabalho com isso. Se este ateliê não tivesse sido colocado à minha disposição de graça, eu já teria me mudado há muito tempo." Uma vozinha então surgiu por trás da porta, carinhosa e amedrontada:

"Titorelli, já podemos entrar?". "Não", respondeu o pintor. "Nem eu sozinha?", perguntou de novo. "Também não", disse o pintor, caminhando até a porta e trancando-a com a chave.

Nesse meio-tempo, K. olhara o quarto a seu redor; nunca teria imaginado que alguém poderia chamar aquele pequeno cômodo miserável de ateliê. O comprimento e a largura não podiam ser maiores que dois passos longos. Tudo — piso, paredes, teto — era de madeira, e entre as tábuas se viam fendas estreitas. Em frente a K., encostada à parede, havia uma cama repleta de cobertas de cores variadas. No meio do quarto se via um quadro sobre um cavalete coberto por uma camisa cujas mangas encostavam no chão. Atrás de K. tinha uma janela por meio da qual, em virtude da neblina, não se via ao longe nada além dos telhados dos prédios vizinhos cobertos de neve.

Quando a fechadura da porta foi trancada, K. teve a sensação de que gostaria de ir embora logo. Puxou a carta do industrial de seu bolso, mostrou-a para o pintor e disse: "Descobri o seu paradeiro por meio deste seu conhecido e vim atrás de um conselho.". O pintor passou os olhos pela carta e então a atirou por sobre a cama. Se o industrial não tivesse falado com determinação de Titorelli como seu conhecido, como um pobre homem dependente de suas esmolas, seria possível acreditar que Titorelli não o conhecesse ou, no mínimo, parecesse não se lembrar de quem era. A respeito disso, perguntou o pintor: "O senhor quer comprar quadros ou ser pintado?". K. olhou surpreso para o pintor. O que de fato estava escrito na carta? K. supôs que fosse evidente que o industrial tivesse dito ao pintor na carta que ele não queria outra coisa a não ser se informar sobre seu processo. Como fora precipitado e irrefletido ir até lá! Contudo, agora precisava responder ao pintor, então K. disse, olhando para o cavalete: "O senhor está trabalhando num quadro?". "Sim", disse o pintor, jogando a camisa, que estava pendurada sobre o cavalete, em cima da cama, próximo à carta. "É um retrato. Um bom trabalho, mas ainda não está pronto." O acaso deu a K. a oportunidade de falar do tribunal; esta lhe foi simplesmente oferecida, pois, sem dúvida, se tratava do retrato de um juiz. Na verdade, parecia-se muito com o quadro do escritório do advogado. Era, por certo, de outro juiz, um homem gordo com uma barba preta e espessa que dominava toda a bochecha. O outro quadro era a óleo, mas este, ao contrário, tinha tons pastel opacos e indefinidos. Todo o resto, contudo, era semelhante. Também neste o juiz parecia se elevar no trono de modo ameaçador. Este é um juiz, sem dúvida, pensou K. e quase o disse, mas rapidamente se conteve e se aproximou do quadro como se quisesse analisá-lo em detalhes. K. não conseguiu identificar o que era uma grande figura que havia no meio do encosto do trono, então perguntou ao pintor sobre ela. "Precisava ainda ser um pouco mais trabalhada", respondeu o pintor, pegando um bastão de tinta pastel de uma mesinha e rabiscando com ele um pouco as margens da figura, sem, com isso, deixá-la mais nítida para K. "É a Justiça", disse o pintor finalmente. "Agora a reconheço", disse K. "Aqui está a venda dos olhos, e aqui, a balança. Mas tem asas nos calcanhares e não está pronta para correr?" "Sim", respondeu o pintor, "precisei pintar assim por causa da encomenda. Na verdade, são a Justiça e a deusa da Vitória em uma só figura." "Isso não é uma boa ligação", disse K. sorrindo. "A Justiça tem de ser serena, senão a balança se mexe e nenhum julgamento justo é possível." "Faço o que meu cliente pede", disse o pintor. "Sim, certamente", retorquiu K., que não pretendia ofender o pintor com seu comentário. "O senhor pintou a figura de modo que parecesse realmente estar sentada num trono?" "Não", disse o pintor, "não vi nem a figura nem o trono, é tudo invenção. Mas me disseram o que eu tenho de pintar." "Como assim?", perguntou K. de súbito, como se não compreendesse o que o pintor dissera. "Não é um juiz sentado na cadeira?" "Sim", respondeu o pintor, "mas não é um juiz superior, e nunca esteve sentado numa cadeira assim." "E permite-se pintar numa pose tão solene assim? Está sentado como um juiz presidente." "Sim, esses senhores são vaidosos", disse o pintor. "Mas eles têm permissão superior de ser pintados assim. Para cada um é fixado com precisão como pode ser pintado. Infelizmente, justo neste quadro não se podem mais julgar as particularidades nem do traje nem do assento; as cores pastel não são apropriadas para tais representações." "Sim", disse K., "é curioso que esteja pintado em tons pastel." "O juiz assim o quis", disse o pintor. "É para uma certa dama." Ele olhou para o quadro e aparentemente sentiu vontade de trabalhar. Então, dobrou as mangas da camisa e apanhou alguns lápis, e K. percebeu que, por baixo de suas pontas trêmulas, o pintor rabiscava uma sombra vermelha junto à cabeça do juiz, que se dissipava na forma de raios até a borda do quadro. Aos poucos, o traço da sombra encobria a cabeça como um adorno ou uma condecoração superior. Ao redor da figura da Justiça, havia um matiz claro imperceptível, em cujo brilho parecia especialmente que a figura avançava. Quase não parecia mais a deusa da Justiça nem a da Vitória; lembrava mais a deusa da Caça. O trabalho do pintor atraía mais a K. do que este desejaria. Contudo, enfim recriminou-se por estar ali por tanto tempo e, no fundo, ainda não ter feito nada pela sua causa. "Como se chama esse juiz?", perguntou de repente. "Não posso revelar", respondeu o pintor, totalmente inclinado sobre o quadro e evidentemente abandonando seu convidado, o qual acolhera no começo tão atenciosamente. K. considerou isso uma afetação e se irritou por estar perdendo tempo. "O senhor é um homem de confiança do tribunal?", perguntou. No mesmo instante, o pintor colocou os lápis de lado, aprumou-se, juntou as mãos e olhou para K. sorrindo. "A verdade vem sempre à tona", disse ele. "O senhor quer saber alguma coisa sobre o tribunal, como consta da sua carta de recomendação, e primeiro falou sobre meus quadros para me conquistar. Mas eu não levo isso a mal, afinal, o senhor não podia saber quanto isso não funciona comigo. Ah, por favor!", disse, defendendo-se rispidamente, quando K. pretendeu acrescentar algo. E prosseguiu: "De resto, o senhor tem razão em seu comentário: sou um homem de confiança do tribunal.". Fez uma pausa como se quisesse dar um tempo a K. para que ele compreendesse esse fato. Escutavam-se as garotas de novo atrás da porta. Empurravam-se, sem dúvida, para olhar pelo buraco da fechadura; talvez conseguissem ver o quarto pelas fendas. K. se esquivou de desculpar-se de alguma forma, pois não queria afastar o pintor do assunto; sobretudo, não queria que o pintor se envaidecesse e se tornasse inalcançável de certa forma, por isso perguntou: "Isso é uma posição reconhecida publicamente?". "Não", respondeu o pintor meio ríspido, como se não pudesse continuar conversando. No entanto, K. não queria que ele se calasse, então disse: "Às vezes, as posições não reconhecidas desse tipo são mais influentes do que as reconhecidas.". "Esse é inclusive o meu caso", disse o pintor anuindo com a testa franzida. "Ontem conversei com o industrial sobre seu caso. Ele me perguntou se eu poderia ajudá-lo e respondi que você poderia vir até mim. Alegro-me por vê-lo tão rápido aqui. A causa parece interessá-lo de perto, o que naturalmente não me admira. Gostaria talvez de tirar seu casaco?" Embora K. planejasse passar pouco tempo ali, a oferta do pintor foi bem-vinda. O ar no quarto se tornou aos poucos abafado para ele, então, reparou surpreso que havia um pequeno aquecedor de ferro no canto que não estava aceso. O calor sufocante era inexplicável naquele quarto. Enquanto tirava o sobretudo e desabotoava o paletó, o pintor disse, se desculpando: "Preciso de calor. Aqui está bem agradável, não? Nesse sentido, o quarto é apropriado.". K. não respondeu nada, mas, na verdade, não era o calor que o fazia se sentir desconfortável, e sim o ar abafado, que dificultava sua respiração. O quarto não era arejado havia muito tempo. Com isso, o desconforto só aumentou para K. quando o pintor lhe pediu que se sentasse na cama, enquanto ele próprio se sentava na única cadeira que havia ali, na frente do cavalete. O pintor pareceu não compreender o motivo de K. ter se sentado na ponta da cama, então ele perguntou de novo se ele não queria ficar mais à vontade. Como este titubeou, o pintor foi até onde ele estava e o conduziu até o encosto da cama. Então, voltou para sua cadeira e fez a primeira pergunta objetiva, que fez K. esquecer-se de todo o resto. "O senhor é inocente?", perguntou. "Sim", respondeu K. A resposta a essa pergunta alegrou K., especialmente porque era diante de um particular, ou seja, sem nenhuma responsabilidade. Tampouco ninguém ainda o havia inquirido tão diretamente. A fim de saborear essa alegria, ele acrescentou: "Sou completamente inocente.". "Pois é", disse o pintor, baixando a cabeça a fim de refletir. De repente, ergueu-a de novo e disse: "Se o senhor é inocente, o caso é muito simples.". O olhar de K. se turvou; aquele pretenso homem de confiança do tribunal falava como uma criança ignorante. "Minha inocência não simplifica o caso", disse K. Apesar de tudo, ele sorriu e balançou de leve a cabeça. Prosseguiu: "Há muitos detalhes nos quais o tribunal se perde. No fim, encontram a culpa em algum lugar onde originalmente não existia." "Sim, sim, certamente", disse o pintor, como se K. perturbasse desnecessariamente seu curso de pensamento. "Mas o senhor é mesmo inocente?" "Claro", disse K. "Esse é o fundamento", disse o pintor. K. não era de se deixar influenciar por argumentos contrários, mas, apesar de sua firmeza, não sabia se o pintor falava assim por convicção ou apenas por indiferença. Ele queria, primeiro, compreender isso; portanto, disse: "Certamente, o senhor conhece o tribunal melhor do que eu. Não sei muito mais do que ouvi de pessoas muito distintas entre si, mas todas concordam que acusações levianas não são feitas ali, e que o tribunal, quando acusa alguém, está firmemente convencido da culpa do acusado; essa convicção praticamente não é rompida." "Praticamente, não é mesmo?", perguntou o pintor, jogando uma das mãos para cima. "Nunca o tribunal vai rompê-la. Se eu pintar todos os juízes numa tela, um do lado do outro, e se o senhor se defender diante dela, o senhor terá mais êxito do que diante do verdadeiro tribunal." "Sim", disse K. para si, esquecendo que só havia desejado sondar o pintor.

 De novo, uma menina começou a perguntar atrás da porta: "Titorelli, ele já vai embora?". "Cale a boca!", gritou o pintor. "Não percebe que estou tendo uma conversa com este senhor?" No entanto a garota, não satisfeita, continuou perguntando: "Você vai pintá-lo?". Como o pintor não respondia, ela disse por fim: "Por favor, não pinte uma pessoa assim tão feia.". Uma confusão de gritos de aprovação incompreensíveis se seguiu. O pintor deu um salto até a porta, abriu uma fresta — viam-se as mãos das garotas esticadas, implorando — e disse: "Se não calarem a boca, vou empurrá-las todas escada abaixo. Sentem-se aí nos degraus e comportem-se!". Claro que não obedeceram de imediato, por isso ele precisou ainda ordenar: "Nos degraus, já!". Então elas se acalmaram.

"Perdoe-me", disse o pintor ao se voltar de novo para K., que quase não se importou com a porta; deixara-a aos cuidados do pintor, do modo como este quisesse protegê-lo. Nem se mexeu quando o pintor se inclinou em sua direção e sussurrou-lhe ao ouvido, para não ser ouvido lá fora: "Essas garotas também fazem parte do tribunal.". "Como?", perguntou K., recuando e encarando o pintor. Este, porém, se sentou de novo na cadeira e disse, meio brincando, meio explicando: "Na verdade, tudo pertence ao tribunal.". "Ainda não havia percebido isso", disse K. de modo brusco. A observação genérica do pintor retirava da sua referência às garotas tudo o que nela havia de inquietante. Apesar disso, K. ficou olhando por um instante para a porta, atrás da qual as meninas estavam sentadas silenciosas. Todavia, uma delas colocara uma palhinha por uma fresta entre as tábuas e a movia lentamente para cima e para baixo.

"O senhor parece que não tem uma visão geral do tribunal", disse o pintor, esticando as pernas para a frente e batendo com as pontas dos pés no chão. "Mas, como o senhor é inocente, isso não vai ser necessário. Eu sozinho posso tirá-lo dessa situação." "Como vai fazer isso?", perguntou K. "Como o senhor mesmo disse há pouco, o tribunal é completamente inacessível às evidências." "Inacessível apenas às evidências trazidas perante o tribunal", disse o pintor, elevando o dedo indicador, como se K. não tivesse percebido uma sutil diferença. "Por outro lado, a coisa muda de figura por trás do tribunal público, ou seja, nas salas de entrevistas, nos corredores ou, por exemplo, aqui no ateliê." O que o pintor estava dizendo não parecia a K. tão inacreditável assim; coincidia muito mais com aquilo que ouvira de outras pessoas. Na verdade, era muito auspicioso. Se realmente fosse tão fácil conduzir os juízes por meio de relações pessoais, como o advogado expusera, as relações do pintor com os juízes vaidosos eram de especial importância e, de qualquer forma, nada desprezíveis. Assim, o pintor se encaixava muito bem no círculo dos colaboradores que K. aos poucos reunia ao seu redor. No banco, uma vez fora elogiado por seu talento para a organização. Agora, quando estava sozinho, mostrava-se uma boa oportunidade de colocá-lo à prova. O pintor notou o efeito que seu esclarecimento provocara em K. e disse com certo receio: "Não lhe ocorre que falo quase como um jurista? É a convivência ininterrupta com os senhores do tribunal que me influencia desse jeito. Claro que tenho muitos ganhos com isso, mas o ímpeto artístico se perde em grande parte.". "Como entrou em contato com os juízes pela primeira vez?", perguntou K., que desejava primeiro conquistar a confiança do pintor, antes de colocá-lo a seu serviço. "Foi muito simples", disse o pintor, "herdei essas ligações. Meu pai era também pintor do tribunal. É uma posição que sempre se transmite por herança. Por isso, novas pessoas não são necessárias para isso. São estabelecidas regras secretas tão distintas e diversificadas, sobretudo para a pintura de graus de jurisdição diferentes, que elas não são conhecidas fora de determinadas famílias. Ali na gaveta, por exemplo, tenho os desenhos do meu pai que não mostro para ninguém. Todavia, apenas quem os conhece é capaz de pintar os juízes. Mesmo que eu os perdesse, ficariam tantas regras ainda na minha cabeça que ninguém poderia contestar minha posição. Cada juiz quer ser pintado como os antigos grandes juízes eram pintados, e isso só eu consigo." "É invejável", disse K. pensando sobre seu cargo no banco. "Seu cargo é inabalável?" "Sim, inabalável", disse o pintor, erguendo os ombros orgulhoso. "Por isso, posso ousar ajudar um pobre homem que tem um processo." "E como faz isso?", perguntou K. como se não fosse ele o pobre homem que o pintor mencionara. Contudo, o pintor não se deixou desviar. Ao contrário, disse: "No seu caso, por exemplo, como o senhor é totalmente inocente, vou proceder da seguinte maneira...". A reiterada menção de sua inocência foi ainda mais penosa para K. Às vezes, parecia-lhe que, por meio dessas observações, o pintor dava uma solução favorável ao processo como condição de sua ajuda, o que naturalmente a tornava desnecessária. Apesar dessas dúvidas, K. se controlou e não interrompeu o pintor. Não queria desistir da ajuda dele, estava decidido. Tampouco lhe pareceu essa ajuda ser mais contestável do que a do advogado. De longe, K. preferia a ajuda do pintor, a qual lhe fora oferecida de forma inofensiva e aberta.

O pintor puxara sua cadeira para mais perto da cama e prosseguiu com a voz abafada: "Esqueci-me de lhe perguntar em primeiro lugar que tipo de libertação deseja. Existem três possibilidades: a principal delas é a absolvição real; a segunda, a absolvição aparente; a terceira, o processo arrastado. A absolvição real é de fato a melhor, só que não tenho a menor influência nesse tipo de solução. Acho que não existe uma só pessoa que teria influência na absolvição real. É provável que nessa modalidade apenas a inocência do réu seja decisiva. Como o senhor é inocente, seria possível que confiasse somente na sua inocência. Assim, não precisará de mim nem de nenhuma outra ajuda.".

Essa explanação ordenada deixou K. perplexo no início, mas depois ele conseguiu dizer em voz tão baixa quanto o pintor: "Acho que o senhor está se contradizendo.". "Como assim?", perguntou o pintor, tranquilo, recostando-se na cadeira e sorrindo. Esse sorriso suscitou em K. o sentimento de que não se tratava mais de descobrir as contradições só nas palavras do pintor, mas nos procedimentos do próprio tribunal. Apesar disso, ele não recuou e disse: "O senhor ponderou antes que o tribunal é inacessível às evidências, depois limitou isso ao tribunal público e agora está dizendo que o inocente não precisa de ajuda perante o tribunal. Nisso reside a primeira contradição. Além disso, disse antes que se pode influenciar pessoalmente sobre os juízes, mas agora se desmente ao afirmar que a absolvição real, como a nomeia, só é alcançável mediante influência pessoal. Eis a segunda contradição.". "Essas contradições são facilmente explicáveis. Trata-se de duas coisas distintas: uma é o que consta na lei, outra é o que pessoalmente vivi. O senhor não deve confundi-las. Na lei, consta que o inocente é absolvido e não consta que os juízes possam ser influenciados. Mas observei o contrário disso. Não tenho conhecimento de nenhuma absolvição real, mas de muita influência, sim. É sem dúvida possível que em todos os casos de que tomei conhecimento não houvesse inocência. Mas não é uma coisa improvável? Em tantos casos nem uma só inocência? Quando era criança, ouvia isso do meu pai quando falava em casa dos processos. Também os juízes, que frequentavam seu ateliê, falavam do tribunal. Em nossos círculos não se fala praticamente de outra coisa. Tão logo conquistei a possibilidade de eu mesmo frequentar o tribunal, aproveitei-a sempre, segui incontáveis processos em estágios importantes e, tanto quanto eles possam ser vistos, preciso admitir, nunca vi uma só absolvição real." "Quer dizer, então, que não houve nenhuma absolvição real?", disse K. como se falasse para si mesmo e para suas esperanças. E continuou: "Mas isso confirma a opinião que já tenho do tribunal. Ou seja, desse lado não há saída. Um só algoz poderia substituir o tribunal inteiro." "O senhor não pode generalizar", disse o pintor, contrariado. "Falei somente da minha experiência." "Isso basta", disse K. "Ou já ouviu falar de absolvições no passado?" "Deve ter havido tais absolvições", respondeu o pintor. "Mas é muito difícil comprová-las. As decisões finais do tribunal não são publicadas nem acessíveis aos juízes. Por isso, só se preservaram lendas sobre casos antigos do tribunal. Estas contêm, de qualquer forma, casos de absolvição real. Pode-se acreditar nelas, mas não se pode comprová-las. Apesar disso, não se deve desprezá-las; elas contêm, sem dúvida, alguma verdade e também são belas. Eu mesmo pintei alguns quadros que têm essas lendas como conteúdo." "Meras lendas não mudam minha opinião", disse K. "Não se pode apelar a essas lendas diante do tribunal, não é?" O pintor riu. "Não, não se pode", disse o pintor. "Então é inútil falar a esse respeito", disse K., querendo no momento extrair todas as opiniões do pintor, mesmo aquelas que ele considerava improváveis e em contradição com outros relatos. Não havia tempo de comprovar a veracidade de tudo o que o pintor dizia nem de refutá-lo; ele já havia atingido o máximo quando induziu o pintor a ajudá-lo de algum modo, ainda que não fosse decisivo. Por isso, disse: "Abandonemos, portanto, a absolvição real. No entanto, o senhor mencionou ainda duas outras possibilidades.". "A absolvição aparente e o processo arrastado. Pode-se tratar apenas delas", disse o pintor. "Mas, antes de falarmos a respeito, o senhor não quer tirar esse paletó? Está muito quente." "Sim", disse K., que até então não prestara atenção em outra coisa a não ser nos esclarecimentos do pintor. Contudo, como o calor voltara à tona, surgiu muito suor em sua testa. "É quase insuportável." O pintor anuiu, como se entendesse perfeitamente o desconforto de K. "O senhor não poderia abrir a janela?", perguntou K. "Não", respondeu o pintor. "É só uma vidraça fixa, não é possível abri-la." K. percebia que esperara durante todo esse tempo que ele ou o pintor fossem de repente até a janela para escancará-la. Estava preparado até para inspirar a névoa de boca aberta. A sensação de estar completamente encerrado num lugar sem ar lhe causou tontura. Apertou devagar o cobertor de lã perto de si e disse com a voz fraca: "Isso é desconfortável e insalubre.". "Não, não é", disse o pintor em defesa de sua janela. "Porque não pode ser aberta, afinal, é só uma simples vidraça; o calor se conserva melhor aqui dentro do que se fosse uma janela dupla. Se eu quiser arejar, o que não é necessário, porquanto o ar entra pelas frestas das tábuas, posso abrir uma das minhas portas ou mesmo as duas." Um pouco mais conformado com essa explicação, K. olhou ao redor, procurando a segunda porta. O pintor percebeu isso e disse: "Está atrás do senhor. Tive de obstruí-la por causa da cama." K. viu a pequena porta na parede. "Aqui é tudo muito pequeno para um ateliê", disse o pintor, como se quisesse evitar uma objeção de K. "Precisei me arranjar da melhor maneira possível. Claro que a cama na frente da porta fica num lugar ruim. O juiz que estou pintando agora, por exemplo, entra sempre por essa porta em frente da cama. Dei-lhe uma chave para que ele possa me esperar aqui no ateliê mesmo quando não estou em casa. No entanto, ele vem aqui normalmente muito cedo, de manhã, enquanto ainda estou dormindo. Sem dúvida, ele me arranca do sono mais profundo quando abre a porta do lado da cama. O senhor perderia todo o respeito pelos juízes se ouvisse as blasfêmias com as quais o recebo quando me tira da cama cedo. Poderia retirar a chave dele, mas só teria mais aborrecimento. Podem-se quebrar aqui todas as portas na dobradiça sem muito esforço." Durante todo esse longo discurso, K. ficou pensando se deveria tirar o paletó, e por fim decidiu que, se não o fizesse, seria incapaz de ficar ali por mais tempo. Tirou o paletó, mas o colocou sobre os joelhos, para poder vesti-lo logo, caso a conversa tivesse acabado. Mal o tirara, uma garota gritou: "Ele acabou de tirar o paletó!". Ouviu-se como todas se espremiam junto às frestas para ver o espetáculo. "As garotas acreditam que vou pintá-lo e que, por isso, está tirando o paletó", disse o pintor. "Ah, é?", comentou K. pouco animado, pois não se sentia melhor do que antes, embora estivesse sentado em mangas de camisa. "A absolvição aparente e o processo arrastado", disse o pintor. "Depende do senhor o que vai escolher. Ambos são possíveis com a minha ajuda, claro que não sem esforço. A diferença a esse respeito é que a absolvição aparente demanda um esforço conjunto e temporário, ao passo que o processo arrastado, um esforço menor, mas duradouro. Então, primeiro, a absolvição aparente. Se a deseja, escrevo numa folha de papel uma confirmação da sua inocência. O texto de tal confirmação me foi dado pelo meu pai e é totalmente inexpugnável. De posse dessa confirmação, dou um giro pelos juízes conhecidos meus. Começo pelo juiz que estou pintando agora. Quando ele vier posar hoje à noite, poderei lhe apresentar a confirmação. Apresento-a, explico-lhe que o senhor é inocente e me responsabilizo pela sua inocência. Mas isso não é apenas uma garantia externa; antes, é real e comprometida." Nos olhos do pintor havia uma espécie de reprimenda, como se K. quisesse lhe impor o peso de uma tal garantia. "Seria muito amável", disse K. "E o juiz acreditaria no senhor. Apesar disso, não me absolveria realmente?" "Como já disse", respondeu o pintor, "não posso garantir que todo mundo vá acreditar em mim. Alguns juízes vão pedir, por exemplo, que eu conduza o senhor até eles. Portanto, o senhor precisaria vir comigo uma vez. De todo modo, um caso assim já está quase ganho, sobretudo porque eu naturalmente iria ensiná-lo direitinho como agir diante do juiz em questão. Pior é com os juízes que me rejeitam desde o início, e isso pode acontecer. Ainda que eu não deixe de insistir muitas vezes junto a eles, precisamos desistir destes. Isso é possível, pois juízes não podem decidir nada sozinhos. Quando tiver para essa confirmação um número suficiente de assinaturas, vou até o juiz com quem está seu processo no momento. Possivelmente, terei a assinatura dele também, e assim tudo vai correr mais rápido do que antes. No geral, porém, não há mais muitos impedimentos; é um período de grande confiança para os réus. É estranho, porém verdadeiro, que as pessoas sejam mais confiantes nesse período do que após a absolvição. Agora não se necessita de mais nenhum esforço especial. Na confirmação, o juiz tem a garantia de alguns juízes, assim pode absolvê-lo despreocupadamente, e sem dúvida o fará, como um favor a mim e a outros conhecidos após o cumprimento de distintas formalidades. O senhor vai embora do tribunal e está livre." "Então, estou livre", disse K., hesitante. "Sim", disse o pintor, "mas apenas aparentemente livre, ou melhor, temporariamente livre. Os juízes de primeiro grau, entre os quais se encontram meus conhecidos, não têm o direito de absolver definitivamente, competência que pertence ao tribunal superior, totalmente inacessível ao senhor, a mim e a nós todos. Não sabemos como as coisas funcionam lá, para ser sincero, nem queremos saber. Nossos juízes não têm o nobre direito de libertar o réu, mas de aliviá-lo da acusação; ou seja, se o senhor quiser ser absolvido dessa maneira, a acusação será retirada na hora, mas permanecerá pairando sobre o senhor e poderá ter efeito imediato, tão logo a ordem superior chegue. Dado que tenho uma boa ligação com o tribunal, posso também lhe dizer como a diferença entre a absolvição real e a aparente se manifesta nas prescrições para os cartórios do tribunal, segundo um aspecto puramente formal. Numa absolvição real, os autos do processo devem ser totalmente arquivados, desaparecem por completos dos atos judiciais. Não apenas a acusação mas também o processo em si e até a absolvição são destruídos, tudo é destruído. Outra coisa é a absolvição aparente. Nenhuma alteração ocorre nos autos, a não ser o fato de serem enriquecidos pela confirmação da inocência, pela absolvição e pela fundamentação desta. No entanto, o processo continua tramitando, inclusive pode ser enviado para os tribunais superiores, como o trâmite ininterrupto dos cartórios dos tribunais exige, volta para primeira instância, e, como um pêndulo, oscila de cima para baixo, muito ou pouco, com grandes e pequenas interrupções. Esses caminhos são imprevisíveis. Visto de fora, pode parecer que tudo é esquecido por muito tempo, os autos são perdidos e a absolvição é certa. Um iniciado não vai acreditar nisso. Nenhum auto é perdido, o tribunal não se esquece de nada. Um dia, sem que ninguém espere, um juiz qualquer pega os autos com atenção nas mãos, reconhece que nesse caso a acusação ainda procede e ordena imediatamente a prisão do réu. Supus aqui que um longo tempo transcorre entre a absolvição aparente e a nova prisão; isso é possível, e conheço casos assim, mas também é possível que o absolvido chegue em casa vindo do tribunal e já encontre um delegado esperando para prendê-lo outra vez. Por certo, a vida livre acabou." "E o processo recomeça?", perguntou K., quase incrédulo. "Geralmente, sim", disse o pintor. "O processo recomeça, e existe outra vez a possibilidade, assim como antes, de obter outra absolvição aparente. É necessário reunir outra vez todas as forças e não se resignar." Talvez este último comentário tenha sido feito pelo pintor sob a impressão que K. lhe passava, pois ele estava um pouco abatido. "Mas a obtenção de uma segunda absolvição não é mais difícil que a primeira?", perguntou K., como se quisesse se antecipar a quaisquer revelações do pintor. "Não se pode dizer nada determinado a esse respeito", respondeu o pintor, que continuou: "O senhor acha que os juízes são influenciados no seu julgamento em desfavor do réu por causa da segunda prisão? Esse não é o caso. Os juízes já haviam previsto essa prisão ao absolverem. Essa circunstância não tem efeito. Contudo, por inumeráveis razões, a motivação dos juízes e seus argumentos legais para o caso podem ter se transformado, e os esforços para uma segunda absolvição precisam ser adequados às novas circunstâncias, sendo em geral tão fortes quanto aqueles da primeira.". "Mas essa segunda absolvição também não é definitiva", disse K., virando a cabeça e afastando-se. "Claro que não", disse o pintor. "À segunda absolvição se segue uma terceira prisão, e a esta, uma quarta prisão, e assim por diante. Isso reside no conceito de absolvição aparente." K. se calou. "Parece que a absolvição aparente não lhe é muito vantajosa", disse o pintor. "Talvez o processo arrastado corresponda melhor às suas expectativas. Devo esclarecer-lhe a essência dele?" K. consentiu. O pintor recostara de modo confortável na cadeira, a camisa de seu pijama estava totalmente aberta e ele havia enfiado a mão lá dentro, com a qual coçava o peito e as laterais do corpo. "O processo arrastado", disse o pintor, olhando por um momento para a frente, como se buscasse a explicação mais apropriada, "consiste em que o processo seja mantido nos estágios iniciais por muito tempo. Para alcançar esse propósito, é necessário que o réu e seu colaborador, em especial este último, fiquem em contato direto e permanente com o tribunal. Repito que aqui não é qualquer esforço parecido com aquele para alcançar a absolvição aparente, mas uma grande atenção se faz necessária. Não se pode perder o processo de vista; precisa-se ir até o juiz competente em intervalos regulares e, além disso, em ocasiões especiais, procurar ter uma relação amistosa com ele de qualquer forma. Se não se conhece o juiz pessoalmente, deve-se influenciá-lo mediante juízes conhecidos, sem que, por isso, se desista das conversas diretas. Nada se perde nesse propósito; pode-se admitir, com certeza suficiente, que o processo não sai do seu estágio inicial. Na verdade, o processo nunca acaba, mas o réu fica quase tão seguro contra uma condenação como se estivesse livre. Diante da absolvição aparente, o processo arrastado tem a vantagem de que o futuro do réu seja menos incerto, mantém-se longe da apreensão das prisões repentinas e não precisa temer, talvez com o tempo em que suas circunstâncias pessoais sejam menos favoráveis, a necessidade de encarregar-se dos esforços e das agitações ligados à conquista da absolvição aparente. O processo arrastado tem, contudo, certas desvantagens para o réu, as quais não podem ser subestimadas. Não penso com isso que o réu nunca fique livre. Em certo sentido, ele também não fica com a absolvição aparente. É outra desvantagem. O processo não pode ficar parado sem que pelo menos existam motivos aparentes para isso. Alguma coisa externa ao processo precisa acontecer. De tempos em tempos, diferentes disposições precisam ser tomadas — o réu precisa ser interrogado, investigações ocorrem, e por aí vai. O processo precisa se movimentar sempre no pequeno círculo no qual ele foi artificialmente delimitado. Claro que isso acarreta determinados desconfortos para o réu, mas o senhor não deve imaginá-los tão ruins assim. Tudo isso é só aparência. Os inquéritos, por exemplo, são muito curtos; é possível se desculpar quando não se tem tempo nem vontade de ir até lá; com alguns juízes, podem-se estabelecer com antecedência as disposições em conjunto por um longo período. Na essência, trata-se de, uma vez que se é réu, se reportar a seu juiz de tempos em tempos." Enquanto o pintor proferia essas últimas palavras, K. colocou o paletó no braço e se levantou. "Ele está se levantando", gritou uma voz lá fora, do outro lado da porta. "O senhor já vai embora?", perguntou o pintor, que também se levantara. "Com certeza é o ar abafado que afugenta o senhor daqui. Lamento. Eu ainda teria tanta coisa a lhe dizer! Precisei resumir muito. Mas espero ter sido compreensível." "Oh, sim", disse K., com dor de cabeça por causa do esforço de ter sido obrigado a escutar. Apesar dessa confirmação, o pintor disse tudo de novo resumidamente, como se quisesse dar a K. um consolo em seu caminho de volta para casa. "Ambos os métodos têm em comum que eles evitam uma condenação do réu." "Mas evitam também a absolvição real", disse K., baixinho, como se tivesse vergonha de o ter reconhecido. "O senhor apreendeu o cerne da coisa", disse o pintor, rápido. K. pôs a mão no casaco, mas não conseguia se decidir a vestir nem o paletó. De preferência, seria melhor pegar tudo e sair correndo para o ar fresco. As garotas também não podiam fazê-lo se vestir, embora, antecipadamente, elas gritassem uma para outra dizendo que ele estava se vestindo. O pintor tinha interesse em interpretar o estado de espírito de K., por isso disse: "O senhor ainda não se decidiu a respeito das minhas sugestões. Aprovo isso. Inclusive, eu o teria desaconselhado a se decidir imediatamente. As vantagens e as desvantagens são sutis. Precisa-se pesar tudo muito bem. Contudo, não se deve perder muito tempo.". "Voltarei em breve", disse K., que, numa decisão repentina, vestiu o paletó, jogou o casaco sobre os ombros e correu até a porta, atrás da qual as garotas começaram a gritar. K. imaginou vê-las gritando através da porta. "Mas o senhor tem de manter a palavra", disse o pintor, que não o seguira, "senão vou pessoalmente até o banco para inquiri-lo." "Abra a porta", pediu K., agarrando a maçaneta que as garotas seguravam, como notou ao girá-la. "O senhor quer ser incomodado pelas garotas?", perguntou o pintor. "Utilize, por favor, esta outra saída", pediu, apontando para a porta atrás da cama. K. concordou e voltou correndo para a cama. Mas, em vez de abrir a porta, o pintor se agachou debaixo da cama e perguntou de lá: "Só mais um instante. O senhor não quer comprar um quadro?". K. não queria ser descortês, afinal o pintor havia realmente se interessado por ele e prometido ajudá-lo a partir de agora. Além disso, K. se esquecera de que não haviam falado sobre o pagamento por essa ajuda. Por essa razão, K. não podia dispensá-lo, então se permitiu ver o quadro, embora tremesse de impaciência para sair do ateliê. O pintor puxou de debaixo da cama uma pilha de quadros sem moldura tão cheios de pó que, quando ele tentou soprar o quadro de cima, deixou a vista de K. embaçada, e ele também ficou sem ar por um bom tempo. "Uma paisagem campestre", disse o pintor mostrando o quadro para K. Eram duas árvores finas distantes uma da outra na relva escura. No fundo do quadro havia um pôr do sol colorido. "Bonito", disse K., "vou comprá-lo." Sem pensar, expressara-se tão suscintamente que ficou contente quando o pintor, em vez de levá-lo a mal, ergueu um segundo quadro do chão. "Este é um complemento do outro", disse. Deveria ser considerado um complemento, mas não havia a menor diferença a ser notada entre os dois — no segundo, havia árvores e relva; no primeiro, o pôr do sol. Mas K. não se interessou muito por isso. "São paisagens bonitas", disse. "Compro as duas e vou pendurá-las em meu escritório." "Parece que o senhor gosta do tema", disse o pintor, puxando um terceiro quadro. "Que sorte que ainda tenho um quadro semelhante aqui!" Mas não era semelhante, e sim exatamente a mesma velha paisagem campestre. O pintor aproveitava a situação para vender quadros velhos. "Fico com este também", disse K. "Quanto custam os três quadros?" "Falaremos disso depois", disse o pintor. "O senhor tem pressa agora; manteremos contato. No mais, fico feliz que tenha gostado dos quadros. Vou lhe dar todos os que tenho aqui embaixo. São meras paisagens campestres, pintei muitas delas. Algumas pessoas recusam esse tipo de quadro porque eles são muito sombrios; outras, porém, e o senhor pertence a esse grupo, gostam justamente do sombrio." Contudo, K. não tinha nenhuma vontade de saber das experiências profissionais do pintor-mendigo. "Embrulhe todos os quadros", bradou, interrompendo o pintor. "Amanhã vem um funcionário meu buscá-los." "Não é necessário", disse o pintor. "Espero conseguir um carregador que vai acompanhá-lo agora", e se inclinou sobre a cama abrindo a porta. "Suba na cama sem medo", disse o pintor. "Todos que entram por aqui fazem isso." Mesmo sem esse convite, K. não teria pudor: já havia colocado um pé no meio da coberta de lã quando olhou pela porta aberta e o retirou. "O que é isso?", perguntou ao pintor. "Com o que está surpreso?", interveio este, também surpreso. "São cartórios do tribunal. Não sabia que aqui há cartórios? Existem cartórios em quase todos os sótãos. Por que não haveria logo aqui? Na verdade, meu ateliê também faz parte dos cartórios. O tribunal o colocou à minha disposição." K. não se assustou tanto com o fato de ter encontrado ali cartórios do tribunal; assustou-se sobretudo consigo, com sua ignorância sobre as coisas do tribunal. Parecia-lhe ser uma das regras fundamentais para o comportamento de um réu estar sempre preparado, não se deixar surpreender, não olhar displicentemente para a direita quando o juiz estava à esquerda, regra fundamental que ele sempre violava. Diante dele, estendia-se um longo corredor, onde corria um ar fresco, se comparado ao do ateliê. Havia bancos dispostos em ambos os lados do corredor, como na sala de espera do cartório competente ao processo de K. Parecia haver prescrições idênticas para a instalação dos cartórios. Naquele momento, o trânsito das partes não era muito grande. Um homem sentado no banco, meio deitado, enterrara o rosto nos braços e parecia dormir; outro estava em pé no escuro, no fim do corredor. K., então, pisou na cama, e o pintor o seguiu com os quadros. Encontraram logo um servidor do tribunal — K. reconhecia agora todos os funcionários do tribunal pelo botão dourado usado nos trajes civis no meio dos botões comuns —, e o pintor lhe deu a missão de acompanhar K. com os quadros. K. claudicava mais do que andava, mantendo o lenço comprimido contra a boca. Estavam próximos à saída quando as garotas se precipitaram contra eles, não poupando ninguém. Elas haviam percebido que a segunda porta do ateliê fora aberta e deram a volta para entrar por aquele lado. "Não posso mais acompanhá-lo", gritou o pintor, rindo em meio ao afluxo das garotas. "Até logo. E não reflita por muito tempo!" K. nem mesmo olhou para ele. Na rua, pegou o primeiro carro que lhe cruzou o caminho. Queria se livrar do servidor, cujo botão dourado lhe queimava os olhos sem cessar, embora provavelmente não chamasse atenção de mais ninguém. Na sua prontidão em servir, o funcionário quis se sentar no assento do condutor do carro, mas K. o enxotou dali. Já havia passado muito do meio-dia quando chegou à entrada do banco. Teria deixado os quadros no carro com prazer, mas temia que pudessem ser úteis em algum momento para se identificar em relação ao pintor com o auxílio deles. Mandou levá-los a seu escritório e os trancou na última gaveta da mesa a fim de mantê-los em segurança, pelo menos nos próximos dias, fora da vista do diretor adjunto.

## Oitavo capítulo
### Comerciante Block — Demissão do advogado

K. finalmente decidiu retirar do advogado sua representação. Dúvidas a respeito de esta ser uma decisão correta não deveriam ser descartadas, mas a convicção da necessidade as superou. Essa decisão consumiu muita energia de K. no dia em que resolveu procurar o advogado. Ele trabalhou com mais lentidão, precisou ficar mais tempo no escritório, e já havia passado das dez quando, finalmente, se viu diante da porta do advogado. Antes de tocar a campainha, refletiu se não seria melhor demitir o advogado por telefone ou por escrito; a entrevista pessoal seria certamente muito penosa. Apesar disso, não quis desistir. Todas as outras formas de demissão seriam aceitas em silêncio ou com algumas poucas palavras formais, e ele nunca saberia, a não ser que pudesse sondar Leni, como o advogado receberia a despedida e que consequências esta poderia ter para K., segundo a opinião nada irrelevante do advogado. Contudo, se o advogado estivesse sentado diante dele e fosse surpreendido pela demissão, mesmo que o advogado não deixasse transparecer, K. poderia decifrar facilmente tudo pelo seu semblante e por seu comportamento. Não era de todo impossível que fosse convencido de que seria melhor entregar a defesa ao advogado e de que retirasse sua demissão.

 O primeiro soar da campainha à porta do advogado foi, como de hábito, inútil. Leni poderia ser mais rápida, pensou K. No entanto já era uma vantagem quando uma terceira parte não se misturava, como era comum — por exemplo, o homem de pijama ou alguém que começasse a incomodar. Enquanto K. apertava pela segunda vez a campainha, olhou na direção da outra porta, que também estava fechada. Por fim, na janelinha da porta do advogado apareceram dois olhos que não eram os de Leni. Alguém a abriu, encostou-se com cuidado atrás dela, gritando para dentro da casa "é ele" e a abrindo completamente. K. se apressou, pois ouviu atrás de si, na outra casa, a chave girar na fechadura. Ao entrar, precipitou-se direto na antessala e viu no corredor, que ligava os ambientes, Leni correndo de camisola. K. a seguiu por um instante com o olhar e viu ao redor quem abrira a porta da outra casa: um homem pequeno, magro, de barba, com uma vela na mão. "O senhor é empregado aqui?", perguntou K. "Não", respondeu o homem, "sou de fora. O advogado é meu representante legal, estou aqui por causa de uma questão judicial." "Sem paletó?", perguntou K., apontando com o dedo para a vestimenta do homem. "Ah, perdoe-me", respondeu o homem, iluminando-se com a vela, como se pela primeira vez visse seu estado. "Leni é sua amante?", perguntou K., ríspido. Tinha as pernas um pouco separadas uma da outra, e as mãos entrelaçadas atrás seguravam o chapéu. Em posse de um pesado sobretudo, K. sentia-se superior ao pequeno magricela. "Meu Deus", disse o homem, erguendo a mão diante do rosto, num gesto de reprovação. "Não, não, o que o senhor está pensando?" "O senhor parece digno de confiança", disse K., sorrindo. "Portanto, venha até aqui." Acenou-lhe com o chapéu e o mandou passar à frente. "Como se chama?", perguntou K. "Block, comerciante Block", disse o nanico, que, ao se apresentar, virou-se para K., mas este não o deixou ficar quieto. "Esse é seu nome verdadeiro?", perguntou K. "Claro que sim", foi a resposta. "Por que duvida?" "Pensei que pudesse ter um motivo para esconder seu nome", disse K. Sentia-se tão livre como só se é no estrangeiro; ao falar com pessoas de classe social inferior, preserva-se tudo aquilo que concerne a si mesmo e conversa-se independentemente dos interesses do outro, elevando, assim, sua importância ou diminuindo-a quando se quer. À porta do escritório do advogado, K. parou, abriu-a e gritou para o comerciante, que continuava andando de modo subserviente: "Não tão rápido. Ilumine aqui.". K. pensou que Leni poderia ter se escondido ali e deixou que o comerciante procurasse em todos os cantos, mas o quarto estava vazio. Diante do quadro do juiz, K. segurou o comerciante por trás, pelo suspensório. "O senhor o conhece?", perguntou, apontando com o dedo para a imagem. O comerciante ergueu a vela, olhou para cima piscando e disse: "É um juiz.". "Um juiz superior?", indagou K., colocando-se ao lado do comerciante para observar a impressão que o quadro lhe causava. O comerciante olhava admirado para cima. "É um juiz superior", disse. "O senhor não reparou bem", disse K. "É o menor de todos, abaixo do menor dos juízes de instrução." "Agora me lembro", disse o comerciante, baixando a vela, "já ouvi dizer isso." "Mas claro", gritou K., "esqueci que o senhor naturalmente já ouviu falar disso." "Mas por quê? Por quê?", perguntou o comerciante enquanto se dirigia para a porta, impelido pelas mãos de K. Lá fora, no corredor, K. lhe disse: "O senhor deve saber onde Leni se escondeu." "Ela se escondeu?", perguntou o comerciante; ele continuou: "Não sei, mas deve estar na cozinha fazendo uma sopa para o advogado." "Por que não disse logo?", perguntou K. "Queria conduzi-lo até lá, mas o senhor me chamou de volta", respondeu o comerciante, confuso com as ordens contraditórias. "O senhor se acha muito esperto", disse K. "Leve-me até lá, então!" K. nunca estivera na cozinha, que era surpreendentemente grande e bem-equipada. Só o fogão era três vezes maior do que qualquer fogão comum. Do resto, não se via nenhuma particularidade, pois a cozinha estava iluminada por um pequeno lampião, pendurado perto da entrada. Leni estava ao fogão com um avental branco, como sempre, quebrando ovos numa frigideira sobre uma lamparina a álcool. "Boa noite, Josef", disse ela, de esguelha. "Boa noite", respondeu K., apontando com o dedo para uma cadeira no canto, onde o comerciante deveria se sentar. K. se aproximou de Leni por trás, curvou-se sobre seus ombros e perguntou: "Quem é esse homem?". Leni o enlaçou com uma das mãos, enquanto a outra mexia a sopa, puxou-o para si e disse: "É um homem lamentável, um comerciante pobre, um tal de Block. Olhe para ele.". Os dois olharam para trás. O comerciante estava sentado na cadeira que K. lhe indicara, apagara a vela, cuja luz era inútil, e apertava com os dedos o pavio para impedir que a fumaça se espalhasse. "Você estava de camisola", disse K., virando a cabeça dela e a encarando. Ela se calou. "É seu amante?", perguntou. Ela tentou pegar a panela de sopa, mas K.

segurou as mãos dela e disse: "Responda!". Leni respondeu: "Venha até o escritório, vou lhe explicar tudo.". "Não", disse K., "quero que você explique isso aqui." Ela se debruçou sobre ele e tentou beijá--lo, mas ele a afastou e disse: "Não quero que me beije agora.". "Josef", disse Leni, encarando-o suplicante, mas sincera, "não fique com ciúme do senhor Block." "Rudi", disse ela, então, voltando-se para o comerciante, "me ajude, você está vendo que estão suspeitando de mim. Largue a vela." Poderiam pensar que o comerciante não estivesse prestando atenção, mas ele sabia de tudo. "Não sei por que o senhor teria ciúme", disse ele com a resposta na ponta da língua. "Na verdade, nem eu sei também", disse K., rindo e fitando o comerciante. Leni riu alto, aproveitou-se da desatenção de K. para se agarrar a seu braço e sussurrou: "Deixe-o para lá. Você está vendo que tipo de pessoa ele é. Só me interessei um pouco por ele porque é um cliente importante do advogado, não foi por nenhum outro motivo. E você? Quer falar com o advogado ainda hoje? Ele está muito doente, mas, se quiser, posso anunciá-lo. Entretanto, a noite você passa comigo. Fazia tempo que não vinha aqui; até o advogado perguntou por você. Não se descuide do processo! Tenho também muitas coisas diferentes para lhe contar do que descobri. Ah, tire esse casaco de uma vez!". Leni ajudou K. a tirar o casaco, apanhou seu chapéu, correu com as coisas para a antessala, a fim de pendurá-las, voltou correndo e deu uma olhada na sopa. "Devo anunciá-lo primeiro ou levo a sopa?" "Primeiro, avise a ele que estou aqui", disse K. Estava irritado; a princípio, planejara tratar de seu assunto com Leni, especialmente da demissão em questão, mas a presença do comerciante o fizera perder a vontade. Agora, porém, considerava sua causa importante demais para que talvez aquele pequeno comerciante pudesse intervir de modo decisivo, então, chamou Leni de volta; ela já estava no corredor. "Leve primeiro a sopa", disse K. "Ele precisa se fortalecer para a nossa conversa, vai ser útil." "O senhor também é cliente do advogado?", perguntou o comerciante do seu canto, baixinho, só para se certificar. Mas sua pergunta não foi bem recebida. "O que você tem a ver com isso?", perguntou K., ao que Leni ordenou ao comerciante:

"Fique calado!". "Então, vou levar a sopa primeiro", disse ela para K., vertendo a sopa num prato. "Temo que ele logo pegue no sono. Depois de comer, ele dorme." "O que vou lhe dizer vai deixá-lo desperto", disse K., deixando entrever que planejava tratar de algo importante com o advogado e queria ser inquirido por Leni e só depois pedir seu conselho. No entanto, ela cumpriu imediatamente a ordem dada. Quando passou por ele com o prato de sopa, inclinou-se suavemente de propósito e murmurou: "Assim que ele tiver comido a sopa, vou anunciá-lo, para que eu o receba o mais depressa possível.". "Vá logo", disse K., "depressa." "Seja mais gentil", disse Leni, virando-se de novo para a porta com o prato de sopa.

K. ficou olhando para ela. Estava decidido a demitir o advogado, então era melhor que não conversasse com Leni a respeito disso antes. Ela não teria a visão suficiente do todo, e por certo iria desaconselhá-lo. Possivelmente, o faria desistir da demissão, ele ficaria em dúvida e inseguro e, por fim, após algum tempo, manteria sua decisão, que era urgente. Quanto mais cedo ele a tomasse, menos danos haveria. Talvez o comerciante pudesse dizer algo sobre isso.

K. se virou. Quase não notou o comerciante quando este tentou se levantar. "Fique sentado", disse K., puxando uma cadeira para perto dele. "O senhor é um antigo cliente do advogado?", perguntou. "Sim", respondeu o comerciante, "um cliente muito antigo." "Há quantos anos ele representa o senhor?", continuou K. "Não entendi o que quis dizer", disse o comerciante. "Nas questões jurídicas comerciais — tenho um negócio de grãos —, o advogado me representa desde que assumi a firma, há uns vinte anos. No meu processo, ao qual o senhor sem dúvida alude, ele me representa desde o início, há mais de cinco anos. Sim, mais de cinco anos", acrescentou, puxando uma carteira velha do bolso. "Aqui tenho tudo escrito. Se quiser, digo-lhe as datas exatas. É difícil guardar tudo. Provavelmente meu processo já tem muito tempo. Começou logo depois da morte da minha mulher, e isso já faz cinco anos e meio." K. se aproximou mais dele. "O advogado também assume causas comuns de Direito?", perguntou. Essa ligação entre as questões jurídicas comerciais e o Direito lhe pareceu muito tranquilizadora. "Por certo", proferiu o comerciante, que sussurrou: "Dizem que ele é mais habilidoso nessas causas de Direito do que nas outras.". Mas, na sequência, pareceu se arrepender do que dissera, pôs uma das mãos no ombro de K. e clamou: "Peço, por favor, que não me traia.". K. deu um tapinha em sua coxa para tranquilizá-lo e respondeu: "Não sou um traidor.". "Ele é vingativo", bradou o comerciante. "Mas contra um cliente fiel, com certeza, ele não vai fazer nada", retorquiu K. "Ah, vai", arriscou o comerciante. "Quando ele está com raiva, não sabe discernir. De resto, não sou totalmente fiel a ele." "Como assim?", quis saber K. "Posso confiar no senhor?", perguntou o comerciante, em dúvida. "Penso que sim", afirmou K. "Então", continuou o comerciante, "vou confiar no senhor parcialmente, mas tem de me contar também um segredo para que a gente se mantenha firme diante do advogado." "O senhor é muito cuidadoso", admitiu K., "e vou lhe contar um segredo para que se acalme completamente. Em que consiste sua infidelidade ao advogado?" "Tenho", começou a dizer o comerciante, hesitante e num tom de quem confessa algo desonesto, "outros advogados, além dele." "Mas isso não é assim tão ruim", contemporizou K., um pouco decepcionado. "Aqui é", discordou o comerciante, que respirava com dificuldade após sua confissão, mas ganhava mais confiança com a observação de K. "Isso não é permitido. O que menos se permite é que se contrate um rábula junto a um advogado de verdade, e foi justamente o que fiz. Além dele, tenho mais cinco rábulas." "Cinco!", gritou K., surpreso com o número. "Cinco advogados, fora este?" O comerciante anuiu: "Ainda negocio com um sexto.". "Mas por que precisa de tantos?", inquiriu K. "Preciso de todos", disse o comerciante. "Não quer me explicar isso?", indagou K. "Com prazer", expressou o comerciante. "Em primeiro lugar, não quero perder meu processo, isso por si só é evidente. Portanto, tenho de prestar atenção a tudo que me é favorável. Embora a esperança de proveito seja ínfima em certos casos, não posso descartá-la. Por isso, usei tudo o que tenho no processo. Assim, retirei, por exemplo, todo o dinheiro do meu negócio.

Antes, os escritórios da minha firma ocupavam um andar inteiro; hoje, basta uma pequena sala nos fundos, onde trabalho com um jovem aprendiz. A retirada de dinheiro não foi evidentemente a única culpada pelo retrocesso. Muito mais foi a retirada da minha força de trabalho. Quando se quer fazer alguma coisa pelo seu processo, acaba se ocupando muito menos com o resto." "Então o senhor também trabalha no tribunal?", perguntou K. "Justamente sobre isso gostaria de saber algo." "Posso reportar pouco a respeito disso", disse o comerciante. "No início, também tentei, mas desisti logo daquilo. É muito exaustivo e não produz nenhum resultado. Até trabalhar lá em benefício próprio se provou, pelo menos para mim, totalmente impossível. É um grande esforço só ficar sentado esperando. O senhor mesmo conhece o ar pesado dos cartórios." "Como sabe que já estive lá?", perguntou K. "Estava na sala de espera quando o senhor passou." "Que coincidência!", bradou K. muito tocado por ter esquecido por completo o ridículo passado do comerciante. "O senhor me viu, então! Estava na sala de espera quando passei. Sim, passei lá uma vez." "Não é uma coincidência tão grande assim", disse o comerciante, "afinal, estou lá quase todo dia." "Provavelmente, terei de ir lá com mais frequência também", disse K., "mas não serei mais aceito de forma tão honrosa assim como daquela vez. Todos se levantaram. Acharam que eu fosse um juiz." "Não", disse o comerciante, "cumprimentamos daquela vez o funcionário do tribunal. Sabíamos que o senhor era um réu. Tais notícias correm muito depressa." "O senhor sabia, então?", indagou K. "Talvez meu comportamento tenha lhe parecido soberbo. Não se falou disso?" "Não", respondeu o comerciante, "pelo contrário. Mas são bobagens." "Que tipo de bobagens?", perguntou K. "Por que pergunta?", disse o comerciante, irritado. "Parece que o senhor não conhece as pessoas e talvez avalie as coisas de modo incorreto. Precisa considerar que nesse processo muitas coisas são ditas para as quais a compreensão não é suficiente. As pessoas se cansam e se apartam de muita coisa. Como compensação, entregam-se à superstição. Falo dos outros, mas eu mesmo não sou melhor. Uma dessas superstições, por exemplo, é que muitos querem entrever o fim do processo no semblante do réu, principalmente no desenho dos lábios. Essas pessoas afirmaram que o senhor seria imediata e certamente condenado pela forma como seus lábios se fecharam. Repito que é uma superstição ridícula, que, na maior parte dos casos, se contradiz totalmente com as evidências. Mas, quando se vive naquela sociedade, é difícil se distanciar de tais opiniões. Pense como essas superstições podem ter um efeito drástico. O senhor dirigiu a palavra a alguém lá, não foi? Ele mal pôde responder-lhe. Há, naturalmente, muitos motivos para ficarmos perturbados, mas um deles foi o desenho de seus lábios. Ele contou mais tarde que teria visto em seus lábios também o sinal de sua própria condenação." "Nos meus lábios?", perguntou K., puxando um espelho de bolso e olhando para eles. "Não consigo perceber nada de especial em meus lábios. E o senhor?" "Também não", disse o comerciante, "absolutamente nada." "Como essas pessoas são supersticiosas!", bradou K. "Não foi o que eu disse?", perguntou o comerciante. "Elas se misturam muito e trocam opiniões?", disse K. "Até agora, fiquei de fora." "Em geral, não se misturam", disse o comerciante. "Isso não seria possível, são muitas. Existem poucos interesses em comum. Quando, às vezes, a crença num interesse comum emerge num grupo, logo se prova um engano. Não se pode impor nada coletivamente contra o tribunal. Cada caso é examinado isoladamente; é o tribunal mais cuidadoso que existe. Não se consegue nada numa ação coletiva; uma única pessoa alcança, às vezes, algo em segredo, e só quando se alcança os outros descobrem. Ninguém sabe como aconteceu. Não há nenhuma afinidade; convive-se aqui e ali na sala de espera, mas pouco se fala. As opiniões supersticiosas existem desde muito tempo e se proliferam a partir de si mesmas." "Vi esses senhores lá na sala de espera", disse K. "A espera deles me pareceu inútil." "A espera não é inútil", discordou o comerciante. "Inútil é só a intervenção independente. Já disse que agora tenho cinco advogados, além deste. Deve-se acreditar que — eu mesmo acreditei nisso a princípio — agora lhes poderia entregar a causa por completo. Mas isso seria totalmente equivocado. Posso lhes entregar menos do que se tivesse só um advogado. O senhor não está entendendo nada, não é?" "Não", respondeu K., pousando a mão lentamente sobre a mão do comerciante para impedi-lo de continuar falando rápido. "Gostaria de pedir que falasse um pouco mais devagar. São coisas muito importantes para mim, e não consigo acompanhá-lo direito." "Está bem. Lembre-me disso, por favor", disse o comerciante. "É novo, é jovem. Seu processo só tem meio ano, não é? Sim, ouvi dizer. Um processo muito jovem! Já pensei nessas coisas inúmeras vezes. Para mim, elas são o que mais entendo no mundo." "O senhor está contente que seu processo tenha avançado tanto?", perguntou K., não querendo indagar diretamente em que pé estavam os assuntos do comerciante. Contudo, não teve uma resposta clara. "Sim, meu processo tramita faz cinco anos", disse o comerciante abaixando a cabeça. "É uma pequena conquista." Calou-se por uns instantes. K. prestava atenção para ver se Leni não estava vindo. Por um lado, não queria que ela viesse, pois ainda tinha muito a perguntar e não queria ser descoberto por ela naquela conversa íntima com o comerciante; por outro, porém, chateava-se de que ela ficasse tanto tempo na presença do advogado, muito mais do que era necessário para servir a sopa, enquanto ele estava ali. "Lembro-me bem do tempo", recomeçou o comerciante, deixando K. atento, "em que meu processo tinha a idade do seu agora. Naquela época, eu só tinha este advogado, mas estava muito satisfeito com ele." Agora descubro tudo, pensou K., anuindo vivamente com a cabeça como se pudesse, com isso, estimular o comerciante a dizer tudo que valesse a pena saber. "Meu processo", continuou o comerciante, "não avançava. Ocorriam os inquéritos, eu ia a todos, reunia material, mostrava todos os meus livros mercantis ao tribunal, o que não era necessário, como descobri mais tarde, e corria sempre de volta para o advogado, que apresentava também diferentes petições." "Diferentes petições?", perguntou K. "Sim, claro", respondeu o comerciante. "Isso é muito importante para mim", atestou K. "No meu caso, ele ainda trabalha na petição inicial. Ainda não fez nada. Percebo agora que me negligencia de modo vil." "Podem-se existir distintas e justas razões para que sua petição ainda não esteja pronta", esclareceu o comerciante. "De resto, mais tarde, minhas petições haviam se mostrado sem nenhum valor. Eu mesmo li uma delas graças à boa vontade de um funcionário do tribunal. No fundo, era erudita, mas sem conteúdo. Havia muito latim, que não entendo, páginas a fio de apelos genéricos ao tribunal, adulações para alguns funcionários que não eram de fato nomeados, mas que um iniciado poderia deduzir; depois, autoelogio do advogado, no qual se humilhava de maneira servil diante do tribunal, e finalmente o exame de casos jurídicos de tempos passados, os quais deveriam ser semelhantes ao meu. Esses exames eram, em geral, tanto quanto pude segui-los, feitos de forma muito cuidadosa. Não quero, com tudo isso, julgar o trabalho do advogado. Foi uma petição que li, uma entre muitas outras, mas de qualquer forma, e disso quero falar agora, não pude ver nenhum progresso em meu processo." "Que tipo de progresso o senhor queria ver?", perguntou K. "Sua pergunta é pertinente", admitiu o comerciante, sorrindo. "Nesse processo, vê-se raramente algum progresso. Porém, naquela época, eu não sabia disso. Sou comerciante, e era muito mais naquele tempo do que hoje. Queria ter progressos concretos. Tudo tinha de tender para o fim ou, pelo menos, tomar o caminho de ascensão regular. Em vez disso, só havia interrogatórios, e a maioria deles com o mesmo conteúdo. Já tinha as respostas como uma ladainha. Muitas vezes, durante a semana, chegavam mensagens do tribunal à minha firma, à minha casa ou onde quer que conseguissem me encontrar. Isso era realmente irritante. Hoje é, pelo menos a esse respeito, muito melhor, porque a chamada telefônica me incomoda menos. Até entre meus amigos, especialmente entre meus parentes, começaram a correr boatos sobre meu processo. Havia danos de todos os lados, mas nem o menor sinal indicava que a primeira audiência judicial ocorreria nos próximos dias. Ia ao advogado e reclamava. Ele me dava longas explicações, mas recusava com veemência fazer qualquer coisa que eu pedia. Ninguém tem influência sobre a fixação da audiência. Forçá-la numa petição, como eu exigia, era fora do comum e prejudicaria a mim e a ele. Pensava: o que esse advogado não quer ou não pode, outro vai querer e poder. Procurei outros profissionais, então. Quero logo adiantar: ninguém exigiu a fixação da audiência principal ou a impôs. Na verdade, é impossível, embora com uma ressalva, da qual ainda vou falar. A propósito desse ponto, este advogado não me enganou. De resto, não tenho do que lamentar ter procurado outros advogados. O senhor deve ter ouvido o doutor Huld falar muito dos rábulas; ele os apresentou, com certeza, de modo desprezível, o que são de fato. No entanto, quando fala deles e os compara com seus colegas e consigo mesmo, incorre num pequeno erro, sobre o qual quero lhe chamar atenção de passagem. Sempre designa os advogados do seu círculo com a distinção de 'grandes advogados'. Isso é falso. É claro que ele pode designar qualquer um de 'grande', se quiser, mas nesse caso é só o costume do tribunal que decide. Segundo esse costume, existem, além dos rábulas, ainda os grandes e os pequenos advogados. Esse advogado e seus colegas são apenas pequenos advogados. Os grandes, dos quais só ouvi falar, mas nunca os vi, estão num patamar incomparavelmente mais elevado do que os pequenos, ou mesmo estes em relação aos desprezíveis rábulas." "Os grandes advogados?", indagou K. "Quem são? Como se chega até eles?" "Então, o senhor nunca ouviu falar deles?", perguntou o comerciante. "Não há um só réu que, após descobri-los, não sonhe com eles por um bom tempo. Mas não se deixe seduzir por isso. Não sei quem são os grandes advogados tampouco como chegar até eles. Não conheço nenhum caso, do qual possa lhe falar com absoluta certeza, que eles tenham assumido. Eles defendem alguns, mas por vontade própria não se consegue encontrá-los; defendem só quem querem defender. A causa que assumem precisa ter passado pela primeira instância. Aliás, é melhor não pensar neles, senão as conversas com os outros advogados, seus conselhos e suas orientações nos parecem tão repugnantes e inúteis — eu mesmo já passei por isso — que é preferível jogar tudo fora, ir para casa, meter-se na cama e não ouvir mais nada. Mas isso seria de novo o mais estúpido, já que não se teria muito sossego na cama." "Naquela época, o senhor não pensou, então, nos grandes advogados?", perguntou K. "Não muito", disse o comerciante, rindo outra vez. "Infelizmente, não se pode esquecê-los por completo. Sobretudo à noite esses pensamentos vêm à tona. Mas naquela época eu queria sucesso imediato, por isso procurei os rábulas."

"Então, vocês estão sentados um do lado do outro, hein?", disse Leni, que voltara com o prato fundo e ficara parada à porta. De fato, estavam sentados bem próximos um do outro. Ao menor gesto, as cabeças deles se chocariam. Apesar de sua baixa estatura e de ter as costas curvadas, o comerciante obrigara K. a se inclinar bastante, a fim de ouvir tudo. "Só mais um instante", gritou K. para Leni, que se afastou. Batia impaciente a mão que mantinha sobre a do comerciante. "Ele queria que eu falasse do meu processo", afirmou o comerciante para Leni. "Conte, conte", disse ela. Falava com o comerciante de modo gentil, porém indulgente. K. não gostou daquilo. Como reconhecia, o homem tinha algum valor; pelo menos tinha experiências que conseguia transmitir bem. Sem dúvida, Leni o julgava incorretamente. K. ficou irritado quando Leni tirou a vela do comerciante, a qual segurara todo o tempo, depois limpou a mão no avental e, em seguida, se abaixou ao lado dele para tirar a cera da vela que caíra sobre sua calça. "O senhor queria me falar dos rábulas", retrucou K., afastando a mão de Leni sem dizer nada. "O que você quer?", perguntou Leni, dando um empurrão em K. e voltando a seu trabalho. "Sim, dos rábulas", disse o comerciante, franzindo a testa como se refletisse. K. queria ajudá-lo a se lembrar, então, disse: "O senhor queria ter sucesso imediato e por isso procurou os rábulas...". "Isso mesmo", disse o comerciante, mas não continuou. Talvez não quisesse falar na frente de Leni, pensou K., controlando a impaciência para ouvir o resto sem pressionar o comerciante.

"Você avisou a ele que eu estou aqui?", perguntou K. para Leni. "Claro", disse ela. "Ele vai esperá-lo. Deixe o Block, agora. Com ele você pode conversar mais tarde. Ele vai ficar aqui." K. ainda hesitou. "O senhor vai ficar aqui?", perguntou ao comerciante. Queria que ele próprio respondesse, não que Leni falasse dele como se estivesse ausente. Estava particularmente irritado com Leni, que então respondeu: "Ele dorme aqui com frequência.". "Dorme aqui?", bradou K. Pensara que o comerciante apenas esperaria por ele enquanto resolvia a questão com o advogado rapidamente, mas que continuariam juntos e falariam de tudo a fundo e sem serem perturbados. "Sim", disse Leni. "Nem todo mundo é igual a você, Josef, que vem procurar o advogado na hora que lhe é mais conveniente. Parece que você nem se admira de que, apesar da doença, ele o receba às onze horas da noite. Acha natural o que seus amigos fazem por você. Mas seus amigos, ou pelo menos eu, o fazem com prazer. Não quero nem preciso de nenhum outro agradecimento a não ser que você goste de mim." Gostar de você?, pensou K. num primeiro momento; mesmo assim, respondeu: "Sim, eu gosto de você.". Apesar disso, emendou, desprezando todo o resto: "Ele me recebe porque sou seu cliente. Se ainda assim eu precisasse de ajuda externa para isso, teria de, a cada passo, implorar e agradecer ao mesmo tempo.". "Como ele está malvado hoje, não é?", perguntou Leni ao comerciante. Agora sou eu o ausente, pensou K., que por pouco não ficou com raiva do comerciante quando este disse, relativizando a grosseria de Leni: "O advogado o recebe também por outros motivos. Seu caso é muito mais interessante do que o meu. Além disso, seu processo está no início, e provavelmente não é tão intrincado, por isso o advogado se ocupa dele com prazer. Com o passar do tempo, vai ser diferente.". "Sim, sim", disse Leni, olhando para o comerciante e rindo. "Como ele é linguarudo! Você não pode acreditar nele", disse, virando-se para K. "Ele é tão querido quanto linguarudo. Talvez por isso o advogado não goste dele. De todo modo, ele o recebe apenas quando está de bom humor. Já me esforcei muito para mudar isso, mas é impossível. Pense que às vezes anuncio o Block, mas ele o recebe três dias depois. No entanto, se o Block não está no lugar ao ser chamado a tempo, tudo se perde, e ele precisa ser anunciado de novo. Por isso, permiti que durma aqui. Já aconteceu de o advogado tê-lo chamado durante a noite. Agora, Block fica pronto durante a noite. Acontece de o advogado, ao saber que Block está aqui, cancelar, às vezes, sua admissão." K. fitou o comerciante com um olhar inquiridor. Este anuiu e, falando tão francamente quanto antes ao conversar com K., disse, talvez um pouco envergonhado: "Sim, fica-se dependente do seu advogado com o passar do tempo.". "Ele reclama para aparecer", disse Leni. "Dorme aqui com prazer, como já me confessou várias vezes." Ela foi até uma pequena porta e a abriu. "Quer ver o quarto onde ele dorme?", perguntou para K., que foi até o local, olhou da soleira para o quarto minúsculo e sem janelas, mobiliado apenas com uma cama estreita. Para se deitar, precisava-se subir no balaústre. Perto da cabeceira havia um buraco na parede onde estavam ordenados vela, tinteiro e caneta, bem como um maço de papel, talvez autos do processo. "O senhor dorme no quarto de empregada?", perguntou K., voltando-se para o comerciante. "Leni o arrumou para mim", respondeu o comerciante. "É muito vantajoso." K. ficou olhando para ele por um longo tempo. A primeira impressão que teve do comerciante talvez fosse a correta. Tinha experiência, por isso seu processo durava tanto, mas havia pagado caro por ela. De repente, K. não aguentou mais o olhar do comerciante. "Leve-o para cama", gritou para Leni, que parecia não o entender. Ele queria ir até o advogado e, com a demissão, se livrar não só deste, mas de Leni e do comerciante. Entretanto, antes que chegasse à porta, o comerciante falou em voz baixa: "Senhor procurador", K. se voltou com um semblante furioso, "o senhor se esqueceu de sua promessa", disse o comerciante, em súplica, para K. "O senhor ia me contar um segredo." "É verdade", disse K. lançando a Leni um olhar afetuoso, enquanto ela o fitava com atenção. "Escute, então, quase já não é mais um segredo. Vou até o advogado para demiti-lo." "Ele vai demitir o advogado", gritou o comerciante, pulando da sua cadeira e correndo com os braços erguidos pela cozinha. Continuava gritando: "Ele vai demitir o advogado!". Leni quis se precipitar sobre K. imediatamente, mas o comerciante atravessou seu caminho, fazendo com que ela lhe desse um golpe com os punhos. Com os punhos ainda fechados, Leni correu atrás de K., que tinha uma grande vantagem em relação a ela. Já havia entrado no quarto do advogado quando Leni o alcançou. Quase conseguiu fechar a porta, mas Leni, que a mantinha aberta com um pé, agarrou-o pelo braço e tentou puxá-lo de volta. Contudo, ele apertou o pulso dela com tanta força que ela teve de soltá-lo com um gemido. Não ousou entrar, então, no quarto, e K. trancou a porta à chave.

"Estou esperando o senhor já faz muito tempo", proferiu o advogado, da cama, colocando na mesinha de cabeceira um escrito que estava lendo à luz de uma vela e os óculos para enxergar melhor. Em vez de se desculpar, K. anunciou: "Já vou logo embora.". Como não era um pedido de desculpas, o advogado não fez caso da observação dele e emendou: "Da próxima vez, não vou receber o senhor a uma hora dessas.". "Isso vem ao encontro do meu objetivo", enunciou K. O advogado o fitou com um olhar inquiridor. "Sente-se", disse ele. "Só porque o senhor assim o deseja", falou K., puxando uma cadeira para perto da mesa de cabeceira e se sentando. "Parece que o senhor trancou a porta", disse o advogado. "Sim", confirmou K. "Foi por causa de Leni." Não tinha a intenção de proteger ninguém. Contudo, o advogado perguntou: "Ela foi de novo inoportuna?". "Inoportuna?", perguntou K. "Sim", disse o advogado, rindo. Ele teve um ataque de tosse e depois tornou a rir. "O senhor já percebeu como ela é inoportuna, não é?", perguntou o advogado batendo na mão de K., que a apoiara distraído sobre a mesinha de cabeceira, mas retirou-a depressa nesse instante. "Não ligue muito para isso", proferiu o advogado quando K. se calou. "Tanto melhor. Senão teria de me desculpar com o senhor. É uma peculiaridade de Leni que já perdoei faz tempo e da qual não falaria se o senhor não tivesse trancado a porta. Não deveria esclarecer-lhe essa peculiaridade, mas, como o senhor se mostra abalado, eu o faço. O caso é que Leni acha a maioria dos réus bonitos. Ela se afeiçoa a todos, adora todos, parece ser amada por todos. Para me divertir, quando o permito, fala-me disso. Não estou tão espantado com tudo quanto o senhor parece estar. Quando se tem o olhar perspicaz, acha-se que os réus realmente são bonitos. No entanto, isso é uma atitude curiosa; em certa medida, relativa às ciências naturais. É evidente que, como resultado da acusação, o réu não tem uma mudança clara, nítida e precisa de seu aspecto. Não é como em outros casos do tribunal, em que os réus permanecem em seu cotidiano e não são atingidos pelo processo quando se tem um bom advogado que se ocupa deles. Apesar disso, existem aqueles, os experientes, que são capazes de reconhecer os réus, um por um, na grande massa. Como? — vai me perguntar. Minha resposta não vai satisfazê-lo. Os réus são os mais bonitos. Pode não ser a culpa que os torna bonitos, pois — pelo menos assim devo falar como advogado — não são todos culpados. Também não pode ser a condenação correta que os faz bonitos, já que nem todos são condenados. Só pode ser o processo que, de alguma forma, se prende a eles. De todo modo, há também entre os bonitos os especialmente bonitos. Bonitos todos são, até Block, esse verme miserável."

Quando o advogado terminou, K. estava completamente dono de si, anuíra às últimas palavras ostensivamente e confirmara para si mesmo sua antiga impressão, segundo a qual o advogado sempre tentava desviá-lo por meio de discursos genéricos que não vinham ao caso, distraindo-o da questão central: o empenho efetivo pela causa de K. O advogado notou que, desta vez, K. lhe tinha mais resistência do que antes, então perguntou, visto que K. permanecia calado: "O senhor veio até mim hoje com algum objetivo?". "Sim", respondeu K. com a mão na frente dos olhos para proteger a vista da luz da vela, tentando enxergar melhor o advogado. "Queria dizer-lhe que demito o senhor da minha representação a partir de hoje." "Será que entendi o que o senhor disse?", perguntou o advogado, erguendo-se um pouco da cama e se apoiando sobre os travesseiros com uma das mãos. "Acho que sim", atestou K., ajeitando-se na cadeira, tenso, como se estivesse à espreita. "Pois bem, então, podemos discutir esse plano", ponderou o advogado após um instante. "Não tem mais plano", prosseguiu K. "Pode ser", retorquiu o advogado. "Apesar disso, não vamos nos precipitar." Ele usava a palavra "nós" como se não pretendesse deixar K. livre e quisesse pelo menos continuar sendo seu conselheiro, caso não continuasse como seu advogado. "Não é precipitado", asseverou K., levantando-se devagar e postando-se atrás da cadeira. "Foi bem refletido. A decisão é definitiva." "Então, permita-me algumas palavras", disse o advogado, afastando o cobertor de lã e se sentando na beira da cama. Suas pernas brancas e desnudas tremiam de frio. Ele pediu que K. lhe trouxesse do canapé uma coberta. K. apanhou a coberta e lhe disse: "O senhor vai pegar um resfriado sem necessidade.". "A causa é importante o suficiente", advertiu o advogado, enquanto cobria a parte de cima do corpo com o cobertor e as pernas com a coberta. "Seu tio é meu amigo e também me afeiçoei ao senhor ao longo do tempo. Confesso-o abertamente. Não preciso me envergonhar disso." Esse discurso sentimental do velho foi muito desconfortável para K., pois o obrigava a uma explicação detalhada, o que evitaria com prazer. Além disso, ele o confundia, como admitia a si mesmo, ainda que não pudesse fazê-lo retroceder em sua decisão. "Agradeço-lhe sua atitude amigável", mencionou K. "Reconheço que o senhor assumiu minha causa tanto quanto lhe foi possível e tanto quanto lhe parecia vantajosa para mim. Contudo, convenci-me nos últimos tempos que isso não é suficiente. Claro que nunca vou tentar convencer o senhor, um homem idoso e experiente, da minha posição. Se involuntariamente o tentei, perdoe-me. Porém a causa é, como o senhor mesmo expressou, importante o suficiente, e, segundo minha convicção, é necessário agir no processo de modo mais enérgico do que até agora foi feito." "Entendo-o", disse o advogado, "o senhor está impaciente." "Não estou impaciente", retorquiu K., um pouco exasperado e sem prestar atenção às palavras do advogado. "O senhor deve ter percebido, na minha primeira visita, quando vim aqui com meu tio, que eu não me interessava muito pelo processo. Se não me lembrassem dele com insistência, teria o esquecido completamente. No entanto meu tio insistiu para que eu lhe entregasse minha representação, o que fiz para lhe agradar. E se esperaria que o processo me fosse mais leve do que até então, porque se entrega a representação ao advogado a fim de suavizar um pouco o peso do processo. Aconteceu justamente o contrário. Nunca antes tive tantas preocupações com o processo quanto comecei a ter desde que o senhor passou a me representar. Quando estava sozinho, não fazia nada em relação à minha causa, mas quase não a sentia. Agora, ao contrário, tendo um representante, estava tudo em ordem para que algo acontecesse, e eu esperava o tempo todo e sempre mais tenso a sua intervenção, que não ocorria. Recebi do senhor diferentes notícias sobre o tribunal, que talvez não pudesse receber de nenhuma outra pessoa. Mas isso não pode me satisfazer quando o processo, em segredo, se aproxima cada vez mais." K. havia empurrado a cadeira para longe de si e ficado em pé com as mãos no bolso do paletó. "A partir de certo ponto da práxis", falou o advogado lentamente e com calma, "nada de fundamentalmente novo acontece mais. Quantas pessoas em estágios do processo semelhantes ao seu ficaram na minha frente e também disseram algo parecido." "Então", disse K., "todas essas pessoas em estágios semelhantes tinham tanta razão quanto eu. Isso não me refuta em nada." "Não quis refutá-lo com isso", defendeu-se o advogado. "Quis dizer que esperava do senhor mais entendimento que dos outros, principalmente porque lhe dei mais informação sobre os fundamentos do tribunal e da minha atividade do que fiz com as outras pessoas. E agora posso ver que o senhor, apesar de tudo, não tem confiança suficiente em mim. O senhor não facilita as coisas para mim." Como o advogado se humilhava diante de K.! Sem nenhuma consideração à honra profissional, que justamente nesse ponto é mais sensível. E por que fazia isso? Dava a impressão de ser um advogado muito ocupado e, além disso, um homem rico; pouco lhe importavam os honorários ou a perda de um cliente. E ainda por cima estava doente. Deveria pensar consigo mesmo que sua carga de trabalho seria reduzida. Apesar disso, mantinha K. preso! Por quê? Será que era por um apego pessoal ao tio, ou via o processo como algo tão extraordinário que esperava se exibir para ele ou — esta possibilidade não estava descartada — para os amigos do tribunal? Nele mesmo não havia nada para perceber, por mais que K. o olhasse sem piedade. Quase se poderia admitir que aguardava de propósito, com gestos retraídos, o efeito de suas palavras. Interpretava o silêncio de K. a seu favor quando continuou: "O senhor percebeu que tenho um escritório grande, mas nenhum funcionário. Antes não era assim. Houve um tempo em que jovens juristas trabalhavam para mim. Hoje trabalho sozinho. Isso se deve, em parte, à mudança da minha práxis, quando me limitei a causas jurídicas do tipo da sua, em parte devido ao profundo conhecimento que detenho dessas causas. Achei que não deveria passar esse trabalho para ninguém, se não quisesse pecar nem com meus clientes nem com minhas tarefas assumidas. Porém a decisão de assumir todo o trabalho teve suas consequências naturais, de modo que tive de recusar todos os pedidos de representação e só pude ficar com aqueles que me eram próximos — existem algumas criaturas, até próximas, que se precipitam sobre cada migalha que arremesso. Além disso, fiquei doente por esgotamento. Não obstante, não lamento minha decisão. É possível que talvez devesse ter recusado mais representações do que fiz. O fato de ter me entregado por completo aos processos assumidos se mostrou necessário e foi compensado pelo êxito. Uma vez, num escrito, achei expressa de modo elegante a diferença entre a representação nas causas comuns e a representação nessas causas como a sua. Dizia: existe o advogado que conduz seu cliente por um fio até o julgamento, enquanto o outro ergue seu cliente até os ombros e o carrega, sem colocá-lo no chão, até o julgamento e mais além. Assim é. Mas não foi totalmente verdadeiro quando disse que nunca lamentei esse grande trabalho. Quando ele não é reconhecido, como no seu caso, quase lamento.". K. ficou mais impaciente do que convencido com esse discurso. Acreditou perceber pelo tom de voz do advogado o que o esperava caso desistisse: recomeçariam os consolos, as indicações sobre o avanço da petição, sobre a melhora de humor dos funcionários do tribunal, bem como as grandes dificuldades que se opunham ao trabalho — em suma, seria retomado tudo o que é conhecido à exaustão, para de novo enganar K. com esperanças incertas e atormentá-lo com ameaças indeterminadas. Precisava impedir isso definitivamente, por isso disse: "O que pretende fazer na minha causa, caso fique com a minha representação?". O advogado se submeteu a essa pergunta ofensiva e respondeu: "Seguir com aquilo que fiz até agora pelo senhor.". "Já imaginava", redarguiu K. "Assim, qualquer outra palavra é supérflua." "Ainda vou fazer mais uma tentativa", prosseguiu o advogado, como se o que irritasse K. acontecesse a ele, e não àquele. "Suponho que o senhor seja levado a um falso julgamento não só da minha contribuição jurídica, mas do seu comportamento especial, pelo fato de que, embora seja um réu, seja bem tratado ou, expresso mais corretamente, não seja tratado com negligência, com aparente negligência. Também esse último fator tem sua razão: muitas vezes, é melhor estar acorrentado do que livre. Mas gostaria de lhe mostrar como outros réus são tratados; talvez o senhor consiga aprender uma lição. Vou chamar o Block. Destranque a porta e se sente aqui do lado da mesinha de cabeceira." "Com prazer", consentiu K., fazendo o que o advogado exigia. Estava sempre pronto a aprender. Todavia, para se certificar, perguntou: "O senhor entendeu que vou demiti-lo da minha representação?". "Sim", afirmou o advogado, "mas o senhor pode retroceder ainda hoje." Recostou-se outra vez na cama, puxou o cobertor de lã até o joelho, virou-se para a parede e tocou a campainha.

Quase imediatamente surgiu Leni, tentando descobrir com olhares rápidos o que havia acontecido. O fato de K. estar sentado em silêncio junto à cama do advogado pareceu acalmá-la. Ela sorriu para ele, que a encarava sério. "Traga o Block", disse o advogado. Em vez de ir buscá-lo, ela foi até a porta e gritou: "Block! Venha até aqui ver o advogado!". Depois, esgueirou-se até a parte de trás da cadeira de K., provavelmente porque o advogado estava virado para a parede e não se importava com nada. Começou a provocá-lo, inclinada sobre o espaldar da cadeira, passando as mãos em seu cabelo de modo delicado e afetuoso e acariciando seu rosto. Por fim, K. tentou impedi-la segurando uma de suas mãos, que, após alguma resistência, ela repousou sobre a dele.

Block chegou em seguida, mas ficou parado à porta, parecendo refletir se deveria entrar ou não. Ergueu as sobrancelhas e baixou a cabeça como se estivesse esperando a ordem do advogado se repetir. K. poderia tê-lo estimulado a entrar, mas decidira romper definitivamente não só com o advogado, mas com todos os que estavam na casa, por isso não reagiu. Até Leni se calou. Block notou que ninguém o expulsaria, então, entrou na ponta dos pés, com o semblante tenso e as mãos cruzadas atrás das costas. Havia deixado a porta aberta para o caso de um possível recuo. Não olhava para K.; fitava somente o cobertor de lã embaixo do qual o advogado estava submerso, perto da parede. Nesse instante, ouviu-se a voz do advogado: "Block está aqui?", perguntou ele. A pergunta foi como um golpe no peito e nas costas de Block, que já havia se aproximado bastante. Ele titubeou, ficou em pé um tanto curvado e disse: "A seu serviço.". "O que você deseja?", perguntou o advogado. "Você vem importunar?" "Não fui chamado?", perguntou Block mais para si mesmo do que para o advogado, erguendo as mãos por precaução para se defender e pronto para ir embora. "Foi chamado", disse o advogado, "embora venha importunar." Depois de uma pausa, ele acrescentou: "Você vem sempre importunar.". Desde que o advogado começou a falar, Block não olhava mais para a cama; fitava um canto qualquer, de esguelha, como se a visão do orador fosse ofuscante demais para ser suportada. Contudo, ouvir era também penoso, pois o advogado falava contra a parede, baixo e rápido. "Quer que eu vá embora?", perguntou Block. "Bem, já que está aqui", disse o advogado, "fique!" Era possível acreditar que o advogado não tivesse atendido o desejo de Block, mas, sim, o ameaçado com pancadas, porque Block começou de fato a tremer. "Ontem estive", disse o advogado, "com o terceiro juiz, meu amigo, e desviei pouco a pouco o assunto para você. Quer saber o que ele disse?" "Oh, por favor", clamou Block. Como o advogado não respondeu logo, Block repetiu o pedido e se inclinou como se quisesse se ajoelhar. No entanto, K. o interpelou: "O que está fazendo?", gritou. Leni quis impedi-lo de gritar, por isso ele segurou sua outra mão. Ela bradou mais vezes e procurou livrar suas mãos das dele. Contudo, Block foi punido pelo grito de K., pois o advogado perguntou: "Quem é seu advogado?". "O senhor", respondeu Block. "E além de mim?", quis saber o advogado. "Ninguém além do senhor", disse Block. "Então, não obedeça a ninguém mais", pediu. Block entendeu o que aquilo queria dizer, encarou K. com um olhar furioso e começou a balançar a cabeça violentamente contra ele. Se esse comportamento fosse traduzido em palavras, teriam sido xingamentos grotescos. Com esse tipo de pessoa K. havia desejado conversar amigavelmente sobre sua causa. "Não vou mais incomodá-lo", afirmou, encostando-se na cadeira. "Ajoelhe ou fique de quatro, faça o que quiser, não vou mais me importar com isso." Contudo, Block tinha senso de dignidade, pelo menos em relação a K., de modo que foi em sua direção com os punhos erguidos e ousou gritar alto, próximo ao advogado: "O senhor não pode falar assim comigo, isso não é permitido. Por que me ofende, sobretudo aqui, na frente do advogado, onde nós dois, o senhor e eu, somos tolerados apenas por misericórdia? O senhor não é melhor do que eu. O senhor também é um réu e tem um processo. Mas se, mesmo assim, o senhor ainda é um cidadão, também o sou, talvez até mais importante. Quero ser tratado como tal, principalmente pelo senhor. Entretanto, se o senhor se considera superior por estar sentado aí, escutando tranquilamente, ao passo que eu, como o senhor expressou, estou de quatro, lembro-lhe de um velho ditado jurídico: para o suspeito, o movimento é melhor do que o repouso, pois quem repousa pode sempre, sem o saber, estar numa balança e ser pesado pelos seus pecados.". K. não disse nada, apenas fitou, espantado, aquele homem confuso com um olhar imóvel. Quantas mudanças se passaram diante dele na última hora! Será que era o processo que tinha idas e vindas e não o deixava reconhecer onde estava o amigo e o inimigo? Será que não via que o advogado o humilhava de propósito e dessa vez não pretendia outra coisa a não ser se gabar do seu poder diante de K. e, com isso, talvez subjugá-lo também? Mas se Block não era capaz de reconhecê-lo, ou se temia tanto o advogado que nenhum conhecimento era capaz de ajudá-lo, como podia ser tão ladino, audaz, e enganar o advogado ao não lhe contar que, além dele, tinha outros advogados trabalhando para si? Como ousava atacar K., que podia revelar seu segredo? Ele, porém, ousou mais ainda, foi até a cama do advogado e começou a queixar-se de K.: "Senhor advogado", disse, "o senhor ouviu como este homem falou comigo? Podem-se contar as horas do seu processo, e ele quer me dar lições, justo a mim, um homem que tem cinco anos de processo. Ele me ofende. Não sabe de nada e me ofende, a mim que, na medida das minhas débeis forças, estudei o que o decoro, a obrigação e os costumes do tribunal demandam.". "Não se preocupe com ninguém", disse o advogado, "faça o que lhe parecer correto." "Claro", disse Block, que, como se tomasse coragem, ajoelhou-se perto da cama com um breve olhar de viés. "Ajoelho-me, meu advogado", afirmou. No entanto o advogado se calou. Block acariciou cuidadosamente o cobertor com a mão. No silêncio agora reinante, Leni disse, enquanto se livrava das mãos de K.: "Você está me machucando. Deixe-me. Vou cuidar do Block.". Soltou-se e sentou-se na beira da cama. Block ficou muito feliz com a aproximação dela e pediu com vivacidade, embora com sinais mudos, que ela intercedesse por ele junto ao advogado. Precisava das informações dele com urgência, talvez só com o intuito de aproveitá-las com seus outros advogados. Leni provavelmente sabia com exatidão como chegar ao advogado. Apontava para a mão dele e fazia bico com os lábios na forma de um beijo. Em seguida, Block beijou a mão do advogado e repetiu o gesto mais duas vezes, após um comando de Leni. Entretanto o advogado permanecia calado. Então, Leni se curvou sobre o advogado, deixando seu belo corpo à vista, e, inclinada sobre o rosto dele, enlaçou os dedos entre seus cabelos compridos e grisalhos. Isso o obrigou a dar uma resposta. "Não sei se devo informá-lo", disse o advogado. Via-se que balançava um pouco a cabeça para aproveitar melhor a sensação da mão de Leni. Block ouviu com a cabeça baixa, como se o escutar violasse um mandamento. "Por que hesita?", perguntou Leni. K. teve a sensação de ouvir uma conversa ensaiada, que se repetia com frequência, e que apenas para Block não podia perder sua novidade. "Como ele se comportou hoje?", perguntou o advogado, em vez de responder. Antes que Leni se expressasse a respeito, ela baixou o olhar para Block e observou por um instante como ele erguia suas mãos para ela e, implorando, esfregava uma na outra. Por fim, ela consentiu, virou-se para o advogado e disse: "Foi calmo e esforçado.". Um velho comerciante, um homem de barbas longas, apelava um testemunho favorável para uma garota. Ainda que houvesse segundas intenções nisso, nada podia justificá-lo aos olhos de outro ser humano. Quase aviltava o espectador. Assim, o método do advogado, ao qual K. por sorte não fora imposto por muito tempo, tinha como efeito o fato de o cliente se esquecer completamente do mundo e esperar se arrastar por esse caminho tortuoso até o fim do processo. Isso não era mais um cliente; era o cão do advogado. Se este lhe tivesse ordenado que rastejasse para debaixo da cama, como se fosse para uma casinha de cachorro, e dali latisse, Block o teria feito com prazer. K. ouvia atento e superior, caso fosse indagado sobre tudo o que era dito ali, e absorvia com precisão para confirmar a informação a uma instância mais elevada e apresentar um relatório. "O que ele fez durante o dia inteiro?", perguntou o advogado. Leni respondeu: "Para que não me incomodasse no meu trabalho, deixei-o trancado no quarto de empregada, onde ele habitualmente fica. Pala janelinha eu podia ver, de tempos em tempos, o que estava fazendo. Estava sempre ajoelhado sobre a cama; dispusera os escritos que você lhe emprestou sobre a soleira da janela e lia. Isso me causou boa impressão. A janela, na verdade, dá para um cano de ar e quase não oferece luz. Não obstante, Block lia, o que para mim demonstra que ele é esforçado.". "Folgo em ouvir isso", disse o advogado. "Mas compreendeu o que leu?" Block mexia os lábios sem cessar durante essa conversa, aparentemente formulando as respostas que esperava de Leni. "A esse respeito", disse Leni, "não posso responder com absoluta certeza. De qualquer forma, vi que ele lia com afinco. Durante todo o dia, leu a mesma página, e na leitura corria os dedos pelas linhas. Sempre que eu olhava para ele, suspirava como se fizesse grande esforço para ler. Os escritos que você emprestou são provavelmente de difícil compreensão." "Sim", disse o advogado, "de fato, são difíceis. Não acredito que ele entenda alguma coisa do que está escrito ali. Devem lhe dar uma ideia de como é difícil a luta que conduzo pela sua defesa. E por quem eu luto? É quase ridículo pronunciá-lo, mas eu luto por Block. Isso significa também que ele deve tentar entender o que isso representa. Ele estudou com afinco?" "Quase sem parar", respondeu Leni. "Só uma vez pediu para beber água. Dei para ele um copo pela janelinha. Às oito horas, deixei-o sair e dei-lhe algo de comer." Block olhou para K. de viés, como se algo elogioso sobre ele tivesse sido contado e devesse impressioná-lo também. Parecia mais animado, movia-se mais livremente e mexia-se daqui para lá sobre os joelhos. Então, enrijeceu com as seguintes palavras do advogado: "Você o louva!". "Mas é justamente isso que me torna difícil falar. O juiz não se pronunciou favoravelmente nem sobre Block nem sobre seu processo." "Não favoravelmente?", perguntou Leni. "Como isso é possível?" Block a fitou com um olhar assustado, como se lhe imputasse a capacidade de transformar a seu favor as palavras do juiz pronunciadas havia tanto tempo. "Não favoravelmente", disse o advogado. "Até se sentiu desconfortável quando comecei a falar de Block. 'Não fale de Block', pediu. 'É meu cliente', retorqui. 'Permite que abusem do senhor', falou. 'Não considero sua causa perdida', afirmei. 'Permite que abusem do senhor', repetiu. 'Não acho', declarei. 'Block é esforçado no processo e está sempre a par da sua causa. Quase mora na minha casa para estar a par de tudo. Tal fervor não se encontra por aí. Claro que pessoalmente é desagradável, tem maneiras detestáveis e é sujo, mas no aspecto processual é impecável. Disse impecável, mas exagerei de propósito.' A respeito, disse o juiz: 'Block é astuto. Reuniu muita experiência e sabe como arrastar o processo. Mas sua ignorância é maior do que sua astúcia. O que ele diria se soubesse que seu processo nem começou ainda, se lhe dissessem que o sino do processo nem foi tocado ainda.' Calma, Block", disse o advogado. Block começava, naquele momento, a se levantar sobre seus joelhos trêmulos, querendo aparentemente exigir explicações. Foi a primeira vez que o advogado se dirigiu a Block com precisão. Com os olhos cansados, olhou para Block, que sob esse olhar voltou a se ajoelhar devagar. "Essa manifestação do juiz não significa nada para você", opinou o advogado. "Não se assuste a cada palavra. Se isso se repetir, não vou lhe contar mais nada. Não se pode começar uma frase como se valesse sua sentença final. Envergonhe-se diante do meu cliente! Aliás, você abala a confiança que ele tem em mim. O que quer? Se você ainda vive, é porque está sob minha proteção. Que medo mais sem sentido! Em algum lugar, você leu que, em muitos casos, a sentença final chega sem aviso, vinda de qualquer boca, a qualquer tempo. Com muitas ressalvas, isso é verdade, mas é igualmente verdade que seu medo me causa aversão e que vejo nisso uma falta da confiança necessária. O que eu disse? Reproduzi a manifestação de um juiz. Você sabe que diferentes pareceres se acumulam ao redor do processo até a impenetrabilidade. Esse juiz, por exemplo, admite o início do processo em outro ponto, distinto do meu. Uma diferença de opiniões, nada além disso. Em certo estágio do processo, um sino é tocado de acordo com um antigo costume. Segundo o parecer desse juiz, é assim que começa o processo. Não posso lhe dizer tudo o que refuta isso, até porque você não entenderia. Basta saber que se refuta." Constrangido, Block correu os dedos pela lã do cobertor. O medo por causa do pronunciamento do juiz o fazia esquecer temporariamente a própria submissão em relação ao advogado; só pensava em si mesmo. "Block", disse Leni em tom de advertência, levantando-o um pouco pela gola do paletó, "largue o cobertor e escute o advogado." K. não entendia como o advogado chegara a pensar em conquistá-lo com essa encenação. Se não o tivesse afugentado antes, teria conseguido com essa cena.

# Nono capítulo
## Na catedral

K. recebeu a incumbência de mostrar alguns monumentos turísticos da cidade a um amigo italiano do banco, que era muito importante e estava pela primeira vez lá. Era uma tarefa que, em outros tempos, certamente teria considerado honrosa, mas desta vez a aceitou de má vontade, porquanto com muito esforço tinha de manter sua reputação no emprego. Ficava preocupado a cada instante que se afastava do escritório; não conseguia aproveitar o tempo como antes, e passava horas fingindo realizar algum trabalho importante. No entanto, maiores eram suas preocupações quando não estava no escritório. Acreditava, então, ver o diretor adjunto, que estava sempre à espreita, ir à sua sala de tempos em tempos, sentar-se à sua mesa, mexer em suas coisas, receber pessoas com as quais K. nos últimos anos quase desenvolvera uma amizade e afastá-las dele, talvez até descobrir seus erros, pelos quais K. se sentia ameaçado de várias formas durante o trabalho e os quais ele não conseguia mais evitar. Se era encarregado, ainda que de maneira marcante, de um negócio fora do banco ou de uma pequena viagem — tais tarefas haviam se acumulado —, logo imaginava que queriam afastá-lo do escritório por algum tempo para verificar seu trabalho ou, no mínimo, porque o consideravam dispensável. K. poderia ter recusado sem dificuldade a maioria dessas tarefas, mas não ousava fazê-lo porque, se seu temor tinha fundamento, por menor que fosse, recusar a tarefa significava a confissão de seu medo. Por isso, aceitava tais incumbências com aparente serenidade, tendo inclusive disfarçado um grave resfriado quando precisava fazer uma exaustiva viagem de negócios de dois dias, para não se expor ao perigo de não conseguir realizá-la, apelando para o contínuo tempo chuvoso de outono. Quando voltou dessa viagem com dores de cabeça terríveis, estava designado a acompanhar o amigo italiano do banco no dia seguinte. A tentação de negar, pelo menos dessa vez, era grande, sobretudo porque o que se previra para ele não estava imediatamente ligado a seu trabalho. Porém o cumprimento dessa obrigação social em relação ao italiano era em si mesmo, sem dúvida, importante o suficiente — exceto para K., que sabia que só podia se sustentar por meio de êxitos no trabalho e que seria completamente inútil independentemente de conseguir ou não encantar o italiano de modo inusitado. Não queria ser afastado nem por um dia, pois era imenso o temor de não voltar mais — temor que sabia ser exagerado, mas que o afligia. Nesse caso, era quase impossível encontrar uma desculpa plausível. O conhecimento que ele tinha de língua italiana não era profundo, mas suficiente. Contudo, ele conhecia história da arte de tempos passados, o que aparentemente todos ficaram sabendo no banco, e isso era importante. Aliás, K. havia sido membro da associação para a conservação do patrimônio dos monumentos artísticos, por motivos comerciais. E o italiano, conforme se soube por boatos, era uma amante da arte, por isso era compreensível que tivesse escolhido K. para acompanhá-lo.

Era uma manhã muito chuvosa, de tempestade, quando K., sentindo raiva pelo dia que teria pela frente, chegou ao escritório às sete horas para deixar pelo menos algum trabalho pronto antes de a visita chegar. Estava muito cansado porque havia passado metade da noite estudando uma gramática italiana para se preparar um pouco. A janela, junto à qual se acostumara a se sentar nos últimos tempos, o tentava mais do que a mesa, mas ele resistiu e se pôs a trabalhar. Infelizmente, nesse momento um funcionário entrou e disse que o diretor o mandara ali para ver se o senhor procurador já havia chegado e, nesse caso, lhe pedir que se dirigisse à sala de recepção, pois o italiano já estava lá. "Já vou", respondeu K, colocando um pequeno dicionário no bolso; então ele pôs embaixo do braço um guia que continha os pontos turísticos da cidade que ele mesmo preparara para o estrangeiro e passou pelo escritório do diretor adjunto até chegar à sala do diretor. Estava satisfeito por ter chegado cedo ao escritório e se colocar à disposição, o que ninguém esperava. A sala do diretor adjunto ainda estava vazia. Por certo, o funcionário devia tê-lo chamado também para ir à recepção, em vão. Quando K. chegou à recepção, os dois senhores se levantaram das poltronas. O diretor sorriu gentilmente, feliz com a chegada de K., e se ocupou imediatamente da apresentação. O italiano apertou com veemência a mão de K. e, sorrindo, chamou alguém de madrugador. K. não entendeu bem a quem se referia especificamente; aliás, era uma palavra estranha, cujo sentido K. adivinhou depois de alguns instantes. Respondeu com algumas frases-padrão, às quais o italiano retorquiu rindo, às vezes apalpando com as mãos nervosas seu robusto bigode cinza-azulado. Era nítido que o bigode estava perfumado; sentia-se quase a tentação de se aproximar para cheirá-lo. Quando todos se sentaram e deram início a uma breve conversa superficial, K. percebeu com grande mal-estar que entendia o italiano de modo fragmentado. Quando este falava calmamente, compreendia-o por completo. Mas, na maior parte das vezes, a conversa jorrava da boca do italiano, que balançava a cabeça se divertindo. Em tais falas, o homem se embrenhava com regularidade em algum dialeto que não tinha nada mais de italiano para K., mas que o diretor não só compreendia como falava, o que K. poderia ter suposto, pois o italiano era do sul do país, onde o diretor estivera por alguns anos. De qualquer modo, K. percebeu que a possibilidade de se entender com o italiano lhe fora tirada em grande parte, já que o francês do homem também era de difícil compreensão, além de seu bigode esconder o movimento dos lábios, cuja visão talvez ajudasse K. começou a prever muitos desconfortos, mas naquele momento desistiu de querer compreender o homem — na presença do diretor, que o entendia com tanta facilidade, teria sido um trabalho inútil — e se limitou a observá-lo, enfadonho, como se mexia facilmente na poltrona, como puxava o paletó curto e de talhe apertado e como tentava expor alguma coisa com os braços erguidos e as mãos se movendo, frouxas nos pulsos, sem que K. conseguisse entender, embora, curvado, não tirasse os olhos daquelas mãos. Por fim, o cansaço anterior se manifestou em K., que, desocupado, seguia mecanicamente com o olhar o vaivém da conversa. Com espanto, ele se surpreendeu, por sorte a tempo, no momento em que, absorto, o homem tentou se levantar, virar e ir embora. Enfim, o italiano olhou o relógio e deu um salto. Depois de ter se despedido do diretor, aproximou-se tanto de K. que este teve de empurrar sua poltrona para conseguir se mover. O diretor, que certamente reconheceu nos olhos de K. a agonia em relação ao italiano, se embrenhou na conversa de forma tão inteligente e afetuosa que dava a impressão de ter juntado pequenos conselhos, embora, na realidade, reproduzisse tudo o que o italiano falava incansavelmente para torná-lo compreensível a K. Por intermédio dele, K. descobriu que o italiano tinha alguns negócios a tratar, em pouco tempo, e que não planejava ver todos os monumentos com pressa. Por fim, o homem decidira — e só se K. concordasse, afinal a decisão estava em suas mãos — visitar apenas a catedral. Alegrava-se muito de poder realizar essa visita na companhia de um homem culto e simpático — referia-se a K., que se atentava somente para as palavras do diretor — e lhe pedia, se a hora fosse oportuna, que se encontrassem na catedral dali a duas horas, por volta das dez da manhã. Ele esperava estar no local a essa hora. K. respondeu algo conveniente. O homem, então, apertou primeiro a mão do diretor, depois a de K., na sequência outra vez a do diretor, e foi até a porta, seguido pelos dois, ainda meio virado para eles e sem parar de falar. K. ficou um pouco com o diretor, que parecia adoentado. Este achou que tinha de pedir desculpas de alguma maneira para K. e disse — estavam próximos, numa posição de confiança — que planejara ir com o italiano, mas, sem uma razão aparente, decidira mandar K. Se este não entendesse o idioma logo de primeira, não precisava deixar-se constranger, pois a compreensão vinha muito depressa, e, afinal, para o italiano não era muito importante ser entendido. Além do mais, o italiano de K. era bom e ele se sairia bem. Assim, o diretor se despediu de K., que passou o resto do tempo livre anotando vocábulos raros do dicionário que precisaria usar para a visita guiada à catedral. Era um trabalho extremamente penoso. Funcionários traziam a correspondência, chegavam com diversas demandas e ficavam parados à porta quando viam K. ocupado, mas não iam embora até que o ouvissem falar. O diretor adjunto não perdia a oportunidade de importunar K., entrando na sala diversas vezes, tomando-lhe o dicionário das mãos e folheando-o a esmo; clientes surgiam no lusco-fusco da antessala quando a porta se abria e se curvavam hesitantes — queriam chamar atenção para si, mas não sabiam se estavam sendo notados. Tudo isso se movia ao redor de K., como se fosse ele o centro, enquanto continuava juntando as palavras de que precisava, depois as procurava no dicionário, anotava-as, praticava a pronúncia e finalmente tentava aprendê-las de cor. Sua antiga boa memória parecia tê-lo abandonado por completo. Ficou com tanta raiva que enterrou o dicionário debaixo de papéis, com o firme propósito de não se preparar mais, porém percebeu que não poderia ficar mudo com o italiano diante das obras de arte na catedral, de modo que, mais enraivecido ainda, puxou de novo o dicionário.

Às nove e meia em ponto, quando K. pretendia sair, recebeu um telefonema de Leni lhe desejando bom-dia e perguntando sobre sua saúde. K. agradeceu com pressa e lhe disse que seria impossível conversar no momento, pois precisava ir à catedral. "À catedral?", perguntou Leni. "Sim, à catedral." "Por que à catedral?", quis saber a mulher. K. procurou explicar com rapidez; entretanto, mal começara, Leni disse de repente: "Eles o estão acossando.". K. não suportava lamentos que não havia provocado nem esperado, por isso se despediu com duas palavras. Contudo, enquanto desligava o telefone, disse meio para si, meio para a distante Leni, a qual não o escutava mais: "Sim, eles estão me acossando.".

Já era tarde, e ele corria o risco de não chegar a tempo. No último momento, no carro, lembrou-se do guia de pontos turísticos que não tivera a oportunidade de entregar e que agora carregava. Manteve-o sobre o colo e, inquieto, começou a tamborilar em cima dele durante toda a corrida. A chuva havia arrefecido, mas o tempo estava úmido, frio e nebuloso. Não se veria muito na catedral, e sem dúvida o resfriado de K. pioraria, graças à longa permanência em pé sobre a cerâmica gelada.

A praça da catedral estava completamente vazia. K. lembrou-se de que, ainda criança, notara que, nas casas dessa praça estreita, quase sempre todas as cortinas nas janelas estavam fechadas. Com aquele clima, isso era mais compreensível do que nunca. A catedral também parecia estar vazia; não ocorria a ninguém entrar lá naquele momento. K. percorreu as duas naves laterais e encontrou apenas uma velha senhora enrolada num xale quente, ajoelhada diante de uma Madona, contemplando-a. Ao longe, avistou um sacristão coxo desaparecer por uma porta lateral. Ele fora pontual: assim que entrou, batera dez horas, mas o italiano ainda não estava lá. K. voltou à entrada principal, ficou parado lá por um bom tempo indeciso e depois deu uma volta ao redor da catedral, na chuva, para ver se o italiano talvez não estivesse esperando em alguma entrada lateral. Não encontrou ninguém. Será que o diretor não entendera o horário combinado? Como era possível entender esse italiano direito? De qualquer forma, K. precisava esperá-lo pelo menos meia hora. Como estava cansado, quis se sentar, entrou de novo na catedral, achou num degrau um pequeno pedaço de tapete, puxou-o com a ponta dos pés para a frente de um banco próximo, enrolou-se mais em seu casaco, abotoou o colarinho no alto e se sentou. Para se distrair, começou a folhear o guia um pouco, mas logo teve de parar, pois ficou tão escuro que, ao olhar para a nave lateral, não conseguia distinguir uma só particularidade.

Ao longe, no altar-mor, cintilava a luz de velas dispostas num triângulo. K. não poderia afirmar com precisão se já as vira antes ali. Talvez tivessem sido acesas apenas naquele instante. Os sacristãos da igreja se movem suavemente por força do ofício, nunca são notados. K. se virou por acaso e viu, não muito longe dele, um círio alto e largo queimando perto de uma coluna. Por mais bonito que fosse, era insuficiente para iluminar as obras de arte que, em sua maioria, ficavam na escuridão dos altares laterais; ao contrário, ajudava a ampliar a escuridão. Da parte do italiano era tanto razoável quanto descortês que não tivesse vindo. Não dava para se enxergar nada, e ele teria de se satisfazer com a lanterna elétrica de bolso de K. para examinar alguns quadros. Para tentar conferir o que se podia esperar disso, K. foi até uma pequena capela lateral próxima, subiu alguns degraus até um parapeito baixo em mármore e, debruçado sobre ele, iluminou com a lanterna o quadro do altar. A luz votiva à frente oscilava importuna. A primeira coisa que viu, e em parte adivinhou, foi um grande cavaleiro de armadura, retratado na margem mais externa do quadro. Apoiava-se, nu, sobre sua espada fincada no chão, onde aqui e ali havia uma graminha. Parecia observar atento um cortejo que se desenrolava diante de si. Era espantoso que ficasse assim parado e não se aproximasse. Talvez fosse sua tarefa ficar de guarda. K., que havia muito não olhava um quadro, observou o cavaleiro por um longo tempo, embora precisasse sempre piscar, pois não suportava a luz verde da lâmpada. Quando iluminou as outras partes do quadro, encontrou um enterro de Cristo em representação tradicional, não obstante o quadro fosse novo. Desligou a lanterna e voltou para seu lugar.

Era desnecessário continuar esperando o italiano. Entretanto, como chovia torrencialmente e não estava tão frio na catedral, ele decidiu permanecer ali por um tempo. Ele estava perto do grande púlpito. Sobre seu baldaquino pequeno e redondo havia, meio pendentes, duas cruzes simples e douradas que se entrelaçavam em suas extremidades. A parede externa do parapeito e a faixa entre este e as colunas de sustentação eram decoradas com uma folhagem verde que alguns anjinhos seguravam meio em movimento, meio em repouso. Ele andou até o púlpito e examinou-o por todos os lados. O trabalho esculpido na pedra era especialmente meticuloso; os profundos espaços escuros entre a folhagem pareciam incrustações. K. colocou a mão dentro de um espaço daqueles e tateou a pedra com cuidado; nunca soubera da existência daquele púlpito até então. Nesse momento, notou, por acaso, atrás da fileira de bancos mais próxima, um sacristão em pé, vestido num paletó preto frouxo e amassado, olhando para ele com uma caixa de rapé na mão esquerda. O que esse homem quer?, pensou K. Será que pareço suspeito? Será que ele quer uma doação? Quando o sacristão notou que K. o observava, apontou com a mão direita para alguma direção incerta, e entre dois dedos havia uma pitada de rapé. Seu comportamento era quase incompreensível. K. não queria esperar nem mais um instante, porém o sacristão não parava de apontar para alguma coisa com a mão, reforçando com acenos da cabeça. "O que ele quer?", perguntou K. a si mesmo, baixinho, não ousando gritar. Depois, puxou a carteira e passou pelo banco mais próximo para se aproximar do homem. Contudo, este fez um gesto de afastamento com a mão, encolheu os ombros e saiu mancando. Tinha um jeito de andar semelhante a um coxo ligeiro, que fez K. se lembrar do movimento de cavalgar que fazia quando criança. Um velho infantil, pensou. Sua compreensão só serve para que seja sacristão. Ele para quando estanco e se põe à espreita quando ando. K. seguiu o velho sorrindo por toda a nave lateral até alcançar o altar-mor; ele não parava de apontar para alguma direção, porém K. não se virava de propósito. O apontar não tinha nenhum outro objetivo a não ser afastá-lo do encalço do velho. Por fim, desistiu dele, pois não queria assustá-lo nem o repelir totalmente, caso o italiano ainda aparecesse.

Quando entrou na nave central, para procurar onde deixara o guia, percebeu, numa coluna perto dos bancos do coro do altar, um pequeno púlpito secundário, muito simples, de pedra nua e pálida. Era tão pequeno que de longe parecia um nicho ainda vazio, destinado a uma estátua. O pregador, sem dúvida, não podia dar um passo inteiro para trás do parapeito. Além disso, a abóbada em pedra do púlpito começava num ponto incomumente baixo e crescia abaulada sem nenhum adorno, de modo que um homem de porte médio não conseguia ficar ereto. Ao contrário, precisava se curvar sobre o parapeito durante algum tempo. Tudo foi feito com o intuito de atormentar o pregador; era incompreensível a necessidade desse púlpito, já que se tinha à disposição o outro, maior e adornado de modo mais rico.

K. não teria reparado nesse pequeno púlpito se não houvesse uma lamparina pendurada lá em cima, como as que são arrumadas pouco antes de um sermão. Será que haveria um sermão? Na igreja vazia? Ele olhou para a escada que, espremida entre as colunas, conduzia ao púlpito, e era tão estreita que parecia não ser feita para pessoas, mas sim para servir de enfeite para a coluna. Sorriu espantado ao olhar para a parte de baixo do púlpito: havia ali um sacerdote com a mão apoiada no corrimão, pronto para subir, encarando-o. Ele acenou com a cabeça lentamente, ao que K. fez o sinal da cruz e se curvou, o que já deveria ter feito antes. O sacerdote deu um pequeno salto e subiu ao púlpito com passos curtos e ligeiros. Será que ia começar um sermão? Talvez o sacristão não fosse assim tão tolo e quisesse levar K. ao sacerdote, o que, sem dúvida, na igreja vazia, era notavelmente necessário. De resto, havia na frente de uma Madona uma velha senhora que devia ter vindo para isso. Entretanto, se fosse ocorrer um sermão, por que este não fora introduzido pelo órgão? O instrumento permanecia silencioso e se destacava com seu enorme tamanho na escuridão.

K. achou que talvez devesse ir embora rápido dali. Se não o fizesse nesse momento, não haveria possibilidade de fazê-lo durante o sermão; se ficasse, teria de acompanhá-lo até o fim. Havia perdido muito tempo no escritório, e não era mais obrigado a esperar o italiano. Olhou para o relógio: onze horas. Será que haveria de fato um sermão? Sozinho, K. representaria toda a comunidade? E se fosse um estrangeiro que quisesse visitar a igreja? No fundo, não era outra coisa. Era absurdo pensar que haveria um sermão às onze da manhã num dia de semana com aquele tempo horrível. Mas, na verdade, o sacerdote — era sem dúvida um sacerdote, um jovem de rosto liso e escuro — apenas subira para apagar a luz, que fora acesa por engano.

Contudo, não foi tão simples assim. O sacerdote testou a lamparina, aumentou um pouco a chama e se virou lentamente para o parapeito, no qual ele se agarrou com ambas as mãos, na margem angulosa. Permaneceu assim por um tempo e, sem mexer a cabeça, olhou ao redor. K. havia recuado um pouco e se apoiava com os cotovelos num banco mais à frente da igreja. Sentindo-se um pouco inseguro, avistou a distância o sacristão, que, curvado, tranquilo, se recolhia depois de ter terminado sua tarefa. Reinava um silêncio na catedral. No entanto, K. sentia-se incomodado, não tinha a intenção de ficar ali. Se era obrigação do sacerdote pregar numa determinada hora, sem considerar as circunstâncias, então que o fizesse! Conseguiria fazê-lo mesmo sem o apoio de K., até porque sua presença certamente não surtiria muito efeito. K. foi se retirando devagar, na ponta dos pés, andou até a ampla passagem central e caminhou sem incomodar, ainda que o chão de pedras ecoasse ao passo mais silencioso e fizesse a abóbada ressoar um pouco, de modo constante e com sons variados e regulares. Ele se sentiu um pouco desamparado quando, talvez observado pelo sacerdote, passou sozinho por entre os bancos vazios — parecia-lhe que o tamanho da catedral estava na fronteira do humanamente suportável. Quando alcançou seu lugar, correu, sem se deter, para apanhar o guia. Já havia quase deixado a área dos bancos e se aproximado do vão livre entre esta e a saída quando ouviu pela primeira vez a voz do sacerdote. Uma voz potente e ponderada. A voz invadia a catedral, pronta para ser ouvida. Todavia, o sacerdote não chamava a comunidade de fiéis, era evidente. Ele gritava: Josef K.!

K. estacou e olhou para o chão. Até aquele instante, ainda estava livre, podia continuar andando e sair por uma das três pequenas portas escuras de madeira à sua frente, não muito distantes. Significaria que não havia entendido ou que, ainda que tivesse entendido, não queria se ocupar daquilo. Caso se virasse, estaria comprometido, pois teria dado a entender que compreendera bem que era realmente a pessoa chamada e que obedeceria. Se o sacerdote tivesse chamado mais uma vez, sem dúvida ele teria ido embora. Mas, como tudo de repente ficou silencioso, ele virou um pouco a cabeça porque queria ver o que o sacerdote estava fazendo. O sacerdote permanecia no púlpito, calmo como antes, mas era possível perceber com nitidez que ele havia notado o movimento que K. fizera. Seria um jogo de esconde-esconde infantil se ele não tivesse virado a cabeça completamente. Ele o fez, então foi chamado pelo sacerdote, com um aceno de mão, para se aproximar. Uma vez que tudo podia acontecer abertamente, K. se adiantou — tanto por curiosidade quanto para resolver logo o assunto — a passos largos até o púlpito. Ao se aproximar dos primeiros bancos, parou, mas o sacerdote achou que ele ainda estava muito distante, então esticou o braço e apontou, com o dedo indicador firme, para um lugar mais próximo ao púlpito. K. obedeceu. De onde estava, precisava inclinar bem a cabeça para trás para conseguir enxergar o sacerdote.

"Você é Josef K.?", perguntou o sacerdote, erguendo uma das mãos do parapeito num gesto indefinido. "Sim", respondeu K. Pensou como sempre dissera seu nome com tranquilidade antes e como, havia algum tempo, sentia um peso ao proferi-lo. Algumas pessoas que ele encontrava pela primeira vez também sabiam seu nome. Como era bom se apresentar antes e só depois ser conhecido! "Você é um réu", disse o sacerdote em voz particularmente baixa. "Sim", confirmou K., "assim me informaram." "Então é você quem procuro", continuou o sacerdote. "Sou o capelão do presídio." "Ah, é?", K. indagou assustado. "Mandei chamá-lo aqui", disse o sacerdote, "porque preciso conversar com você." "Não sabia", disse K. "Vim aqui para mostrar a catedral para um italiano." "Isso não interessa", retrucou o sacerdote. "O que você tem nas mãos? Um livro de orações?" "Não", respondeu K., "é um guia com os pontos turísticos da cidade." "Pode soltar", ordenou o sacerdote. K. o soltou com tanta força que ele se abriu e resvalou um pouco pelo chão com as folhas amassadas. "Você sabe que seu processo vai mal?", perguntou o sacerdote. "Parece que sim", respondeu K. "Eu me esforcei muito, mas, até aqui, sem êxito. É verdade que minha petição ainda não está pronta." "Como imagina o final?", perguntou o sacerdote. "Antes, pensava que pudesse terminar bem", disse K., "agora até eu duvido disso. Não sei como vai acabar. Você sabe?" "Não", confessou o sacerdote, "mas temo que vá acabar mal. Consideram-no culpado. Talvez seu processo nem saia da instância inferior. Pelo menos, no momento, consideram sua culpa provada." "Mas não sou culpado", defendeu-se K. "É um engano. Como pode um ser humano ser culpado? Somos todos humanos, tanto uns quanto outros." "É verdade", assentiu o sacerdote, "mas assim falam os culpados." "Você tem alguma coisa contra mim?", perguntou K. "Não tenho nada contra você", disse o sacerdote. "Sinto-me grato", K. desabafou. "Mas todos os outros que estão envolvidos em meu processo têm algo contra mim. Eles influenciam até quem não está envolvido. Minha posição fica cada vez mais difícil." "Você interpreta mal as evidências", alertou o sacerdote. "A sentença não vem de uma vez; é o processo que caminha paulatinamente em direção à sentença."

"Assim é", concordou K., baixando a cabeça. "Qual é o próximo passo em sua causa?", perguntou o sacerdote. "Quero ainda procurar ajuda", respondeu K., erguendo a cabeça para ver como o sacerdote o julgava. "Existem algumas possibilidades que eu ainda não testei." "Você procura demais a ajuda de estranhos", advertiu o sacerdote, em tom de reprovação, "principalmente das mulheres. Nem percebe que isso nem ajuda verdadeira é." "Às vezes, até com frequência; eu poderia lhe dar razão", disse K., "mas não sempre. As mulheres têm muito poder. Se eu pudesse incentivar algumas mulheres que conheço a trabalhar unidas por minha causa, acabaria me impondo. Sobretudo nesse tribunal, que é praticamente composto de mulherengos. Mostre a um juiz de instrução uma mulher ao longe, e ele atropela a mesa do juízo e o réu só para chegar lá a tempo." O sacerdote inclinou a cabeça sobre o parapeito; parecia que o teto do púlpito o oprimia. Caía uma tempestade, e a noite já se aprofundava. Nenhum vitral das grandes janelas era capaz de romper a escuridão, nem com um clarão, e o sacristão começava a apagar as velas do altar-mor, uma após a outra. "Está com raiva de mim?", perguntou K. ao sacerdote. "Talvez não saiba a que tribunal está servindo." Não recebeu nenhuma resposta. "São apenas minhas experiências", disse K. O sacerdote continuava em silêncio lá em cima. "Não queria ofendê-lo", insistiu. Então o sacerdote gritou para K. lá embaixo: "Será que não consegue enxergar um palmo à sua frente?". Foi um grito de fúria, mas ao mesmo tempo de alguém que vê o outro cair e, porque também está assustado, grita involuntariamente, sem refletir.

    Os dois se calaram por um longo tempo. Sem dúvida, naquela escuridão que reinava lá embaixo, o sacerdote não conseguia distinguir K. com precisão, ao passo que este via com clareza o sacerdote graças à pequena lamparina no púlpito. Por que o sacerdote não descia? Não havia feito um sermão; apenas dera algumas informações a K., as quais, se bem observadas, lhe causariam mais danos do que proveitos. No entanto, parecia que K. não tinha dúvidas quanto à boa intenção do sacerdote. Não lhe parecia impossível que, caso descesse, talvez se unisse a ele; não parecia impossível que talvez recebesse dele um conselho decisivo e aceitável, que talvez lhe mostrasse, por exemplo, não como influenciar o processo, mas como se desprender dele, como lidar com ele, como poder viver fora dele. Essa possibilidade existia. K. pensara nela com frequência nos últimos tempos. Mas se o sacerdote soubesse a solução, será que ele a revelaria caso lhe fosse pedido? Apesar de pertencer ao tribunal e de ter reprimido seu temperamento calmo e gritado com K., que atacara o tribunal?

"Você não quer descer?", indagou K. "Não há nenhum sermão a ser feito. Desça." "Agora já posso ir", disse o sacerdote, talvez arrependido de seus gritos. Enquanto soltava a lamparina do gancho, emendou: "Precisava falar com você a distância. Eu me deixo influenciar facilmente e me esqueço do meu ofício."

K. o esperou perto da escada. O sacerdote apertou sua mão ao descer, de um degrau superior. "Tem um tempinho para mim?", perguntou K. "O tempo de que precisar", respondeu o sacerdote, entregando a K. a lamparina, para que este a carregasse. Mesmo de perto, o sacerdote não perdia certa solenidade. "Você é muito gentil comigo", admitiu K. enquanto caminhavam, um ao lado do outro, pela escura nave lateral para cima e para baixo. "Você é uma exceção entre todos os que pertencem ao tribunal. Tenho mais confiança em você do que em qualquer um dos que já conheço. Com você posso conversar abertamente." "Não se iluda", advertiu o sacerdote. "Com o que poderia me iludir?", perguntou K. "Você se ilude com o tribunal. Nos textos introdutórios à lei, fala-se dessa ilusão. Diante da lei há um porteiro. Um homem do campo vai até esse porteiro e pede para entrar na lei. Mas o porteiro diz que não pode lhe permitir a entrada. O homem reflete e pergunta se poderia entrar depois. 'Talvez', responde o porteiro, 'mas agora não.' Como o portão à lei permanece como sempre aberto e o porteiro dá um passo para o lado, o homem se inclina para ver o interior pelo portão. Quando o porteiro percebe, ri e diz: 'Se o seduz tanto, tente entrar, apesar da minha proibição. Mas, veja bem, sou poderoso e o mais subalterno dos porteiros. De sala em sala, há diversos porteiros, cada um mais poderoso que o outro. Eu mesmo não consigo suportar a visão do terceiro.'. O homem do campo não esperava tais dificuldades, afinal, a lei deve ser sempre acessível a todos, ele pensa. Mas, ao olhar com atenção o porteiro, em seu casaco de pele, com o nariz pontudo e a barba longa, delgada, preta e tártara, ele decide que é melhor esperar até receber a permissão para entrar. O porteiro lhe dá um banquinho e o deixa se sentar do lado da porta. Ali, o homem do campo fica sentado durante dias e anos. Tenta muitas vezes obter uma permissão para entrar, mas nunca a obtém. O porteiro o submete, com frequência, a pequenos interrogatórios; pergunta pela sua pátria e por outras coisas mais. São perguntas apáticas, como as que costumam fazer os grandes senhores, ao fim das quais se repete que ele ainda não pode entrar. O homem, que havia se equipado com tanta coisa para a viagem, gasta tudo, por mais valioso que seja, para corromper o porteiro. Este aceita tudo, mas diz sempre: 'Aceito apenas para você não achar que deixou de fazer alguma coisa.'. Durante muitos anos, o homem observa o porteiro quase sem cessar. Esquece os outros porteiros, e isso lhe parece o único impedimento para a entrada na lei. Nos primeiros anos, amaldiçoa em voz alta o desafortunado acaso. Mais tarde, à medida que envelhece, resmunga só para si mesmo. Torna-se infantil e, uma vez que, por estudar o porteiro tanto tempo, ficou conhecendo até as pulgas no colarinho de sua pele, pede que elas o ajudem a fazer o porteiro mudar de opinião. Enfim, a luz dos seus olhos enfraquece, e ele não sabe se fica cada vez mais escuro a seu redor ou se os olhos o enganam. No entanto, reconhece na escuridão um brilho que irrompe inextinguível da porta da lei. Mas já não tem mais muito tempo de vida. Antes de morrer, todas as experiências daquele tempo se reúnem em sua cabeça numa pergunta que ainda não fizera ao porteiro. Acena-lhe, pois não consegue mais aprumar seu corpo enrijecido. O porteiro precisa se inclinar muito na direção dele, haja vista que a diferença de altura mudou muito em desfavor do homem. 'O que ainda quer saber?', perguntou o porteiro. 'Você é insaciável!' 'Todos anseiam pela lei', diz o homem. 'Como pode então, em tantos anos, ninguém além de mim ter pedido para entrar?' O porteiro reconhece que o homem está no fim, e, para ainda alcançar sua audição fugidia, berra: 'Aqui ninguém mais podia ser admitido, porque esta entrada estava destinada apenas a você. Vou embora agora e a fecho.'."

"O porteiro enganou o homem", disse K. imediatamente, envolvido com a história. "Não se precipite", recomendou o sacerdote. "Não aceite a opinião alheia sem provas. Contei-lhe a história do texto *ipsis litteris*." "Mas está claro", disse K. "Sua primeira interpretação estava correta. O porteiro só fez o comunicado libertador quando não podia mais ajudar o homem." "Ele não foi inquirido antes", explanou o sacerdote. "Considere também que era apenas um porteiro, e, como tal, cumpriu sua obrigação." "Por que acredita que ele cumpriu a sua obrigação?", perguntou K. "Ele não a cumpriu. Talvez sua obrigação fosse repelir todos os estranhos, mas devesse permitir a entrada desse homem, a quem a porta estava destinada." "Você não tem muita consideração pelo texto e muda a história", disse o sacerdote. "A história sobre a entrada na lei contém dois importantes esclarecimentos do porteiro: um no início e outro no fim. Na primeira passagem, consta que a entrada não lhe podia ser concedida; na segunda, a entrada estava destinada apenas a ele. Se existisse contradição entre esses dois esclarecimentos, talvez você tivesse razão e o porteiro tivesse enganado o homem. Mas não há contradição. Pelo contrário, o primeiro esclarecimento remete inclusive ao segundo. Poderíamos quase dizer que o porteiro foi além da sua obrigação, já que propôs ao homem uma possibilidade futura de entrada. Naquele momento, parece ter sido sua obrigação rejeitar o homem, e evidentemente muitos intérpretes do texto se admiram com o fato de que o porteiro tenha feito aquela alusão, porquanto parece que vigia com firmeza seu posto. Com o passar do tempo, não abandona seu lugar, e só fecha o portão por último; é muito consciente da importância de seu ofício, pois diz 'Sou poderoso!'; venera seus superiores ao dizer 'Sou o mais subalterno dos porteiros!'; não é tagarela, haja vista que, ao longo de todo esse tempo, só faz, como se diz, 'perguntas apáticas'; não é corrupto, tendo em vista que afirma sobre o presente: 'Aceito só para você não achar que deixou de fazer alguma coisa'. No tocante ao cumprimento da obrigação, não é nem de se enternecer nem de se enfurecer, porque é dito do homem do campo: 'Cansa o porteiro com seus pedidos'. Por fim, sua aparência aponta para um caráter pedante: o nariz pontudo e a barba longa, delgada, preta e tártara. Pode haver um porteiro mais cumpridor de seus deveres? No entanto, outros traços de caráter ainda se misturam no porteiro, que são muito favoráveis a quem pede entrada e tornam cada vez mais inteligível que, naquela alusão a uma possibilidade futura, podia ir um pouco além da sua obrigação. Não se pode negar que seja um pouco simplório e, nessa relação, um pouco presunçoso. Embora suas manifestações sobre seu poder, o poder dos outros porteiros e a visão insuportável que estes têm até para ele possam estar em si corretas, a maneira como ele as expressa revela que sua concepção está turvada pela simplicidade e pela presunção. Os intérpretes dizem a respeito: 'Conceber corretamente uma coisa e interpretar mal a mesma coisa não se excluem completamente.'. De todo modo, precisa-se aceitar o fato de que aquela simplicidade e a presunção, por mais insignificantes que sejam, enfraquecem a vigilância da entrada, são falhas no caráter do porteiro. A esse respeito, existe a questão de que o porteiro, segundo sua natureza, parece ser amável; não é só um funcionário. Logo nos primeiros momentos, brinca convidando o homem a entrar, a despeito da proibição expressamente mantida. Depois, não o manda embora; antes, dá-lhe, como diz o texto, um banquinho e permite que se sente ao lado da porta. A paciência com que aguenta os pedidos do homem ao longo dos anos, os pequenos interrogatórios, a aceitação dos presentes, a distinção com que permite que o homem a seu lado amaldiçoe em voz alta seu desafortunado destino, que colocou ali o porteiro — tudo isso faz concluir que existem impulsos de compaixão. Não é qualquer porteiro que teria agido assim. Por fim, a um aceno do homem, inclina-se sobre ele para lhe dar a oportunidade da última pergunta. Apenas uma frágil impaciência — o porteiro sabe que está tudo no fim — se expressa nas palavras 'Você é insaciável!'. Muitos levam essa linha de raciocínio ainda mais longe e entendem que as palavras 'você é insaciável' exprimem um tipo de admiração amigável, que, no entanto, não está livre de complacência. De qualquer modo, a figura do porteiro acaba sendo aquilo que você acredita." "Você conhece a história melhor do que eu e há mais tempo", defendeu-se K. Eles se calaram por um instante. K. prosseguiu: "Você acredita que o homem não foi enganado?". "Não me interprete mal", disse o sacerdote, "mostro a você apenas as opiniões que existem sobre isso. Não precisa dar muita atenção às opiniões. O texto é imutável, e as opiniões são com frequência apenas uma expressão de desespero por isso. Nesse caso, há uma opinião segundo a qual o porteiro é justamente o enganado." "Essa opinião vai longe demais", objetou K. "Como a fundamentam?" "A fundamentação parte da simplicidade do porteiro. Dizem que ele não conhece o interior da lei, mas somente o caminho que sempre precisa fazer diante da entrada. As ideias que tem do interior são tidas como infantis, e admite-se que ele teme aquilo de que quer fazer o homem ter medo. Sim, ele teme mais do que o homem, pois este não quer outra coisa a não ser entrar, mesmo quando ouviu falar dos assustadores porteiros do interior da lei. Ao contrário, o porteiro não quer entrar — pelo menos não se percebe nada a respeito disso. Na verdade, outros dizem que ele já deve ter entrado, uma vez que foi aceito no serviço da lei, o que só pode acontecer no interior dela. Responde-se a respeito desse argumento que o porteiro poderia ter sido admitido como tal por um chamado vindo do interior e que não conseguiria ir muito longe, porquanto não suportava nem a visão do terceiro porteiro. Além disso, também não é relatado que ele tenha contado algo do interior nesses muitos anos, exceto a observação sobre os porteiros. Poderia ter-lhe sido proibido fazê-lo, mas nada é narrado sobre nenhuma proibição. De tudo isso, conclui-se que ele não sabe nada nem da aparência nem do significado do interior, e se encontra equivocado a esse respeito. Contudo, ele também pode estar enganado em relação ao homem do campo, já que está subordinado a esse homem e não o sabe. Que trata o homem como um subordinado é algo que se reconhece em muita coisa de que você deve estar se lembrando. Que ele seja subordinado é algo que, segundo essa opinião, deve emergir com clareza. Antes de tudo, o homem livre está acima do preso. O homem é na realidade livre, pode ir aonde quiser; só a entrada para a lei lhe é proibida. Quando se senta no banquinho ao lado da porta e passa a vida toda lá, assim o faz por vontade própria; a história não fala de nenhuma coação. Ao contrário, o porteiro está preso a seu cargo graças a seu posto; não pode se afastar nem ir ao interior, ainda que queira. Ademais, está a serviço da lei; serve somente àquela e àquele homem, para quem essa única porta é destinada. Por isso, está subordinado ao homem. É possível que tenha prestado um serviço inútil por muitos anos, de certo modo durante toda uma existência, porque é dito que um homem chegará, ou seja, alguém em idade adulta, que o porteiro precisou esperar muito tempo, antes de cumprir seu objetivo, e de fato por tanto tempo quanto convinha a esse homem, que veio por vontade própria. Mas o fim do serviço também é marcado pelo fim da vida do homem; até o fim ele lhe permanece subordinado. E isto é sempre ressaltado: o porteiro parece não saber de nada. Porém, não se vê nisso nada que chame atenção, pois, conforme essa teoria, o porteiro se encontra numa ilusão ainda mais grave, que atinge seu serviço. No fim, ele fala da entrada e diz: 'Vou embora agora e a fecho.'. Mas, no início, fala-se que o portão da lei fica sempre aberto, ou seja, independentemente da duração da vida do homem para quem é destinado, portanto o porteiro também não vai conseguir fechá-lo. As opiniões divergem a respeito disso: que talvez o porteiro, com o anúncio de que vai fechar o portão, quer dar apenas uma resposta, ressaltar seu serviço obrigatório, deixar o homem com remorso ou pesar. Outras, contudo, convergem para o fato de que ele não vai poder fechar o portão. Acreditam inclusive que ele, pelo menos no final, é subordinado ao homem também naquilo que sabe, já que este vê o brilho que irrompe da entrada da lei, enquanto o porteiro, como tal, certamente dá as costas à entrada e não demonstra, mediante nenhuma manifestação, que teria percebido uma mudança." "Isso está bem fundamentado", admite K., que repetira para si, meio alto, alguns pontos do esclarecimento do sacerdote. "Está bem fundamentado, e creio também que o porteiro seja enganado. Mas não desisti da minha opinião anterior, pois ambas se complementam em parte. Não é decisivo se o porteiro vê com clareza ou é enganado. Eu disse antes que é o homem que está enganado. Se o porteiro vê com clareza, podemos duvidar disso. Mas, se o porteiro é enganado, seu engano precisa ser necessariamente transferido ao homem. Na verdade, o porteiro não é nenhum impostor, e sim tão simplório que precisaria ser expulso do serviço. Você deve pensar que o engano em que o porteiro se encontra não o prejudica em nada, ao passo que ao homem sim, mil vezes mais." "Aqui você colide com uma opinião contrária", disse o sacerdote. "Alguns argumentam que a narrativa não dá o direito a ninguém de julgar o porteiro. Não importa como ele nos apareça, é só um servidor da lei, pertencente à lei, portanto, livre do julgamento humano. Assim, não se deve acreditar que o porteiro esteja subordinado ao homem. Estar preso por dever de ofício, ainda que seja só à entrada da lei, é incomparavelmente mais do que viver livre no mundo. O homem só vem até a lei, o porteiro já está lá. Foi encarregado pela lei de executar um serviço; duvidar da sua dignidade significaria duvidar da lei." "Não concordo com essa opinião", objetou K., balançando a cabeça, "pois, caso se junte a ela, tem de se considerar como verdade tudo o que o porteiro diz. Mas isso não é possível, como você mesmo fundamentou minuciosamente." "Não", disse o sacerdote, "não é preciso considerar tudo como verdade, e sim como necessário." "Opinião desoladora", opinou K. "A mentira se converte em ordem mundial."

    K. disse isso para encerrar o assunto, mas não era seu julgamento final. Estava muito cansado para conseguir abranger todas as inferências da narrativa. Eram linhas incomuns do raciocínio a que elas o conduziam, coisas irreais, mais apropriadas ao debate da comunidade de funcionários do tribunal do que a ele. Aquela história simples ficara sem sentido, queria se livrar dela. E o sacerdote, que agora provava ter uma grande sensibilidade, aceitava o comentário de K. em silêncio, embora este, sem dúvida, não coincidisse com sua opinião.

Continuaram caminhando por algum tempo em silêncio. K. se mantinha bem perto do sacerdote sem saber onde se encontrava na escuridão. A lamparina em sua mão já havia se apagado. A certa altura, uma estátua de um santo cintilou à sua frente, apenas um brilho prateado, e em seguida os dois homens caíram outra vez na escuridão. Para não ficar completamente dependente do sacerdote, K. perguntou-lhe: "Não estamos próximos da entrada principal?". "Não, estamos bem longe dela. Já quer ir embora?" Ainda que K. não tivesse pensado a respeito, disse imediatamente: "Sim, tenho de ir. Sou procurador de um banco. Esperam por mim. Só vim para mostrar a catedral a um amigo estrangeiro do banco.". "Bem", disse o sacerdote, dando a mão a K., "então vá." "Não consigo me guiar direito no escuro", comentou K. "Vá pela esquerda até a parede, depois continue ao longo dela, sem se afastar, e vai achar uma saída." O sacerdote deu alguns passos; no entanto, desesperado, K. gritou bem alto: "Por favor, espere!". "Espero", assentiu o sacerdote. "Quer alguma coisa de mim?", perguntou K. "Não", enunciou o sacerdote. "Você foi tão gentil comigo", lamentou K. "Esclareceu-me tudo, e agora me dispensa como se eu não fosse nada para você." "Você tem de ir embora", lembrou-lhe o sacerdote. "Sim", K. concordou. "Compreenda." "É você que precisa compreender quem eu sou", advertiu o sacerdote. "Você é o capelão do presídio", disse K., aproximando-se do sacerdote. Sua volta imediata ao banco não era tão necessária quanto ele dissera; poderia facilmente ter ficado ali. "Pertenço ao tribunal", falou o sacerdote. "Por que deveria querer algo de você? O tribunal não quer nada de você. Ele o acolhe quando você vem e o dispensa quando vai."

## Décimo capítulo
**Fim**

Na véspera de seu aniversário de trinta e um anos — era cerca de nove horas da noite, a hora do silêncio nas ruas —, dois senhores chegaram à casa de K. De sobretudo, pálidos e obesos, com cartolas que pareciam irremovíveis. Depois de uma pequena formalidade diante da porta do prédio, para ver quem entrava primeiro, repetiu-se a mesma formalidade diante da porta de K., porém em maiores proporções. Sem que a visita lhe tivesse sido anunciada, K., vestido igualmente de preto, estava sentado numa cadeira perto da porta, calçando lentamente um par de luvas novas, bem justas nos dedos, numa postura de quem aguarda convidados. Levantou-se imediatamente e ficou olhando, curioso, para os homens. "Os senhores é que me foram destinados?", perguntou. Os dois anuíram, cada um apontando para o outro com a cartola na mão. K. foi até a janela e contemplou mais uma vez a rua escura. Quase todas as janelas do outro lado da rua também estavam escuras, muitas delas com as cortinas fechadas. Numa janela iluminada do prédio, crianças pequenas brincavam atrás de uma grade e, ainda incapazes de se moverem de seus lugares, tocavam umas nas outras com as mãozinhas. "Mandam atores velhos e subalternos me buscar", disse K. para si mesmo, olhando ao redor para se convencer daquilo. "Estão tentando acabar comigo da forma mais barata." De repente, virou-se para eles e perguntou: "Em que teatro vocês atuam?". "Teatro?", perguntou um dos homens, encarando o parceiro e contorcendo os lábios. O outro se portava como um mudo que luta com um órgão renitente. "Os senhores não estão preparados para ser inquiridos", comentou K. para si mesmo, indo pegar o chapéu.

Já na escada, os homens tentaram segurar K. pelos braços, porém ele disse: "Só na rua, não estou doente.". Contudo, logo diante da porta do prédio, engancharam-se de tal modo em K. como nunca antes outra pessoa o fizera. Mantiveram os ombros apertados atrás dele, não dobravam os braços; antes, usavam-nos para enlaçar os braços de K. em toda a sua extensão. Mais abaixo, seguravam suas mãos de um modo ensaiado, treinado e dominador. K. andava comprimido e preso entre eles; os três formavam agora uma tal unidade que, caso alguém quisesse abater um deles, teria de abater a todos. Era uma estrutura que parecia ser formada por algo inanimado.

Quando passavam sob os postes, K. tentava — embora fosse difícil conseguir com aquele caminhar apertado — ver seus acompanhantes com mais clareza do que fora possível no lusco-fusco de seu quarto. Talvez sejam tenores, pensou ao olhar seus pesados queixos duplos. Enojou-se com a falta de asseio no rosto deles. Podia-se imaginar nitidamente a mão que havia passado pelo canto dos olhos pra limpá-los, esfregado o lábio superior, roçado as dobras dos queixos.

Quando K. percebeu isso, parou, e consequentemente os outros também pararam. Estavam em frente a uma praça aberta, vazia, ornamentada de jardins. "Por que mandaram justo vocês?", bradou K. Aparentemente, os senhores não sabiam responder; pausaram com os braços soltos e pendentes, como se fossem enfermeiros frente a um paciente que quisesse repousar. "Não vou andar mais", disse K. Os homens não precisavam reagir a isso; bastava que não afrouxassem o aperto e o erguessem do lugar, mas ele resistia. Não vou precisar mais de tanta força, por isso vou usá-la toda agora, refletiu. Pensou nas moscas que quebram as pernas ao almejarem se livrar da vara enviscada. Os senhores vão ter trabalho.

Na praça, surgiu diante deles, por uma pequena escada, a senhorita Bürstner, vinda de uma rua situada num nível mais baixo. Não tinha certeza de que fosse realmente ela, mas a semelhança era muito grande. No entanto, ele não estava interessado em saber se era realmente a senhorita Bürstner; somente a irrelevância de sua resistência veio imediatamente à consciência. Não era nada heroico o fato de ele resistir, impor dificuldades àqueles homens, nem importava se tentava desfrutar, ainda que se defendendo, o último alento de vida. Pôs-se em marcha, e a alegria que com isso causou aos senhores transbordou também nele. Toleravam que K. determinasse a direção, e ele o fazia seguindo o sentido que a senhorita tomava diante deles. Não que quisesse alcançá-la ou encontrá-la; tratava-se só de demonstrar o encorajamento que ela representava para ele. "A única coisa que posso fazer agora", disse para si mesmo, e a uniformidade dos seus passos e dos passos dos outros dois confirmava seus pensamentos, "é manter até o fim um entendimento apaziguador. Sempre quis abraçar o mundo com as mãos com um propósito banal. Isso não estava certo. Devo demonstrar que nem mesmo um ano de processo me ensinou alguma coisa? Devo acabar como um ignorante? Devo admitir que no início do processo eu queria concluí-lo e, agora, no seu fim, quero recomeçá-lo? Não quero que pensem isso. Sou grato por terem me enviado estes senhores como acompanhantes, embora meio toscos e sem discernimento, e terem deixado por minha conta que eu possa dizer a mim mesmo o que é necessário."

Nesse meio-tempo, a senhorita dobrou numa rua lateral, mas K. já podia prescindir dela e se entregou a seus acompanhantes. Todos os três, de pleno acordo, cruzaram uma ponte à luz do luar. Ao menor movimento de K., os senhores cediam benevolentes. Quando ele se virou um pouco para o parapeito, os dois também se viraram, formando uma frente. À luz do luar, a água trêmula e brilhante se dividia ao redor de uma pequena ilha, onde a massa de folhagem condensada das árvores e dos arbustos se amontoava. No meio delas, naquele momento invisíveis, havia caminhos de cascalho, com bancos confortáveis, nos quais K., em muitos verões, se esticara. "Não queria de modo algum ficar parado", disse para seus acompanhantes, envergonhado com a gentileza deles. Pelas costas de K., um deles parecia fazer uma suave reprovação ao outro por causa da parada equivocada, depois continuaram.

Caminharam por algumas ruas íngremes, nas quais havia policiais parados ou andando, às vezes longe, às vezes perto. Um deles, com um bigode robusto e a mão na espada, se aproximou intencionalmente do grupo não de todo insuspeito. Os homens pararam. O policial parecia estar abrindo a boca quando K. puxou os dois adiante com força. Volta e meia, virava-se cuidadosamente, para ver se o policial não os seguia. Numa dessas vezes, ao notá-lo numa rua, começou a correr, obrigando os senhores a fazer o mesmo, apesar da enorme falta de fôlego.

Assim, saíram rápido da cidade, que naquela direção terminava, quase sem transição, nos campos. Havia uma pequena pedreira abandonada e deserta nas proximidades de uma casa ainda bastante urbana. Os homens pararam de novo, fosse porque aquele lugar era o objetivo deles desde o início, ou porque estavam exaustos demais para continuar correndo. Deixaram K., que aguardava calado, livre, e tiraram as cartolas e, enquanto olhavam ao redor, na pedreira, secaram o suor da testa com um lenço. A luz da lua iluminava tudo com naturalidade e mansidão, poder que não é dado a nenhuma outra luz.

Depois de trocarem algumas gentilezas a respeito de quem iria cumprir as próximas tarefas — os homens pareciam ter recebido as incumbências sem divisão —, um deles se dirigiu a K. e lhe tirou o paletó, o colete e a camisa. K. tremeu de frio involuntariamente, momento em que o senhor lhe deu um leve tapinha nas costas para tranquilizá-lo. Então, dobrou tudo meticulosamente, como se dobram coisas que ainda vão ser usadas, ainda que não em breve. Para não o expor estático ao vento frio da noite, pegou-o por debaixo do braço e ficou andando com ele para cima e para baixo, enquanto o outro procurava na pedreira algum lugar mais adequado. Ao encontrá-lo, acenou, e o companheiro levou K. até o local. Era perto da parede da pedreira, onde havia uma pedra solta. Os senhores fizeram K. se sentar no chão, apoiaram-no à pedra e deitaram sua cabeça sobre ela. Apesar de todo o esforço que faziam e de toda a boa vontade que K. lhes oferecia, sua posição era muito forçada e inverossímil. Um senhor pediu ao outro que o deixasse sozinho por um instante com a tarefa de acomodar K., mas mesmo assim a situação não melhorou. Por fim, deixaram-no numa posição que nem de longe era melhor do que as outras que